MINA HEPSEN

Unsterblich wie ein Kuss

Buch

Violet ist eine ganz besondere junge Frau. Sie ist wunderschön und spielt meisterhaft auf der Violine, sodass ihr niemand widerstehen kann. Dass sie ihr Augenlicht verloren hat, fällt den meisten gar nicht auf. Schließlich ist ihr Geruchssinn so stark ausgeprägt, dass sie sich fast ohne fremde Hilfe im Leben zurechtfindet. Aber ihr unbeschwertes Auftreten täuscht darüber hinweg, dass sie eine mehr als schwierige Vergangenheit mit sich herumträgt. Getrieben vom Wahnsinn hat ihre Mutter sie schon als kleines Kind verstoßen. Ihren Vater lernte sie nie kennen, denn er wurde von einem Vampir namens Ismail brutal ermordet. Violet hat nur eines im Sinn, den Mörder ihres Vaters zu finden und sich zu rächen. Deshalb verlässt sie ihre schottische Heimat und schließt sich einem Wanderzirkus an. Als ihr während einer Vorstellung ein Löwe gefährlich nahe kommt und sie von einem äußerst anziehenden Mann gerettet wird, erkennt sie an seinem Geruch, dass er ein Bluttrinker ist. Aber Patricks Geruch verheißt noch viel mehr. Der Schotte riecht geradezu nach den verführerischen Düften ihrer Heimat. Sie ist so überwältigt, dass sie ihm zum Dank einen Kuss schenkt. Beide merken, dass in diesem Moment etwas Besonderes mit ihnen geschieht, aber sie wissen auch, dass ihre Liebe nicht sein darf. Doch die Vernunft ist nicht stark genug, und die Liebe bahnt sich ihren Weg, bis zu dem Tag, an dem Violet Ismail begegnet …

Autorin

Mina Hepsen ist das Pseudonym einer jungen Autorin. Geboren 1983 in Istanbul, verbrachte sie ihre ersten zehn Lebensjahre in Deutschland. Dann kehrte sie mit ihren Eltern zurück in die Türkei, studierte später Politikwissenschaften und Philosophie in Boston, zog nach Miami, dann nach Edinburgh, wo sie eine Reihe von Kinderbüchern schrieb und einen Abschluss in »Creative Writing« machte. Zurzeit lebt sie in Edinburgh, Schottland.

Von Mina Hepsen außerdem bei Goldmann lieferbar:

Unsterblich wie die Nacht. Roman (46917)

Mina Hepsen

Unsterblich wie ein Kuss

Roman

Aus dem Amerikanischen
von Gertrud Wittich

GOLDMANN

Verlagsgruppe Random House FSC-DEU-0100
Das FSC-zertifizierte Papier *Holmen Book Cream* für dieses Buch
liefert Arctic Paper Mochenwangen GmbH.

1. Auflage
Deutsche Erstveröffentlichung Februar 2010

Originaltitel: Violet Dawn
Umschlaggestaltung: UNO Werbeagentur, München
Umschlagfoto: Diamond Sky Images/getty images
Redaktion: Waltraud Horbas
NG · Herstellung: Str.
Satz: IBV Satz- und Datentechnik GmbH, Berlin
Druck und Einband: GGP Media GmbH, Pößneck
Printed in Germany
ISBN: 978-3-442-47209-3
www.goldmann-verlag.de

Für meine wunderschönen Schwestern
Ayse und Elif

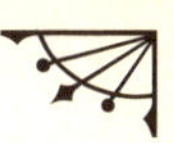

Prolog

»Sie haben mich warten lassen.« Lady D.'s Stimme näherte sich dem Eingang zur Küche. Violet schoss wie ein verschrecktes Eichhörnchen unter den nächsten Tisch.

»Psst!«, flüsterte das kleine Mädchen seiner schmuddeligen Puppe zu und hielt beschwörend den Finger an die Lippen. »Du musst jetzt ganz, ganz leise sein, Bess. Du weißt, wie böse Mama wird, wenn sie uns sieht!« Die Schritte kamen näher, aber ihre Mama war nicht allein, es war noch jemand bei ihr. Violet drückte ihre Puppe an sich und kniff ängstlich die Augen zu.

»Und – haben Sie mir die Namen beschafft?«, fragte ihre Mutter, während sie die große Küche betrat.

»Ja«, antwortete eine Männerstimme. Eine gepflegte, distinguierte Stimme. Violets Herz machte einen Sprung. Könnte das ihr Vater sein?

Brennend vor Neugier öffnete das kleine Mädchen die Augen, konnte aber lediglich den Saum des burgunderroten Reisekostüms ihrer Mutter erkennen, daneben ein Paar glänzender schwarzer Herrenschuhe.

»James Atholl, Anne Langdon, Peter …«

Der Mann zählte viele Namen auf, die Violet noch nie gehört hatte. Er trat dabei von einem Fuß auf den anderen, ihre Mutter dagegen regte sich nicht. Violet rutschte mit angehaltenem Atem ein Stückchen nach vorne. Sie rang mit sich. Einerseits wollte sie unbedingt das Gesicht des Mannes sehen, der möglicherweise ihr Vater war. Andererseits durfte sie sich auf keinen Fall erwischen lassen. Wenn sie entdeckt würde … Ihre Mutter würde furchtbar böse werden. Und Violet bestrafen, so wie vor ein paar Monaten, als ihre Mutter das letzte Mal zu Hause gewesen war.

»Und Ismail?«, fragte Lady D. ungehalten.

Der Mann lachte. »Ach ja, wie konnte ich ihn vergessen? Sie scheinen ja förmlich besessen zu sein von dem Mann. Leider ist er derzeit nicht im Lande, aber früher oder später wird er wieder auftauchen, da bin ich sicher.«

Die Röcke ihrer Mutter gerieten ins Schwingen. »Gut, das wär's dann für heute. Gehen Sie jetzt. Und lassen Sie die Finger von meinen Dienstboten! Ich will kein neues Personal einstellen müssen, bloß weil Sie Ihren Durst nicht zügeln konnten!«

Violet erschrak. Der Mann wollte gehen! Sie nahm all ihren Mut zusammen und kroch so weit vor, wie sie es wagte. Doch als sie gerade unter dem Tisch hervorspähen wollte, fiel ihre Puppe um. Der Porzellankopf schlug mit einem hörbaren Geräusch auf dem Steinfußboden auf.

Von Angst gepackt, kniff Violet wieder die Augen zu, wünschte, sie wäre unsichtbar. Hoffte, ihre Mutter hätte nichts gehört …

Eine unheilvolle Stille senkte sich über den Raum, dann sagte der Mann:

»Sie sollten besser auf das Kind aufpassen.«

Lady D.'s Rocksaum streifte Violets Finger, und die Schritte des Mannes entfernten sich. Himmel, jetzt würde es Ärger geben!

»Komm sofort da raus, Mädchen!«

Die zierliche Siebenjährige kroch unter dem Tisch hervor, und ihre dunklen Zöpfe streiften leise über ihre schamroten Wangen.

»Was hattest du da unten zu suchen?« Lady D. war wütend, aber wenigstens schrie sie sie nicht an oder verlangte nach dem Gürtel, dachte Violet ein wenig erleichtert.

»Ich habe … ich habe bloß mit Bess gespielt«, flüsterte sie und hielt wie zum Beweis ihre schmuddelige Puppe hoch.

»Ach so.« Ihre Mutter klang gar nicht mehr so zornig, und ihre sonst so feindseligen Augen blickten beinahe freundlich drein. Violet nahm all ihren Mut zusammen und stellte die Frage, die ihr so sehr auf der Seele brannte.

»War das mein Vater, Lady D.?«

Das Gesicht ihrer Mutter verzerrte sich für einen Moment vor Wut, doch glätteten sich ihre Züge sofort wieder.

»Komm und setz dich. Ich werde dir jetzt eine kleine Geschichte erzählen.« Lächelnd deutete die Frau auf einen Stuhl, und das kleine Mädchen nahm verwirrt Platz. Wurde sie denn gar nicht bestraft? Ihre Mutter sah sie ganz freundlich an.

»Du fragst dich wahrscheinlich, wo dein Vater ist?«

So hatte Violet ihre Mutter noch nie erlebt, so sanft, beinahe freundlich. Aber sie hatte ihre Mutter ja auch erst wenige Male gesehen. Meist achteten die Dienstboten darauf, dass sie ihrer Mutter nicht in die Quere kam, wenn diese auf der Burg weilte.

Vielleicht bedeutete das ja, dass ihre Mutter sie doch lieben wollte? Dieser Gedanke war so wundervoll, dass Violet den Mut fand zu antworten.

»Ja, Madam.«

»Aber nein, Kind, du musst mich Mutter nennen«, rügte Lady D. sanft und stellte eine große Schüssel auf den Tisch. »Hilfst du mir, sie mit Wasser zu füllen?«

»Ja, M-Mutter.« Violet sprang hilfsbereit auf.

Lady D. holte eine Schachtel von einem der obersten Regale und forderte Violet erneut auf, Platz zu nehmen.

»Dieser Mann war nicht dein Vater, Kind.«

Violet kletterte auf den Stuhl, nahm Bess auf den Schoß und nickte eifrig. Sie war noch nie so glücklich gewesen. Und dabei hatte sie schon heulen wollen, wie eine dumme Heulsuse.

»Dein Vater war ein wundervoller Mann, und er hätte dich sicher sehr geliebt.« Lady D. tat ein paar Teelöffel eines weißen Pulvers in die mit Wasser gefüllte Schüssel. »Wenn er nicht gestorben wäre.«

Violet stockte der Atem. Ihr Glücksgefühl war wie fortgeblasen. Sie hatte ihren Vater zwar noch nie gesehen, aber sie hatte dennoch eine ganz genaue Vorstellung von ihm. Er war groß und stark, und er liebte Violet … und nun sollte er auf einmal tot sein.

»Wie … wie ist er denn ge-gestorben, M-Mutter?«

Lady D. rührte nachdenklich das mit dem Pulver versetzte Wasser um. Dann hob sie ihren Blick. In ihren Augen loderte glühender Hass. »Er wurde von einem Mann namens Ismail getötet. Aber er wird dafür büßen! Und du auch, du dreckige kleine Schnüfflerin! *Mir* nachzuspionieren! Dachtest du etwa, du würdest ungestraft davonkommen?!«

Violet sprang erschrocken vom Stuhl, aber Lady D. war schneller. Sie packte das Mädchen bei den Haaren und tauchte ihren Kopf in die Schüssel. Es brannte! Das Wasser verbrannte ihre Augen! Violet wehrte sich vergeblich. Bess schlug scheppernd auf dem Boden auf, während sie versuchte, die Fingernägel in die Hände ihrer Mutter zu schlagen.

»Du widerliches kleines Dreckstück!« Lady D. drückte wutentbrannt das Gesicht der Kleinen noch tiefer unter Wasser. »Teufelsbrut! Dafür kannst du dich bei Ismail bedanken!«

Violet versuchte zu schreien, doch Wasser drang in ihre Kehle. Es brannte, brannte einen Pfad durch ihre Kehle bis in ihren Magen. Alles brannte, brannte, brannte!

Dann zog Lady D. Violets Kopf aus der Schüssel.

Ein wilder Hustenanfall schüttelte den zarten Körper des Mädchens.

»Und jetzt mach die hübschen Augen auf, du kleine Ratte, und schau, ob du mir noch hinterherspionieren kannst!«

Violet schlug hemmungslos schluchzend die Augen auf.

Und sah nichts als Dunkelheit.

1. Kapitel

UNWEIT VON INVERNESS …

Der Wind fegte zornig über die schottischen Highlands. Es herrschte tiefe Dunkelheit, unterbrochen von einem kapriziös zwischen den Wolken hervorblitzenden Mond. Alles war still. Die Tiere hatten sich in Erwartung des Schneesturms in ihre Behausungen zurückgezogen.

Alles war still …

Bis auf die einsame Melodie einer Geige.

Das Mädchen stand vor dem Lagerfeuer, der Wind bauschte ihre Röcke, schlug sie an ihre nackten Beine. Selbstvergessen zog sie den Bogen über die Geige, anmutig wankend wie eine Weidenrute. Die Musik wurde lauter, forderte den Sturm heraus. Die Zigeuner saßen in einem weiten Kreis auf Baumstämmen um das Lagerfeuer herum. Der Schein des Feuers zeichnete flackernde Schatten auf ihre erregten Gesichter.

Die junge Frau begann ihre Füße im Takt der Musik zu bewegen, sich anmutig zu wiegen. Die Melodie wurde leidenschaftlicher, herzzerreißend, traurig.

Ein Mann erhob sich und setzte seine Geige ans Kinn. Auch er begann zu spielen, näherte sich dabei dem Mädchen. Doch dieses wich zurück, ihr Kummer duldete keine Gesellschaft. Ihr Geigenspiel wurde zornig, abweisend.

Ein Tamburin setzte ein. Das Mädchen warf die Arme hoch und wirbelte im Takt herum. Andere erhoben sich, setzten ihre Instrumente an oder begannen ebenfalls zu tanzen. Kaum einer merkte, dass es sachte zu schneien begann.

Die Seherin stand am Rand der Lichtung im Schutz eines Baums und beobachtete die Tanzenden. Ihr Mund verzog sich zu einem Lächeln. Sie war in einen weiten, rotgrünen Umhang gehüllt. Zahlreiche Armreifen und Ketten blitzten um ihren Hals und an den Armen. Sie war eine weise, rätselhafte Frau.

Keiner wusste, woher sie kam oder wohin sie wollte, und es war unmöglich, ihr Alter zu erraten. Sie sprach nur, wenn sie es wollte. Fragen stellte sie keine, denn sie wusste bereits alle Antworten. Und in den letzten dreizehn Jahren hatte sie sich – aus Gründen, die nur sie selbst kannte – um das Mädchen gekümmert.

»Violet!«

Das Mädchen blieb abrupt stehen, neigte lauschend das Haupt in die Richtung, aus der die Stimme gekommen war. Die übrigen Zigeuner waren mittlerweile so gefangengenommen von der Musik, dass sie es gar nicht merkten.

»Komm zu mir, Kind«, befahl die Seherin in der alten rumänischen Sprache.

»Was ist, Seherin?« Die Geige locker unter den Arm geklemmt, näherte sich Violet dem Rand der Lichtung. Ihre Kleidung dampfte in der eisigen Luft. Violet sprach die Zigeunersprache ebenso fließend, wie sie den Romano Kheliben, den Tanz der Freiheit und des Lebens, beherrschte.

»Du wirst uns verlassen«, erklärte die Seherin, so bestimmt, dass jeder Widerspruch zwecklos war. Violet versuchte es auch gar nicht. Sie atmete prüfend ein. Unvertraute Gerüche drangen in ihre feine Nase, Gerüche, die sie davon überzeugten, dass ihr Abschied von den Zigeunern unmittelbar bevorstand.

»Allein?«, fragte sie, so gleichmütig sie konnte. Sie durfte jetzt keine Angst zeigen, die Seherin erwartete von ihr, dass sie mutig war. Immer wieder hatte die Ältere ihr eingeschärft, sich nicht durch ihre Blindheit behindern zu lassen. Das, was ihr fehlte, musste sie durch Mut und Scharfsinn wettmachen.

»Ja.«

Violet krallte ihre freie Hand in ihren Wollrock und holte tief Luft. Sie roch die Zigeuner, die hinter ihr ums Lagerfeuer tanzten, sie roch die Eule, die in einem Baum hockte, roch das Wasser des Bachs, der unweit des Lagers durch sein steiniges Bett plätscherte. Und dann roch sie die neuen, unvertrauten Gerüche ... Pferde, Holz, Farbe. Ein Wohnwagen. Mindestens einer. Wahrscheinlich ein ganzer Zug, der sich dem Zigeunerlager näherte. Violet konnte den Staub, die Erde und das Laub riechen, das durch die Räder aufgewirbelt wurde.

»Sind es Zigeuner?«

»Nein, aber sie werden dich dorthin bringen, wo du hinwillst. Schnuppere noch einmal.«

Violets Kehle war vor Angst wie zugeschnürt, aber sie kämpfte die aufsteigende Panik nieder und holte gehorsam tief Luft. Die Seherin hatte ihr beigebracht, ohne Augen zu sehen. Sie hatte vorhergesagt, dass sie eines Tages ebenso gut mit der Nase sehen würde, wie andere Leute mit den Augen. Und sie hatte recht behalten.

Die Dunkelheit war kein Ort der Furcht mehr für Violet.

Schneeflocken fielen auf ihre Wimpern, während sie witternd die Nase hob. Erde, Blätter, Bäume, der Bach, Pferde, Holz, Farbe, Heu – aber was war das? Ein süßlicher Geruch. Parfüm. Ein Frauenparfüm. Und Puder, Rouge, Leder … altes Leder und Metall. Jede Menge Metall.

»Da ist etwas, es ist von Metall umgeben. Das habe ich noch nie gerochen.«

Die Seherin lächelte. Sie hätte es nie zugegeben, aber sie bewunderte die junge Frau. Bewunderte ihren Mut, ihre Begabung und das, was sie in der Zukunft noch erreichen würde. Nichtsdestotrotz hatte die Seherin die Reise nach Schottland nicht um der jungen Frau willen gemacht. Ihr Sohn war es, der Sohn, den sie einmal gebären würde, um dessentwillen sie sich des Mädchens angenommen hatte. Ein Sohn, der zu Großem bestimmt war.

»Löwen«, antwortete die Seherin nach sekundenlangem Schweigen.

Violet hob die zarten Brauen.

»Löwen sind gefährlich«, flüsterte sie.

Diesmal lächelte die Seherin nicht. Violet hatte keinen Grund, die Löwen zu fürchten, aber andere Gefahren erwarteten sie auf ihrer Reise. Ja, die junge Frau würde diesen Gefahren trotzen müssen. Und am Ende dem Tod gegenübertreten …

Aber das alles lag noch in der Zukunft.

»Sie werden gleich da sein«, sagte Violet, und für einen Moment bröckelte die tapfere Fassade, als sie unbewusst den Ring umklammerte, den sie an einer Kette um den Hals trug.

»Vergiss nicht, Violet: In deinem Leben ist kein Platz für Furcht.« Die Seherin berührte kurz den Arm des Mädchens, zog ihre Hand aber sogleich wieder zurück. »Geh, hol deinen Mantel, mach rasch. Der Zirkus ist nach Süden unterwegs. Du kannst mit ihm nach London reisen. Dort wirst du den Mörder deines Vaters finden.«

Violets Herz krampfte sich zusammen vor Wut und Kummer, wie immer, wenn von dem Mörder ihres Vaters die Rede war. Ohne zu zögern rannte sie zum Lager zurück, wobei sie Hindernissen allein mittels ihres scharfen Geruchssinns mühelos auswich. Als ihr der Duft eines bestimmten Beerenstrauchs in die Nase stieg, wusste sie, dass sie ihr Ziel erreicht hatte. Sie umrundete den Busch, hob den Arm und tastete nach dem Riegel des Wohnwagens, den sie sich mit der Seherin teilte.

»Violet?«

Es roch nach Äpfeln. Und nach Boris. Violets Lippen zuckten; ihr Zigeunerbruder war immer hungrig. Doch ihr Lächeln erlosch, als ihr klar wurde, dass sie auch ihn nun verlassen musste. Dass sie alle verlassen musste. Alle, die sie schätzte und liebte.

Violet öffnete den Riegel und betrat den Wohnwagen. Um sich abzulenken, richtete sie ihre ganze Aufmerksamkeit auf die Aufgabe, ihren Mantel aus dem Kleiderhaufen, der sich auf einem der Betten türmte, herauszufinden.

»Warum ignorierst du mich, kleine Schwester?«, fragte Boris bekümmert. Er war dicht hinter ihr, und sie fühlte seinen warmen Körper in der Kälte der Nacht.

»Ich würde dich nie ignorieren«, antwortete Violet, nahm dieses und jenes Kleidungsstück zur Hand, nur um es wieder zu verwerfen. Baumwolle und Schafwolle saugten Gerüche geradezu auf. Und da diese Sachen schon seit Stunden durcheinanderlagen, war es gar nicht so einfach, ihre eigenen herauszusuchen.

Schließlich stieg ihr der Geruch von Heidekraut in die Nase. Violet holte tief Luft und zog ihren Mantel unter den anderen Sachen hervor. Genau zu diesem Zweck hatte sie ein Sträußchen getrocknetes Heidekraut am Aufschlag des Kleidungsstücks befestigt. Aber nicht nur deshalb: Sie liebte den würzigen Geruch des Heidekrauts, der Pflanze der Highlands.

Sie wandte sich zu Boris um, der stumm gewartet hatte.

»Ich muss euch verlassen.«

»Ich hatte gehofft, dass dieser Moment nicht schon so bald kommen würde.«

In diesem Moment war Violet beinahe dankbar für ihre Blindheit. Seine Stimme klang so traurig, sie war sicher, sie hätte den Ausdruck auf seinem Gesicht nicht ertragen können. Widerwillig schüttelte sie den Kopf. Sie durfte sich jetzt nicht durch Gefühle aufhalten lassen. In ihrem Leben war kein Platz für Gefühle.

Sie war acht Jahre alt gewesen, als sie von den Zigeunern aufgenommen worden war. Sie hatten sie vor der Taverne gerettet, vor bitterer Armut, vor dem Verhungern. Dreizehn Jahre lang hatte sie im Wohnwagen der Seherin gewohnt, war mit den Zigeunern umhergezogen. Sie hatte Geige spielen gelernt, hatte Tanzen gelernt. Sie hatte gelernt, wie man sich mit Geigespielen und Tanzen ein wenig Geld verdiente. Und wie man stiehlt, wenn man sich sein Brot nicht auf ehrliche Weise erwerben kann.

Die Seherin hatte ihr beigebracht, ihre Blindheit nicht zu fürchten und mit der Nase zu sehen.

Und sie hatte überlebt, weil sie ein Ziel hatte.

Sie musste einen Mann töten.

»Du wirst mir fehlen«, seufzte Violet. Und es stimmte, sie würde Boris vermissen. Er war ihr wie ein Bruder gewesen, der Einzige im Zigeunerlager, der in ihrem Alter war. Boris war ihr ein guter Freund gewesen.

»Ich werde dich nie vergessen«, erwiderte er und legte seine warme Hand auf ihre Schulter. »Und ich will mir keine Sorgen um dich machen müssen, kleine Schwester. Zeig mir, was du kannst.«

Violet bückte sich lächelnd und zog ihren Dolch aus dem linken Stiefel. Dieses Spiel war ihr vertraut; sie hatten es oft zusammen gespielt. Sie richtete sich auf und zog konzentriert die Brauen zusammen.

»Jetzt«, befahl Boris.

Violet holte tief Luft: Bäume, Blätter, Schnee, Erde, Schweiß ... Apfel. Sie umklammerte ihr Messer fester. Der Geruch des Apfels kam zuerst von vorne, dann von weiter weg, dann plötzlich von hinten ... Violet fuhr herum, der Mantel rutschte von ihren Schultern, und sie schleuderte den Dolch.

Rasch sprang sie zu der Stelle, wo der Apfel zu Boden gefallen war. Triumphierend hob sie ihn auf.

»Komm zu uns zurück, wenn du dich gerächt hast, *Violca*«, bat Boris. Er reichte ihr den Mantel, zog den Dolch aus dem Apfel und gab ihn ihr zurück. »Dann kannst du endlich anfangen zu leben.«

Violet wischte die Klinge an ihrem Mantel sauber. Nun, wenn sie dem Galgen entkam, würde sie wohl nach Schottland zurückkehren. Aber sie bezweifelte, dass es dann noch etwas gab, wofür es sich zu leben lohnte.

Ein Glück für sie, dass sie aller Wahrscheinlichkeit nach wegen Mordes gehängt werden würde.

»Leb wohl, Boris.«

Der Wanderzirkus war eingetroffen.

Fünfzehn Meilen weiter östlich …

»Ich, James John Murray, Herzog von Atholl, ernenne dich, Patrick James Bruce, zu meinem Nachfolger und neuen Oberhaupt des Nordclans der Vampire.«

Patrick trat vor. Er hielt sich kerzengerade, und sein Blick glitt über die Hunderte von Anwesenden, deren Augen ausnahmslos auf ihn gerichtet waren. Gekleidet in lange schwarze Umhänge, die ihre Blöße verhüllten, leuchteten ihre Gesichter bleich im Mondschein: die Vampire des Nordclans, seine Leute, die er ab jetzt beschützen und führen würde. Patrick leistete seinen Eid willig, er empfand die Verantwortung als ehrenvoll.

»Die Herausforderer mögen nun vortreten!«, rief James über das Tosen des Windes hinweg.

Der Sand bewegte sich unter Hunderten von Füßen, die einen Schritt zurücktraten: eine Geste der Unterwerfung. Lediglich fünf Vampire hatten sich nicht von der Stelle gerührt: die Herausforderer.

»Ich nehme die Herausforderung an«, verkündete Patrick. Es war das erste Mal seit dem Beginn der Zeremonie, dass er seine Stimme erhob. Die Menge wich zurück und machte eine Gasse frei, durch die Patrick zum Wasser schritt. Die fünf Herausforderer folgten ihm.

Wild klatschte das Meer an den Strand, umspülte Patricks nackte Füße und zerrte an seinem Umhang. Gleichgültig hob er das Gesicht dem tosenden Sturm entgegen, den Schneeflocken, die zu fallen begonnen hatten.

Der Angriff erfolgte urplötzlich, ohne jede Vorankündigung. Patrick wurde von einer Faust an der Schulter getroffen und ins Wasser geschleudert. Er fasste sich rasch, schlüpfte aus dem nassen Umhang und tauchte ein Stück weiter draußen wieder aus den Wellen auf. Fünf Paar rotglühender Augen waren auf ihn gerichtet. Patrick presste missbilligend die Lippen zusammen. Sie wollten ihn also alle zugleich angreifen, was? Das verstieß zwar nicht gegen die Regeln, war aber einfach unerhört.

Also gut, dachte Patrick zornig, ihm sollte es recht sein. Eine derartige Taktik war lediglich ein Eingeständnis von Schwäche. Sie glaubten also nicht, einzeln mit ihm fertigzuwerden? Nun, er würde ihnen zeigen, wie recht sie damit hatten.

Seine Gegner rückten näher, schwärmten aus, versuchten, ihn in die Zange zu nehmen. Patrick tauchte unter, kam jedoch Sekunden später wieder an die Oberfläche und konnte beobachten, wie sie unter Wasser auf ihn zuschwammen. Als sie ihn beinahe erreicht hatten, beugte er die Knie und stieß sich mit aller Kraft aus dem Wasser, hoch in die Luft. Seine Gegner tauchten sogleich auf und schauten sich verwirrt um. Und schon landete Patrick auf dem größten der fünf. Ein Schlag ins Genick, und der Mann sank bewusstlos unter Wasser. Patrick nutzte dies aus, stieß sich an dem Vampir ab und sprang erneut in die Luft.

Dabei drehte er sich und bemerkte mit Genugtuung, dass sich die restlichen vier zusammengetan hatten und nun mit vereinten Kräften zwei aus ihrer Mitte in die Luft schleuderten, um ihn zu attackieren. Patrick streckte sich, hob die Arme über den Kopf und ließ sich, noch während die beiden Vampire auf ihn zuschossen, wieder ins Wasser fallen – direkt auf einen der zwei, die noch dort standen. Der Aufprall war so heftig, dass auch dieser Gegner sofort k.o. ging.

Patrick tauchte unter und sah seinen Umhang im Wasser schwimmen. Er griff danach. Keine zehn Schwimmstöße von ihm entfernt stand der letzte Vampir im Wasser, die beiden anderen würden jeden Moment wieder runterkommen. Patrick tauchte auf und sah, dass sich die beiden ebenfalls gedreht hatten und mit vorgestreckten Armen kopfüber auf ihn zu stürzen drohten.

Wie vorhersehbar, dachte Patrick stirnrunzelnd. Aus den Augenwinkeln sah er, dass sich der letzte Vampir nicht gerührt hatte. Ängstlich wartete er darauf, dass seine Kumpane Patrick den Rest gaben.

Jetzt!, dachte Patrick. Er schleuderte den Mantel, den er unter Wasser versteckt gehalten hatte, über die beiden auf ihn zuschießenden Vampire. Diese verwickelten sich in dem schweren, nassen Stoff und schlugen mit solcher Wucht unter Wasser auf dem Sand auf, dass auch sie kampfunfähig waren.

Patrick hob den Arm und winkte seinen letzten Gegner mit einem gefährlichen Lächeln heran. Das rote Funkeln in den Augen seines Gegners erlosch, seine gefletschten Fänge zogen sich ins Zahnfleisch zurück.

»Ich ergebe mich.« Die Worte hallten über das Wasser, während der Vampir sich demütig verbeugte. Die Spannung wich aus Patricks Körper, er bückte sich nach seinem Umhang und legte ihn um. Auch sein Adrenalinspiegel sank, und seine Fänge zogen sich ins Zahnfleisch zurück. Die Menge wich ehrerbietig vor ihm zurück, als er triefend an Land stieg und auf den Felsen zuging, auf dem die übrigen Clanoberhäupter standen und auf ihn warteten.

Er erkletterte den Felsen und blickte auf seine versammelten Leute hinab. Stolz und Ehrfurcht leuchteten in ihren Gesichtern. Die Wolken hatten sich ein wenig verzogen, und nun beschien der Mond mit seinem bleichen Licht den Sand.

Patrick drehte sich zu den übrigen Clanoberhäuptern um. Nun kam der letzte Teil der Zeremonie. Einer nach dem anderen verneigten sie sich vor ihm: Alexander, Oberhaupt des Ostclans, Isabelle, Oberhaupt des Westclans, und sein bester Freund, Ismail, Oberhaupt des Südclans. Sie alle bezeugten ihm ihre Ehrerbietung. James, der frühere Anführer des Nordclans, war zurückgetreten.

Das war's, dachte Patrick verblüfft, es ist vorbei.

»Der Anführer des Nordclans, er lebe hoch!«, brüllte James. Und wie ein Mann ging die auf dem Strand versammelte Menge in die Knie.

»Der Anführer des Nordclans, er lebe hoch!«

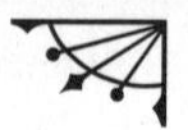

2. Kapitel

London, sechs Wochen später

Etliche Ausgaben der *London Times* senkten sich, und interessierte Blicke folgten dem Neuankömmling, der festen Schrittes die Räume des exklusiven Herrenclubs durchmaß.

Die menschlichen Anwesenden betrachteten ihn aus reiner Neugier. Sie kannten zwar seinen Namen und wussten, dass er offenbar viele einflussreiche Freunde besaß, darunter zwei Herzöge und Prinz und Prinzessin Kourakin, beides Lieblinge der Londoner Gesellschaft. Die meisten jedoch hatten ihn noch nicht persönlich kennen gelernt.

Die Vampire hingegen verneigten sich unmerklich vor ihrem neuen Anführer. Mit leuchtenden Augen verfolgten sie seine Schritte.

Als Patrick sein Ziel erreicht hatte, blieb er stehen und beäugte skeptisch das Glas, das sein Gegenüber ihm anbot.

»Whisky«, erklärte Alexander.

Patrick warf dem Anführer des Ostclans einen Blick zu und hob die Brauen, dann nahm er das Glas und schnupperte daran.

»Wie kommst du darauf, dass ich einen Whisky nötig habe?«

Alexander zuckte die Achseln. »Ich weiß noch, wie ich das erste Mal den White's Club betreten habe und von diesen Blicken verfolgt wurde. Ich glaube, ich habe es gerade noch bis zu einem Sessel geschafft und mir einen Whisky bestellt. Einen doppelten, wenn ich mich recht entsinne.«

Patrick nahm dankbar einen Schluck und stellte seufzend das Glas ab. Er hatte tatsächlich einen Drink gebraucht, allerdings nicht wegen der bohrenden Blicke der Neugierigen.

»Nicht ganz so gut wie der Whisky, den sie auf Skye produzieren, aber nicht übel.« Er merkte auf einmal, wie müde er war. Mit seinen zusätzlichen Pflichten als Clanführer hatte er gerechnet, aber das, was er heute zu tun gezwungen gewesen war, erschütterte ihn.

»Ich habe das mit dem Wirt gehört.« Alexander musterte seinen Freund. Und was er dann sagte, verriet Patrick, dass man ihm seine Erschöpfung wohl nur zu deutlich ansehen musste. »Eine äußerst unangenehme Aufgabe, das Gedächtnis eines Menschen zu löschen, aber manchmal einfach unvermeidlich.«

Patrick presste grimmig die Lippen zusammen. Er wusste selbst, dass die Gedächtnislöschung unvermeidlich gewesen war. Es durfte zu keiner neuen Verfolgung der Vampire kommen. Nachdem es den Vampiren – allen voran Alexander Kourakin – gelungen war, das Zeitalter der Vampirjäger zu beenden, hatten die Clanoberhäupter Gesetze erarbeitet, die dafür sorgen sollten, dass die Existenz der Vampire geheim blieb.

Das Trinken von Menschenblut wird mit dem Tode bestraft. Keinem Menschen darf ein Leid geschehen. Kein Mensch darf etwas von der Existenz der Vampire erfahren.

Dies waren die wichtigsten Gesetze im *Gesetzbuch der Vampire*. Denn wenn die Menschen erkannten, dass nach wie vor Wesen unter ihnen lebten, die nicht nur stärker und schneller waren als sie, sondern die auch weitaus länger lebten und sich von Blut ernährten, würden sie in Panik geraten.

Und die Jagd begann erneut.

Die Menschen würden nicht glauben, dass Vampire sich ebenso gut von Tierblut ernähren konnten. Sie würden nicht glauben, dass Vampire kein Interesse daran hatten, sich ins politische und gesellschaftliche Leben der Menschen einzumischen. Dann war es nur eine Frage der Zeit, bis ein zweiter Van Helsing auftauchte, der gemeinsam mit einem ängstlichen, wütenden Mob die Jagd auf Vampire wieder eröffnete. Das Abschlachten würde wieder beginnen, Männer, Frauen, Kinder. Patrick merkte, dass er unwillkürlich die Fäuste geballt hatte, und versuchte sich zu entspannen.

Um das Thema zu wechseln, sagte er: »Ich verstehe allmählich, was du mit diesen Blicken gemeint hast. Mein Hinterkopf fühlt sich an wie ein Schweizer Käse.« Hilfesuchend griff er nach seinem Whisky.

Alexander grinste. »Tja, du machst Schlagzeilen, ohne es zu wollen, mein Freund. Ich weiß aus zuverlässiger Quelle, dass sich die Kunde von deinem unendlichen Reichtum und deinen ausgezeichneten Verbindungen bereits überall in London herumgesprochen hat. Du bist mittlerweile auf Rang drei auf der Liste der begehrtesten Junggesellen des Landes.«

»Wie bitte?« Patrick blinzelte, in der schwachen Hoffnung, er hätte sich verhört. »Wer behauptet so etwas?«

Der Prinz legte die Hand an den Mundwinkel und flüsterte: »Die Liga der Mütter«.

Patricks Magen krampfte sich angstvoll zusammen. *Mütter heiratswilliger Töchter*. Er hatte bereits beim letzten Ball einen Vorgeschmack von ihnen bekommen, ihre Leistungen waren ... beindruckend, gelinde gesagt. Er war der festen Überzeugung, dass sie die Fähigkeit besaßen, einen Mann wenn nötig zu Tode zu schwatzen.

Patrick stöhnte auf, und Alexander konnte sich ein Lachen nicht verkneifen.

Auf einmal kam ihm ein hässlicher Verdacht. »Aus zuverlässiger Quelle, sagst du?«, erkundigte sich Patrick misstrauisch. »Handelt es sich bei dieser ›zuverlässigen Quelle‹ zufällig um deine liebe Gattin?«

Alexanders breites Grinsen war Antwort genug. »Angelica hat es sich in den Kopf gesetzt, dir eine Seelenverwandte zu suchen. Sie sagt, du wärest ein Schuft und müsstest dringend ... wie war der Ausdruck? Gebändigt werden, genau, das war es.«

»Gebändigt werden?« Patrick seufzte. Es war schlimmer, als er gedacht hatte. Wenn Angelica mit der Mütter-Liga gemeinsame Sache machte, war es mit seinem Seelenfrieden ein für alle Mal vorbei.

»Versteh mich nicht falsch, Alexander. Ich mag deine Frau, und zwar nicht nur deshalb, weil sie die Auserwählte ist, die Rettung für uns Vampire. Aber wenn sie jetzt anfängt, mit der Müttermiliz gemeinsame Sache zu machen, dann werde ich ihr, so leid es mir tut, aus dem Weg gehen müssen.«

Alexander wurde ernst. »Ich fürchte, das kommt leider nicht in Frage. Ich habe dich heute hierhergebeten, weil ich Nachricht von Kiril erhalten habe. Ich muss in die Ukraine reisen, um einer Geburtszeremonie beizuwohnen.«

Verflucht! Tja, damit war Flucht zwecklos. Er würde Angelica in Alexanders Abwesenheit beschützen müssen.

»Wie lange wirst du fort sein?«

Alexander zuckte mit den Schultern. »Höchstens vierzehn Tage, denke ich. Angelica wird nicht begeistert sein, aber ich kann sie in ihrem hochschwangeren Zustand wohl kaum mitnehmen, so gerne ich es auch täte.«

Patrick nickte und trank seinen Whisky aus.

»Übrigens, weißt du, was Kiril gerade liest? *Der Unsichtbare*.«

»Ach ja?«, bemerkte Patrick gleichgültig.

»Ich habe das Bändchen selbst vor ein paar Jahren gelesen. Ich fand es ausgezeichnet.«

Patrick zuckte mit den Achseln. Er sprach nicht gerne über seine Gedichte. Nicht mehr, seit er aufgehört hatte, welche zu schreiben.

»Du bist ein echtes Talent«, fuhr Alexander unbeirrt fort.

Der Prinz hatte gut reden. Patrick verspürte einen Anflug von Neid. Er hatte Alexander erst letzte Woche eins seiner neuen Gemälde abgekauft. Wenn jemand Talent hatte, dann er. Nicht, dass Patrick dem Freund die malerische Begabung missgönnte. Er wünschte nur, er selbst hätte seine Kreativität nicht verloren.

So ging es vielen der älteren Vampire. Sie verloren im Laufe der Jahrhunderte die Leidenschaft, die nötig war, um wirklich produktiv sein zu können. Er hatte schon seit Jahrzehnten kein Gedicht mehr zu Papier gebracht. Immerhin hatte er zweihundert Jahre lang gedichtet. Damit sollte er wohl zufrieden sein.

»Das große Talent bist du. Ich habe meins vor Jahren verloren. Wenn ich es überhaupt hatte«, sagte Patrick lächelnd.

»Das kommt wieder«, beruhigte Alexander ihn ernst. Er ließ sich nicht von Patricks scheinbarer Gleichgültigkeit täuschen.

»Mag sein. Aber ich habe jetzt Wichtigeres zu tun. Ich muss einen Clan regieren«, antwortete Patrick. »Und falls das nicht genügen sollte, bleiben mir ja noch Angelica und ihre Zähmungsversuche. Sie wird mich schon auf Trab halten.«

»Da könntest du recht haben«, lachte Alexander.

Patrick warf einen Blick zu der Uhr auf dem Kaminsims und erhob sich. »Ich habe noch einiges zu erledigen.«

»Gut, dann werde ich ebenfalls aufbrechen.« Alexander erhob sich aus seinem Sessel. »Ich vertraue meine Frau deiner Obhut an, Oberhaupt des Nordclans.«

»Ich werde sie unter Einsatz meines Lebens beschützen.«

Sieben Paar rabenschwarzer Augen verfolgten funkelnd den Abgang der beiden Vampir-Oberhäupter.

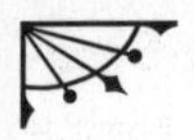
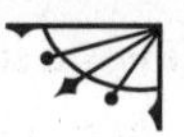

3. Kapitel

Dieser Mann bringt mich noch um den Verstand!«

Violet, die auf einem umgestürzten Baumstamm am Fluss saß, hob den Kopf und lauschte Sarahs zornigen Schritten. Die Freundin drängte sich ungestüm durchs dichte Buschwerk und ließ sich atemlos neben Violet auf den Baumstamm plumpsen.

Violet war jetzt seit vier Wochen mit dem Zirkus unterwegs. Sie teilte sich eine Umkleidekabine mit Sarah, und die junge Frau war ihr in dieser Zeit ans Herz gewachsen. Sie fühlte sich fast, ja, verantwortlich für sie … ein lachhafter Gedanke. Wie konnte sich eine Blinde für eine Gesunde verantwortlich fühlen?

»Welcher Mann ist's diesmal? Und was hat er angestellt?«, fragte Violet belustigt. Sarah war eine gutmütige, etwas blauäugige junge Frau, aber sie geizte bei den Männern weder mit ihren Reizen, noch ließ sie es an Dramatik mangeln.

»Ach, Violet, wenn du wüsstest, was Thomas getan hat, dann würdest du keine Witze mehr machen!«

»Thomas? Der Löwenbändiger?«

»Wer sonst? Er sollte erst mal lernen, sich selbst zu zähmen, bevor er sich an die Löwen macht«, grummelte Sarah.

Violet beugte sich vor und nahm eine Handvoll Erde,

die sie sorgfältig mit den Fingern durchsiebte. Kleine Steinchen, Holzstückchen, alles hatte seinen eigenen, charakteristischen Duft. Violet atmete tief ein. Sie sehnte sich nach dem Duft der Highlands, nach Heidekraut, Moor und Wind.

Sie waren nun seit Wochen unterwegs, immer langsam südwärts ziehend, in kleineren und größeren Ortschaften Halt machend. Violet war es überraschend leichtgefallen, sich im Zirkus einzugewöhnen. Dort aufzutreten unterschied sich kaum von ihren Vorstellungen als Zigeunergeigerin. Nur die Zuschauermenge war größer. Sie hatte an den ersten zwei Abenden die Begleitmusik für die Jongleure und die Akrobaten gespielt. Doch dann hatten die Besitzer des Zirkus, der alte Graham und seine Frau, entschieden, dass sie zu gut dafür sei und ihr eine eigene Nummer gegeben. Sie hieß jetzt *Lady Violine*.

Violet fand den Namen fürchterlich. Er erinnerte sie an ihr altes Leben als Tochter einer Lady. In diesem Leben hatte sie ihren Vater verloren und ihr Augenlicht.

»Hat er dich nicht zufriedengestellt?«, erkundigte sich Violet, mehr um sich von ihren düsteren Grübeleien abzulenken als aus echtem Interesse.

»Doch, schon.« Sarah lachte. »Was das betrifft, habe ich keine Klagen, wenn du verstehst, was ich meine.«

Violet verstand keineswegs. Sie hatte keine Ahnung, was Sarah damit meinte. Sie selbst war zwar schon ein-, zweimal verliebt gewesen und auch gelegentlich geküsst worden. Aber zu mehr war es nie gekommen.

Sie hatte lange gebraucht, bis sie ihren Geruchssinn so weit entwickelt hatte, dass er ihr Augenlicht ersetzen konnte. Und es war ein harter, buchstäblich dorniger Weg gewesen. Ständig war sie gestolpert oder hatte sich an scharfen Gegenständen die Haut aufgerissen. Ihr Körper war von Prellungen, Abschürfungen und Schnittwunden übersät gewesen. Wie konnte sie ihren Körper also einem anderen anvertrauen, wo sie ihn doch nicht einmal selbst unter Kontrolle hatte? Nein, der Gedanke an Intimität war ihr unmöglich gewesen.

Und als sie dann besser zurechtkam, hatte sie einfach niemanden getroffen, auf den sie sich hätte näher einlassen wollen. Die *wahre Leidenschaft*, wie es ihre Zigeunerbrüder und -schwestern ausdrückten, war Violet bis jetzt noch nicht begegnet. Eine der älteren Frauen, Mirela, hatte ihr versichert, sie würde es schon merken, wenn es so weit war.

»Jetzt komm schon, Sarah, erzähl, was passiert ist. Es wird bald dunkel, wir müssen ins Lager zurück.«

Sarah stieß einen tiefen Seufzer aus, der ihrem ganzen Weltschmerz Ausdruck gab, und Violet konnte ein Schmunzeln nicht unterdrücken.

»Na ja, er hat…« Sarah unterbrach sich. »He, woher weißt du, dass es dunkel wird?«

Violet atmete ein. Wie konnte sie der Freundin den Geruch der Dämmerung erklären? Sie beschloss, ihr einen Teil der Wahrheit zu erzählen, etwas, das sie verstehen konnte. »Die Vögel haben aufgehört zu zwitschern. Und wenn die Vögel sich in ihre Nester zurückziehen, wird es Abend.«

»Ach, ich verstehe. Das ist wirklich beeindruckend, Violet«, sagte Sarah.

»Danke«, lächelte Violet. »Aber was war jetzt mit Thomas?«

»Er hat Nell schöne Augen gemacht, wenn du's unbedingt wissen willst. Die Akrobatin, du weißt schon. Ich habe ihn dabei erwischt und ihm natürlich eine Szene gemacht. Und er hat gesagt: ›Wir sind schließlich nicht verheiratet. Gucken wird doch noch erlaubt sein!‹« Sarah sprang empört auf. »Ha! Ich habe ihn natürlich auf der Stelle verlassen, ihn und seine betrügerischen Augen. Mal sehen, wie ihm das schmeckt!«

»Hmm.« Violet wusste selbst, dass dies nicht gerade der intelligenteste Kommentar war, aber was hätte sie sonst sagen sollen? Sarah war nun mal Sarah.

»Was machst du überhaupt hier draußen?«

»Ich ...« Violet überlegte fieberhaft. Sie konnte ja schlecht zugeben, dass sie das Lager verlassen hatte, um sich ungestört im Messerwerfen zu üben. »Ich finde das Rauschen des Flusses so schön.« Und das stimmte. Wasserrauschen hatte immer etwas Beruhigendes. Sie hatte außerdem geübt, ihren Kopf vollkommen frei zu machen, was die beste Methode war, um die eigenen Gedanken vor einem Bluttrinker zu verbergen. Sie musste natürlich verhindern, dass diese ihre Pläne errieten.

»Ja, ein wirklich schöner Fluss«, räumte Sarah ein.

Was für eine seltsame Unterhaltung. So alltäglich, so normal. So weit entfernt von ihrem Leben, von ihren Wünschen und Plänen. Ihrem tiefen Bedürfnis nach Rache. Seit sie Sarah kennen gelernt hatte, Sarah mit ihren naiven Mädchenträumen, war eine ungewohnte Normalität in Violets Leben eingekehrt.

»Ach, vor lauter Thomas hätte ich beinahe vergessen, warum ich dich überhaupt gesucht habe!«, rief Sarah plötzlich begeistert aus.

»Thomas war nicht der Grund, warum du nach mir gesucht hast?«

»Ach nein. Zuerst bin ich im Lager herumspaziert und habe den alten Graham getroffen. Er hat mir die aufregenden Neuigkeiten erzählt. Und dann bin ich dich suchen gegangen, aber ich konnte dich nicht finden. Dann sah ich, wie Thomas Stielaugen gemacht hat, und da wurde ich so wütend, dass ich zu Marcus ging … ups.«

Das hatte Sarah wohl nicht verraten wollen. Marcus war der Jongleur. Doch Violet sagte nichts, damit Sarah endlich zu einem Ende kam mit ihrer Geschichte.

Nach einer kleinen Pause brummelte Sarah schließlich mürrisch: »Ich hatte ja schließlich mit Thomas Schluss gemacht, oder? Na ja, irgendwann später hat Marcus erwähnt, dass er gesehen hätte, wie du in Richtung Fluss gingst. Also bin ich hergekommen, um dir die aufregenden Neuigkeiten zu erzählen!«

Stille. Violet wartete.

»Und? Was für Neuigkeiten?«, fragte sie gereizt.

Sarah kicherte. »Morgen werden wir London erreichen!«

London.

Violet schluckte.

4. Kapitel

Liegt es an London?«

»Was meinst du?« Patrick blickte voraus zu den Lichtern des Zirkus und fragte sich, warum um alles in der Welt er zugestimmt hatte, zu Fuß zu gehen. Der Schlamm unter seinen Stiefeln verursachte ein saugendes Geräusch, das für seine feinen Ohren beinahe unerträglich war.

»Tu nicht so, als würdest du nicht verstehen!«

Patrick schaute seine Begleiterin verblüfft an, und Elisabeth erbleichte.

»Es tut mir leid, Clanführer. Ich wollte nicht respektlos erscheinen.« Sie war stehen geblieben und senkte beschämt den Kopf, doch ihre schwarzen Augen glühten. Auch Patrick blieb stehen und unterdrückte nur mühsam einen Seufzer. Elisabeth war eine der schönsten Vampirfrauen, die er je getroffen hatte, aber ihre Spielchen langweilten ihn.

»Wie oft soll ich dir noch sagen, dass du bei mir kein Blatt vor den Mund nehmen musst, Elisabeth?«

Sie hielt den Kopf weiter gesenkt. »Du bist das Oberhaupt des Nordclans. Ich habe dir zu gehorchen. Ich kann zu dir nicht wie zu … jedem anderen reden.«

Lach darüber, und ignoriere es ansonsten, sagte er sich. Aber er konnte nicht. Es war immer dasselbe. Er lernte eine schöne Frau kennen, fühlte die Erregung, genoss die Eroberung – doch es dauerte nicht lange, und die Spielchen begannen, die Manöver und Winkelzüge.

»Erklär mir, was du meinst.« Einer so direkten Aufforderung konnte sie sich nicht widersetzen.

Elisabeth blickte gespielt schüchtern zu ihm auf. »Ich habe mich nur gefragt, was dich in letzter Zeit so unglücklich macht, Clanführer. Vielleicht sagt dir unser London ja nicht zu. Vielleicht hast du Heimweh nach Schottland.«

Patrick vermisste Schottland mit seinen Bergen und Seen und seinen leidenschaftlichen Einwohnern tatsächlich. Andererseits gefiel es ihm auch in London mehr und mehr, und er mochte die Londoner mit ihren ebenfalls sehr ausgeprägten Charakterzügen.

»Mir gefällt es in London durchaus. Also, Elisabeth, willst du mir nicht endlich sagen, worum es hier wirklich geht?« Er fuhr sich durch die Haare. Elisabeth benahm sich in letzter Zeit ziemlich eigenartig, und er fand ihre Launenhaftigkeit, ihre intrigante Art immer unerträglicher.

»Mir ist nur aufgefallen, dass du in letzter Zeit irgendwie bedrückt wirkst, und da dachte ich …«

»Schluss damit!«, schnitt Patrick ihr stirnrunzelnd das Wort ab. »Entweder du sagst mir jetzt die Wahrheit, oder du hältst den Mund!«

»Es ist die Auserwählte! Sie verbreitet überall Lügen über mich!« Elisabeths Gesicht war wutverzerrt, in ihren Augen glitzerten Tränen.

Patrick war einerseits erleichtert, dass sie endlich gesagt hatte, worum es ihr wirklich ging; andererseits bereute er seine Frage bereits. Es war Eifersucht, läppische Eifersucht! Elisabeth war neidisch auf Angelica. Aber Angelica

Kourakin, die Auserwählte, gehörte zu den liebenswertesten Menschen, die er kannte.

Angelica hatte niemals etwas Schlechtes über Elisabeth zu ihm gesagt. Sie würde es nicht einmal tun, wenn sie Anlass dazu hätte. Es lag ihr einfach nicht.

»Das kann nicht sein, Elisabeth. Du musst dich irren. Angelica hat Besseres zu tun, als irgendwelche Lügen über dich zu verbreiten. Sie erwartet ein Kind, die Hoffnung für alle Vampire.«

»Ich irre mich nicht, sag ich dir!«

Normalerweise hätte ihm ihr Widerspruchsgeist Spaß gemacht, aber der missgünstige Ausdruck auf ihrem schönen Gesicht stieß ihn ab. Was hatte er bloß in ihr gesehen? Patrick konnte beim besten Willen nicht sagen, warum er sich überhaupt mit ihr eingelassen hatte. Nachdenklich musterte er ihre verschlagene Miene. Worauf wollte sie hinaus?

»Dann erklär mir doch, warum du dir so sicher bist.«

»Sie behauptet, sie hätte mich in einer kompromittierenden Situation mit dem Marquis of Ludington gesehen. Als ob ich je daran denken würde, mich mit einem Menschen einzulassen!«

Patrick nickte, als würde er ihr glauben. Dann trat er unversehens einen Schritt auf sie zu und packte sie am Kinn.

»Du lügst.«

»Nein, ich lüge nicht! Das würde ich nie tun!« Sie versuchte sich von ihm loszureißen, doch er nahm ihr Gesicht in beide Hände und hielt sie fest. Ein Lächeln umspielte seine Lippen.

»Was genau hat dich eigentlich glauben lassen, dass du mich anlügen könntest, Elisabeth?«

Sie sah zu ihm auf, und Angst flackerte in ihren Augen. Aber Patrick war das in diesem Moment egal. Die Ursache für ihre Angst lag schließlich in ihrer eigenen Dummheit. Er würde niemals jemanden verletzen. Nicht, wenn er nicht wirklich provoziert wurde.

»Du willst mir also weismachen, dass Angelica Lügen über dich verbreitet. Warum? Hast du vielleicht Angst, dass ich es von anderer Seite erfahren könnte?«

Die Überraschung spiegelte sich nun ganz deutlich in ihrer Miene, und Patrick verzog das Gesicht. Nun war ihm alles klar, und er kam sich furchtbar dumm vor.

»Öffne deinen Geist, Elisabeth.«

Sie begann zu zittern. »Aber das kannst du doch nicht! Ich meine … Gedanken lesen, das magst du doch nicht, hast du gesagt …« Sie biss sich auf die Lippe, und da wusste Patrick, dass er mit seinem Verdacht recht hatte: Elisabeth war ihm untreu gewesen und versuchte nun, ihm weiszumachen, dass alles Lüge war, bevor er von anderen davon erfahren konnte. Sie hatte ihn anzulügen versucht, da sie, wie alle Leute seines Clans, wusste, wie ungern er die Fähigkeit des Gedankenlesens anwandte. Patrick spürte, wie es in ihm zu brodeln begann. Seine Augen verengten sich zu Schlitzen.

»Ich brauche deine Zustimmung nicht, wie du weißt. Aber dann bekommst du hässliche Kopfschmerzen.«

»Nein, nein, ich muss mich geirrt haben. Reden wir nicht mehr davon.« Elisabeth versuchte sich von ihm loszumachen.

Patrick ließ die Arme sinken und trat einen Schritt zurück. Der Zimtgeruch, der ihren Kleidern entströmte, verursachte ihm Übelkeit.

»Ich will gar nicht wissen, was du getan oder nicht getan hast. Es ist mir egal. Geh mir aus den Augen!«

Elisabeth zögerte, dann raffte sie ihre Röcke und begann zu rennen.

»Na, das ist ja ganz was Neues!«

Ismail. Patrick wandte sich um und sah das Oberhaupt des Südclans, seinen besten Freund. Ismails weiße Zähne blitzten in seinem olivfarbenen Gesicht, während er Patrick grinsend betrachtete.

»Was meinst du?«, fragte Patrick gereizt.

»Seit du in London aufgetaucht bist, habe ich nur gesehen, wie die Frauen dir scharenweise nachlaufen. Dass sie jetzt vor dir davonlaufen, ist ganz was Neues, Highlander.« Patricks Miene verfinsterte sich noch mehr, und Ismail begann zu lachen.

Patrick wandte sich um und stapfte auf den Zirkus zu, in dem sicheren Wissen, dass sein Freund ihm folgen würde. Er war wütend auf Ismail, aber mehr noch auf sich selbst, weil er sich überhaupt mit dieser Frau eingelassen hatte. Zum Zirkus zu gehen war nicht seine Idee gewesen. Aber jetzt, wo er Elisabeth los war, fiel ihm nichts Besseres ein.

»Dein Pech in der Liebe muss ansteckend sein, Türke. Bleib mir bloß vom Leibe.«

»Ha!« Ismail schnaubte und zupfte ein welkes Blatt von seiner orientalisch geschnittenen Jacke. »Wir Türken brauchen kein Glück bei den Frauen. Jeder Türke ist der geborene Liebhaber!«

Patrick konnte nicht anders, er musste lachen. »Deshalb sehe ich dich also ständig ohne Begleitung bei allen gesellschaftlichen Anlässen!« Patrick wusste natürlich, warum sein Freund in Wahrheit seit geraumer Zeit ohne Begleitung war. Er war auf der Suche nach *Huzur* – dem türkischen Ausdruck für inneren Frieden, innere Harmonie. Ohne Huzur, behauptete Ismail, sei der Mensch unglücklich und daher außerstande, andere glücklich zu machen.

Manchmal fragte sich Patrick, ob sein Freund nicht vielleicht recht hatte. Vielleicht waren seine intimen Beziehungen zu Frauen ja deshalb so unbefriedigend, weil es ihm an *Huzur* fehlte?

»Und was führt dich hierher, mein Freund?«

Ismail zuckte die Schultern. »Unsere liebe Angelica hat mich hergeschickt. Sie meint, ich hätte etwas Kultur nötig.« Ismails Augen funkelten diebisch.

»Du? Der Stolz des Morgenlandes?«

Der große Osmane grinste. Sie hatten mittlerweile das Zirkusgelände erreicht. »Ja, ich! Wir hatten heute Vormittag einen kleinen Disput über kulturelle Unterschiede. Und da bekam sie einen ihrer berühmten Anfälle, du kennst sie ja. Ich meine mich zu entsinnen, dass ihre genauen Worte lauteten: ›Wenn du wirklich gute Musik hören willst, dann beweg dein barbarisches Hinterteil zum Zirkus.‹«

Patrick lachte verblüfft. »Wirklich gute Musik? Also, ich habe in meinem Leben bestenfalls Mittelmäßiges im Zirkus gehört!«

Patricks Blick wanderte neugierig über das riesige weiße Zelt.

»Finde ich auch. Aber was sollte ich machen? Sie ist schwanger.« Ismail fischte ein paar Münzen aus seiner Jackentasche. »Und schwangeren Frauen widerspricht man nicht, wenn einem das Leben lieb ist.«

»Da hast du wohl recht«, stimmte Patrick zu. Seit er in Abwesenheit von Alexander für Angelicas Wohlergehen verantwortlich war, wusste er, wie schwierig es war, diese Frau von irgendetwas abhalten zu wollen, das sie sich in den Kopf gesetzt hatte. Abermals fragte er sich, was ihn wohl im Zirkuszelt erwarten mochte. »Glaubst du, ich finde da drinnen ein neues Mädchen, Freund? Ohne weibliche Begleitung zu sein, würde meinem makellosen Ruf schaden.«

Ismail schüttelte den Kopf und trat an die Ticketbude, neben dem Eingang zum großen Zelt. »So wie ich dich kenne, Highlander, wird dir eine in den Schoß fallen, noch bevor wir uns überhaupt gesetzt haben.«

Der Knabe an der Kasse nahm Ismails Münzen entgegen und händigte dem großen Mann zwei Eintrittskarten aus. Damit betraten sie das Zelt, in dem es bereits vor Aufregung summte.

»Ja, die Frauen fallen mir tatsächlich viel zu leicht in den Schoß. Ich wünschte manchmal, sie würden es mir ein wenig schwerer machen; vielleicht hätte ich dann mehr Spaß dabei.« Patrick blickte sich suchend nach zwei freien Plätzen in den dicht gedrängten Zuschauerrängen um.

Ismail hob die Braue. »Pass auf, was du sagst, mein Freund. Wünsche dir keine Schwierigkeiten, wenn du sie nicht wirklich haben willst; das Schicksal gehorcht deinen Wünschen.«

»Ach, verschone mich mit deinen orientalischen Weisheiten. Schau, da sind noch zwei Plätze frei.« Patrick zwängte sich zwischen den Bankreihen hindurch und ließ sich auf die Sitzbank sinken.

Ismail, der ihm gefolgt war, sagte: »Für einen so klugen

Mann kannst du manchmal ganz schön dumm sein, Highlander.«

»Danke, mein Freund, ich tu mein Bestes.« Patrick zwinkerte dem Türken zu, während sie es sich bequem machten.

5. Kapitel

Proppenvoll da draußen. Selten so viele Zuschauer gehabt.« Der alte Graham stand hinter dem riesigen roten Vorhang, der zur Manege führte, und strich sich zufrieden über den weißen Bart. »Schätze, es hat was mit dir zu tun, Kindchen.«

Violet, Geige und Bogen locker in der einen Hand, strich mit der anderen über den Stoff ihrer Bluse. Grahams Frau war derselben Meinung wie ihr Mann und hatte Violet daher extra ein neues Kostüm genäht. Sarah fand, Violet sehe in dem weich fallenden weißen Rock und der weißen Bluse aus wie eine Zigeunerbraut. Nun, wie eine Braut fühlte sie sich bestimmt nicht. Aber ein Teil von ihr würde sich immer als Zigeunerin fühlen.

Mit klirrenden Armreifen hob sie die Hand und strich über den rauen Stoff des Vorhangs. Er war warm. Warm von der Körperhitze all der Menschen, die draußen saßen und unterhalten werden wollten.

Sie würde ihr Bestes tun. Immerhin brauchte sie diese Arbeit. Der Zirkus hatte sie nach London gebracht und würde ihren Aufenthalt hier finanzieren, während sie suchte.

Ismail. Sie hörte dem munter schwatzenden Alten nicht länger zu. Ob der verfluchte Bluttrinker vielleicht sogar heute Abend im Publikum saß? Aber selbst wenn, wie sollte sie es herausfinden? Violet holte tief Luft, nahm den

Geruch nach menschlichem Schweiß in sich auf. So viele Gerüche: Geschwefelte Apfelscheiben, geröstete Esskastanien, Bier, Parfüm, Rasierwasser. Ja, in den vorderen Reihen saßen mehrere Aristokraten oder zumindest wohlhabende Menschen, sie erkannte es am Geruch: den Münzen in ihren Taschen, dem Rouge auf Lippen und Wangen und den frisch gestärkten Krägen.

»Und los geht's«, flüsterte der Alte begeistert. Violet hörte das Rascheln des Vorhangs, als Graham nun in die Manege hinaustrat, und strich sich eine Locke, die sich aus ihrer Frisur gelöst hatte, aus dem Gesicht. Der alte Graham war kein schlechter Mensch. Der Zirkus war sein Leben, und seiner Frau ging es ebenso. Sie behandelten ihre Leute streng, aber gerecht. Und wären die Umstände anders gewesen, Violet war sich sicher, sie hätte ihre Zeit beim Zirkus genossen.

Aber nun, da sie London erreicht hatte, nun, da sie ihrem Ziel so nahe war, wurde sie nervös.

Sie war vormittags spazieren gegangen, und da war ihr mit einem Schlag klar geworden, wie schwer es sein würde, Ismail zu finden. Sie wusste nichts über ihn, und diese Stadt war riesig und voll von fremden Menschen.

Immerhin gab es zwei Dinge, die ihr helfen würden, wie Violet sich ins Gedächtnis rief, während von der anderen Seite des Vorhangs der Applaus aufbrandete: Sie wusste, dass Ismail ein Bluttrinker war, und die Seherin hatte ihr viel über diese Wesen beigebracht. Sie waren, selbst in einer großen Menschenmenge, leicht ausfindig zu machen, weil ihr Atem nach Blut roch. Und zweitens, Ismails Name. Morgen würde sie anfangen, sich umzuhören. Irgendjemand würde bestimmt wissen, was Ismail für eine

Art Name war. Bestimmt nicht englisch. Oder gar schottisch.

»Und nun, Ladies und Gentlemen, schließen Sie Ihre Augen, und öffnen Sie Ihre Herzen für unsere Lady Violine!«

Violet musste über die Ankündigung des Alten lächeln. Die Augen schließen, das war gut! Erst gestern, bei einem gemeinsamen Abendessen, hatten die Zirkusleute darüber diskutiert, wie seltsam es doch sei, dass die Zuschauer nie zu merken schienen, dass Violet blind war. Violet hatte nichts dazu gesagt, aber sie wusste, woran es lag: Weil sie sich ohne Angst bewegte, wie eine Sehende. Die Dunkelheit hatte ihren Schrecken für sie verloren. Ihre Nase wies ihr den Weg.

Stille senkte sich über den Zirkus, als Violet durch den Vorhang ins Scheinwerferlicht trat. Erhobenen Hauptes, barfüßig, schritt sie zur Mitte der Manege. Reglos blieb sie stehen, nur die großen Creolen an ihren Ohren schwankten. Drei tiefe Atemzüge, dann klemmte sie sich die Geige an ihren vertrauten Platz unterm Kinn.

Drei, nein, vier Bluttrinker saßen unter den Zuschauern. Sie schauderte, als ihr der Geruch nach Tierblut in die Nase stieg. War Ismail darunter? Ohne sich etwas anmerken zu lassen, begann sie zu spielen.

Sie rief sich alles in Erinnerung, was sie über *sie* gelernt hatte. Sie waren schneller und stärker als Menschen. Sie brauchten Blut, wenn auch nur in großen Zeitabständen, außer wenn sie sich körperlich überanstrengt oder verletzt hatten. Sie konnten Gedanken lesen. Manche besser als andere.

Diese letztere Fähigkeit war es, die Violet am meisten Sorgen bereitete. Wenn Ismail herausfand, was sie vorhatte, bevor sie zum Zug kam, wäre ihre Mission gescheitert. Man würde sie höchstwahrscheinlich töten.

Violet schüttelte die beunruhigenden Gedanken ab und konzentrierte sich ganz auf ihr Geigenspiel. Gerüche und Geräusche traten in den Hintergrund. Ihre Finger tanzten wie von selbst über die Saiten, sangen das Lied ihrer Trauer um ihren Vater, wie jede Nacht unter dem großen Zirkuszelt.

Vater, warum durfte ich dich nicht kennen lernen? Warum konnte ich nie deine Hand berühren? Dich nicht lächeln sehen? Warum gab man dir nicht die Zeit, mich zu lieben?

Die Töne hinterließen eine tiefe Traurigkeit und kletterten dann höher, immer höher, und aus Kummer wurde Zorn.

Ismail. Ich werde dich finden, und dann wirst du bezahlen. Für jeden Tag, den ich mich im Wald verstecken musste. Für den Hunger, die Angst…

Ein erschrockenes Aufkeuchen der Zuschauer riss Violet aus ihren Gedanken. Sie holte tief Luft. Ein wildes Brüllen bestätigte, was ihr ihre Nase bereits verraten hatte: Einer der Löwen war los!

»Violet!« Sarahs Schreckensschrei drang von hoch oben zu ihr, vom Zeltdach, wo sie auf dem Seil balancierte.

Violet hörte auf zu spielen und lauschte. Ein paar vereinzelte Schreie, ansonsten blieb es ruhig. Das Publikum war sich offenbar nicht sicher, ob dies zu ihrem Auftritt gehörte oder nicht.

Ruhig bleiben, befahl sie sich. *Ruhig bleiben und atmen.* Sie konnte die Raubkatze riechen, sie kam immer näher, und ihr Atem roch nach rohem Fleisch. Thomas hatte die

Löwen natürlich gefüttert. Sie waren direkt nach ihrem Auftritt dran, und er würde sie nie hungrig in die Manege schicken.

Abermals schnupperte sie. Thomas war nicht in der Nähe, der verfluchte Idiot! Und der alte Graham kauerte angsterfüllt hinterm Vorhang. Von dort war also auch keine Hilfe zu erwarten.

Aber wenn sie wegrannte, würde der Löwe sie verfolgen. Panik keimte in ihr auf, aber sie rang sie rücksichtslos nieder, so wie es ihr die Seherin beigebracht hatte. Sie fürchtete ihre Blindheit nicht – da würde sie sich doch von einer Raubkatze nicht einschüchtern lassen!

Zur Verblüffung des Publikums begann Violet wieder zu spielen, diesmal jedoch eine ganz andere Melodie, ein altes Schlaflied, das die Schwester der Köchin ihr als Kind immer vorgesungen hatte.

Der Löwe kam zögernd näher. Violet hörte, wie die Leute nervös auf ihren Sitzen zappelten. Sarah rief ihr abermals etwas von oben zu. Violet konnte hören, dass das Mädchen den Tränen nahe war, konzentrierte sich jedoch ganz auf das Raubtier. Langsam, auf leisen Sohlen, kam es näher. Seinem Fell haftete der Geruch von Heu an.

Die Musik schien förmlich aus Violets Händen zu fließen. Jetzt stieß der Löwe ein zorniges Gebrüll aus, seine dicken Tatzen fraßen die Distanz zwischen ihnen auf.

»Violet!« Es war Thomas, aber sie ließ nicht in ihrer Konzentration nach. Seine Stimme erklang vom anderen Ende der Manege. Wenn sie jetzt aufhörte, würde der Löwe sie anspringen und Thomas käme zu spät.

Violet roch, wie Thomas näher kam, doch da war auf einmal noch jemand. Violet sog den Geruch ein. Ein Mann.

Er roch nach neuer Kleidung und Whisky, und er war blitzschnell bei ihr, stand nun hinter ihrem Rücken.

Ein starker Arm schlang sich um ihre Taille. Violet spielte weiter. Sobald sie aufhörte zu spielen, würde der Löwe springen. Wie betäubt überlegte sie, ob sie wohl eine Chance hätte, wenn sie jetzt losrannte. Gleichzeitig teilten ihre Geruchsnerven ihr mit, dass dem Unbekannten noch ein weiterer Duft anhaftete, ein Duft, den sie mehr als jeden anderen vermisst hatte: Er roch nach den Bergen ihrer Heimat. Er roch nach Schottland.

»Ich hoffe, Sie haben nichts dagegen, Ihren Auftritt ein wenig abzukürzen.« Die geflüsterten Worte jagten ihr einen Schauer über den Rücken.

»Wenn ich aufhöre zu spielen, springt er mich an«, flüsterte sie zurück. Sein Arm packte sie fester. Violet spürte die unterschwellige Kraft in seinen sich anspannenden Muskeln.

»Ich werde Sie in Sicherheit bringen. Um den Rest kümmert sich der Löwenbändiger.«

Das klang einfach genug, aber der Löwe war ihr nun bereits sehr nahe, kaum sechs Schritte von ihr entfernt. Abermals brüllte er unzufrieden.

»Hören Sie auf. Vertrauen Sie mir.«

Sein leichter schottischer Akzent entschied die Sache. Violet zog den Bogen ein letztes Mal über die Saiten und ließ die Violine sinken. Ein zweiter Arm umschlang sie, und Violet barg unwillkürlich den Kopf an seiner Brust.

Der Löwe brüllte. Violet wurde hochgehoben und herumgewirbelt. Sie roch den Löwen, der auf sie zuflog, roch Thomas, der verzweifelt auf ihn zurannte. Sie hörte die Schreie, als nun Panik unter den Zuschauern ausbrach.

Aber mit einer Geschwindigkeit, die sie nie erwartet hätte, wurde Violet aus der Manege entfernt. Sie spürte die Brustmuskeln des rennenden Mannes unter ihrer Wange. Der Gestank des Löwen lag nun hinter ihnen, und sie hörte das Knallen von Thomas' Peitsche. Der Löwe brüllte, und Sarah oben im Zirkuszelt wimmerte. Sekunden später befanden sich Violet und ihr Retter hinter dem dicken Vorhang.

»Gehen Sie raus und beruhigen Sie das Publikum«, sagte der Unbekannte offenbar zu dem alten Graham, der immer noch wie gelähmt hinter dem Vorhang stand.

»Ja, ja. Thomas scheint ihn wieder im Griff zu haben. Gehört alles zum Auftritt, gehört alles zum Auftritt«, murmelte der Alte vor sich hin, während er durch den Vorhang trat. Aber das hatte ihr Retter wahrscheinlich gar nicht mehr gehört. Mit großen Schritten ging er den Gang zwischen den Garderoben entlang, Violet mühelos auf seinen Armen tragend, vorbei an gaffenden Artisten.

»Welches ist Ihre Garderobe?«

»Die letzte links«, hörte Violet sich zu ihrer eigenen Überraschung antworten. Die Gefahr war vorüber, sie hatte keine Angst mehr. Warum ließ sie sich dann weiter von ihm durch die Gegend schleppen wie ein Sack Kartoffeln? Aber sie brachte es einfach nicht über sich, ihn zu bitten, sie abzusetzen. Es tat gut, so in den Armen gehalten zu werden. Das letzte Mal, dass jemand sie umarmt hatte, war… kurz vor ihrer Flucht gewesen, als sich die Köchin von ihr verabschiedet hatte.

Und dann umgab sie der vertraute Geruch ihrer Garderobe. Sie spürte, wie er sie ein wenig anhob und die Tür zuzog. Dann stellte er sie zu ihrer großen Enttäuschung ab. Violet blieb stehen, wo sie war. Ihre nackten Zehen streiften seine Stiefelspitzen. Sie holte tief Luft.

Er roch wie eine schöne Erinnerung. Unter seinem würzigen Rasierwasser roch er nach Bergen und nach Heidekraut. Ohne zu überlegen hob Violet die Hand und strich über den Stoff seiner Jacke, über sein Hemd, über seine Wange. Sein Atem stockte. Sie spürte die leichten Stoppeln auf seinen Wangen, dann fuhr sie vorsichtig in sein dichtes Haar.

Er sagte nichts. Seine Hände legten sich um ihre Taille, und er stellte sie auf seine Stiefelspitzen. Ihre Körper streiften sich. Ein wohliger Schauer überlief Violet.

Was war das? Es war unerträglich, unwiderstehlich. War das die *wahre Leidenschaft*, wie es ihre Zigeunerbrüder und -schwestern bezeichneten? Violet hatte keine Ahnung, was da mit ihr geschah, doch genauso wenig hatte sie die Kraft, diesem Sog zu widerstehen. Sie wollte diesen Mann berühren, wollte ihm nahe sein.

Sie stellte sich auf die Zehenspitzen und legte ihr Gesicht behutsam an seine Wange. Ihre Augen schlossen sich, und sie atmete tief ein. Sein Geruch war absolut berauschend.

Er stieß ein leises Knurren aus. Abermals legten sich seine Hände um ihre Taille und zogen sie fester an sich. Offenbar hatte er seine passive Rolle aufgegeben. Violet war es nur recht. Sie wusste selbst nicht, was sie wollte, schien keine Kontrolle mehr über sich zu haben, doch das war ihr egal.

»Schau mich an«, befahl er, ihr Gesicht in seine großen Hände nehmend, aber Violet gehorchte nicht. Wenn sie jetzt die Augen aufmachte, würde er merken, dass sie blind war, würde den leeren Ausdruck darin erkennen. Nein, er sollte es nicht merken. Sie wollte so tun, wenigstens für diesen einen Augenblick, als ob alles perfekt wäre. Als ob er perfekt wäre. Und sie … und dieser Augenblick.

»Lady Violine …«

Auch sie nahm nun sein Gesicht in ihre Hände und küsste ihn, womit sie ihm jedes weitere Wort abschnitt. Er erwiderte den Kuss, und als seine Zunge die ihre berührte, stöhnte Violet unwillkürlich auf. So war sie noch nie geküsst worden. Ihr Magen zog sich zusammen.

»Mein Gott, Violet, ich dachte, du würdest sterben! Bist du …«

Violet zuckte zusammen und wich eilig von dem Unbekannten zurück.

»Violet?« Sarah war wie angewurzelt in der Tür stehen geblieben. Violet hätte zu gerne ihre Miene gesehen. Vor allem aber fragte sie sich, was Sarah wohl sah, wenn sie ihren Retter betrachtete.

»Ich bin froh, dass dir nichts passiert ist, Sarah.«

Für den Moment vergessend, was sie gerade gesehen hatte, betrat Sarah die Garderobe.

»Ich hatte solche Angst um dich, Violet«, sagte sie. »Dieser Löwe hatte es auf dich abgesehen, ich weiß nicht, warum und …«

»Ist schon gut.« Violet streckte ihre Hand aus, und Sarah ergriff sie prompt. Obwohl sie in etwa gleich alt waren, war Sarah sehr gefühlsbetont; Violet ertappte sich immer wieder dabei, wie sie sie bemutterte. »Es ist vorbei, und wie du sehen kannst, geht es mir gut. Was ich vor allem diesem Gentleman hier zu verdanken habe.«

Sarah wandte sich von ihr ab, und Violet wusste, dass sie

ihren unbekannten Retter musterte. Was sie wohl sah? Ob er lächelte? Die Stirn runzelte? Violet wünschte, er würde etwas sagen, damit sie seine Stimmung beurteilen konnte.

»Danke, dass Sie unsere Violet gerettet haben, Sir«, sagte Sarah. Violet hörte das Lächeln in ihrer Stimme, nahm ihre unmerklich veränderte Körperhaltung wahr. Flirtete sie mit ihm? Möglich. Er war schließlich wohlhabend. So viel konnte Violet erkennen, ohne ihn zu sehen. Der selbstbewusste Klang seiner Stimme, der teure Stoff seiner Jacke, das weiche Leder seiner Stiefel … was zum Teufel war bloß los mit ihr?

Violet war plötzlich zornig auf sich selbst. Da schwärmte sie von einem Mann, von dem sie so gut wie nichts wusste. Er brachte sie ganz durcheinander. Und sie konnte sich keine Ablenkungen leisten, jetzt weniger denn je.

»Ich versichere Ihnen, es war mir ein Vergnügen«, sagte er mit tiefer, wohlklingender Stimme, und Violet wurde noch zorniger. Sarah kicherte.

Das war zu viel.

»Vielen Dank für Ihre Hilfe, Sir, aber ich hoffe, Sie entschuldigen uns jetzt. Sarah und ich haben sehr viel zu tun.«

»Wa-«

»Auf Wiedersehen«, schnitt Violet Sarah zum dritten Mal an diesem Abend das Wort ab. Sie hoffte, ihre Freundin würde den Mund halten, damit sich der Mann aus dem Staub machte.

Doch dann fühlte sie, wie er näher trat, und zu ihrem Entsetzen hob er ihre Hand an seine Lippen. Violet spürte seinen warmen Atem auf ihrem Handgelenk und musste an sich halten, um nicht zu erschauern. Wieder flackerte diese ungezügelte, wilde Leidenschaft in ihr auf, und es beunruhigte sie, wie leicht es ihm fiel, sie hervorzurufen.

»Ja, bis wir uns wiedersehen.«

Er ließ ihre Hand los, und Violet verbarg sie in den Falten ihres Rocks. Allerdings bekam sie leider keine Gelegenheit mehr, ihm zu sagen, dass es keineswegs zu einem Wiedersehen kommen würde. Er hatte bereits kehrtgemacht und schloss nun leise die Tür hinter sich.

»Was sollte das denn?«, fragte Sarah einen Moment später.

»Ich habe nicht den leisesten Schimmer«, antwortete Violet ehrlich.

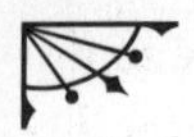

6. Kapitel

Das sollte für einen Monat reichen«, sagte Patrick und drückte dem wartenden Vampir ein Päckchen in die Hand, das mehrere Phiolen Blut enthielt. »Falls etwas Unvorhergesehenes eintreten sollte, kannst du dir mehr holen.«

Robert Larson nickte. »Danke, Clanführer. Und was soll ich in der anderen Sache unternehmen?«

Patrick trat hinter seinen Eichenholzschreibtisch und setzte sich. Er hatte viel von diesem Abraham Stoker gehört. Eine interessante Persönlichkeit. Stoker hatte Schlüsse über ihre Rasse gezogen, die niemandem zuvor in den Sinn gekommen waren. Und nun stellte er Fragen … zu viele Fragen.

»Was Stoker betrifft, unternimm nichts«, bestimmte Patrick nach einigem Überlegen. Er lehnte sich in seinem Ledersessel zurück und betrachtete den vor ihm stehenden Jüngling.

»Aber … ich möchte dir nicht widersprechen, Clanführer, aber Stoker füttert die Londoner Oberschicht mit Geschichten über Vampire. Sollten wir nicht lieber sein Gedächtnis löschen?«

Unter normalen Umständen wäre Patrick tatsächlich über die Dreistigkeit des jungen Vampirs verärgert gewesen, aber er war heute in besonders guter Stimmung. *Violet*. Immer wieder musste er an sie denken. Was für ein außergewöhnliches Wesen. Er sah sie vor sich, wie sie in der Mitte der mit Heu bestreuten Manege stand und ungerührt weiterspielte, während sich ihr ein wilder Löwe näherte. Und mit welcher Grazie sie ihr Instrument beherrschte! Sie war gekleidet wie eine Zigeunerin, und dennoch besaß sie die Haltung einer Königin. Und so viel Leidenschaft … ihr Kuss hatte ihm schier den Atem geraubt. Wer hätte gedacht, dass Lippen so süß schmecken, dass ein Stöhnen so erregen konnte?

Was ihn jedoch mehr verwirrte als ihr Kuss, war ihre Reaktion beim Eintreten des anderen Mädchens. Die Frau, die sich so leidenschaftlich in seine Arme geworfen hatte, hatte sich schlagartig in eine zimperliche Jungfer verwandelt. Er begriff diesen Wandel zwar nicht, fand ihn aber äußerst faszinierend. Sie war ihm ein Rätsel, und er hatte das Gefühl, dass ihm dessen Lösung viel Vergnügen bereiten würde.

Patrick gab sich einen Ruck und richtete seine Aufmerksamkeit wieder auf Robert.

»So jung du auch bist, Robert, hast du sicher dennoch von den Verfolgungen gehört, dem Zeitalter der Vampirjäger?« Eine rein rhetorische Frage. Jeder Vampir wusste von dieser schrecklichen Zeit, als Vampire von den Menschen gejagt und ermordet worden waren, weil diese ihre bloße Existenz als eine Bedrohung empfanden.

»Ja, Clanführer«, bestätigte der Jüngling.

»Dann wirst du ja auch wissen, was unternommen wurde, damit so etwas nie wieder geschieht.«

Robert trat verlegen von einem Fuß auf den anderen.

»Die Clanführer jener Zeit gaben den Befehl, den Menschen Unwahrheiten über uns zu erzählen.«

»Genau. Verrückte Geschichten, die dafür sorgten, dass die Existenz von Vampiren zu einem bloßen Mythos wurde. Vampire wurden zu fliegenden Wesen, Gestaltwandlern, die sich vor Kreuz, Weihwasser und Knoblauch fürchten.«

»Und die sich vor der Sonne verstecken müssen«, fügte Robert verächtlich hinzu.

»Ja. Und diese Geschichten, diese Unwahrheiten sind der Grund dafür, warum wir heute friedlich unter den Menschen leben können, und nicht einmal unser Nachbar uns als das erkennt, was wir wirklich sind.« Patrick erhob sich und wandte sich zu dem großen Erkerfenster um, von dem aus man auf die Park Lane hinausblicken konnte. »Wir werden Abraham Stoker nicht nur in Frieden lassen, wir werden ihm außerdem alle möglichen Mythen über uns erzählen. Dann kann er sein Buch oder sein Bühnenstück ruhig schreiben. Wenn nötig, werde ich sogar höchstpersönlich dafür sorgen, dass es veröffentlicht wird.«

»Sie sind alle Dummköpfe, diese Menschen, so leicht zu manipulieren!«, schnaubte Robert.

Patrick runzelte die Stirn und blickte einer vorbeifahrenden Kutsche nach. Viele Vampire teilten Roberts Meinung. Vor allem die jüngeren unter ihnen vergaßen leicht, dass Mensch und Vampir einst Brüder waren, eine einzige Spezies, die im Laufe der Evolution verschiedene Wege eingeschlagen hatte.

»Du kannst gehen. Und, Robert… unterschätze unsere Brüder nicht. Das wäre töricht und kurzsichtig.«

Robert verbeugte sich. »Jawohl, Clanführer.« Und damit ging er.

Patrick räumte zufrieden seinen Schreibtisch auf. Für

heute war die Arbeit erledigt. Er schlüpfte in seine Jacke und verließ das Haus.

Während er durch die kopfsteingepflasterten Straßen schritt, warf er einen Blick zum Himmel. Eine graulila Wolkendecke hing drückend über der Stadt, und es sah nach Regen aus. An Tagen wie diesen vermisste er seine schottische Heimat ganz besonders. In Schottland waren nachts immer die Sterne zu sehen. So aufregend, so betörend London auch sein mochte, Ruß und Smog verhinderten, dass man den Nachthimmel sah, und vom Anblick der Sterne konnte man nur noch träumen.

Als Patrick ein altes Haus mit einer schiefen kleinen Tür erreicht hatte, klopfte er an.

NAME, ertönte es so klar, als habe jemand laut gesprochen.

PATRICK BRUCE.

Die Tür öffnete sich sogleich, und der Pförtner machte eine tiefe Verbeugung.

»Herzlich willkommen, Clanführer.«

Patrick nickte grüßend und betrat die schummrig beleuchtete Diele. Stimmen und Geigenspiel drangen vom Ende eines schmalen Gangs zu ihm. Schöne Musik, aber nicht so betörend wie Violets Spiel.

Violet. Schon wieder musste er an sie denken. Er hatte den ganzen Tag über an sie gedacht.

Patrick betrat einen großen Raum mit hoher Decke, in dem zahlreiche Sofas standen, dazwischen vereinzelt kleine Tische und Stühle. Die Mitte des Raums wurde von einem riesigen Diwan dominiert, auf dem sich bereits mehrere unternehmungslustige Pärchen die Glieder verrenkten.

Patrick erblickte Ismail an der Bar, und er ging sofort zu

ihm. Der Club war, obwohl der Abend kaum angebrochen war, bereits gut besucht, und die Stimmung war erstaunlich lasziv.

»Bisschen früh für diese Art von Aktivität, findest du nicht?«, begrüßte Patrick seinen Freund und nahm auf einem Barhocker neben ihm Platz.

»Froschblut«, erklärte Ismail.

Patrick hob erstaunt die Braue und ließ den Blick durch den Raum schweifen. Auf dem Diwan räkelten sich vier Blondinen in hauchdünnen schwarzen Kleidern, die rein gar nichts mehr der Phantasie überließen, die Augen geschlossen, die Lippen einladend geöffnet. Die Blicke mehrerer Männer waren gierig auf sie gerichtet.

»Das erklärt natürlich die, ähm, fortgeschrittene Stimmung«, nickte Patrick. Froschblut hatte eine eigenartige Wirkung auf Vampire, es steigerte den sexuellen Drang und schärfte die Sinne mehr als jede andere Substanz. Bis auf Menschenblut natürlich, das den zivilisiertesten Vampir in ein wildes Tier verwandeln konnte. »Vielleicht sollten wir uns auch ein Gläschen genehmigen?«

Ismail warf seinem Freund einen entsetzten Blick zu. »Ganz bestimmt nicht, Highlander!«

Patrick war selbst kein großer Anhänger von Froschblut. Er hatte es ein, zwei Mal probiert, als er noch jünger war, aber seitdem nicht mehr. Er sah keinen Sinn darin. Sein Sexualtrieb ließ nichts zu wünschen übrig, und was die Steigerung der Sinne, den Rausch betraf, so war der den nachfolgenden Brummschädel nicht wert.

Aber Ismails geschockte Reaktion machte ihn neugierig.

»Du hast schlechte Erfahrungen gemacht?«

Ismail griff nach seinem Glas mit Blut und nickte. »Ein schreckliches Erlebnis.«

Patrick runzelte die Stirn. Er konnte sich nicht erinnern, dass Ismail je ein Erlebnis als schrecklich bezeichnet hatte. Ismail verlor nie die Beherrschung, er war ein starker, gelassener Mann, der Kraft aus dem Mystizismus der östlichen Religionen zog. Alexander Kourakin, Angelicas Mann, galt gemeinhin als der physisch stärkste Vampir der Welt. Ismail dagegen stand im Ruf, die größte mentale Stärke zu besitzen.

Die Stille dehnte sich aus zwischen den beiden Vampiren. Der Barmann näherte sich und erkundigte sich nach ihren Wünschen.

»Dasselbe wie er«, bestellte Patrick und deutete auf das Glas seines Freundes. Der rothaarige Barmann nickte und verschwand.

»Was ist passiert?«, erkundigte sich Patrick. Der leere Ausdruck auf dem Gesicht seines Freundes hatte ihn noch neugieriger gemacht.

»Isma-«

»Vor Jahren, ich war auf dem Weg zu dir, traf ich in den Highlands auf eine wunderschöne Frau«, erzählte Ismail eilig, als wolle er die unerfreuliche Geschichte so schnell wie möglich hinter sich bringen. »Wir trafen uns eines Morgens, als ich von der Gastwirtschaft, in der ich übernachtet hatte, losritt. Sie galoppierte über die Heide … ich fragte sie, ob ich sie begleiten dürfte. Von da an ritten wir jeden Morgen gemeinsam aus, fast vierzehn Tage lang. Wir sprachen kaum und wenn, dann über belanglose Dinge, nichts Persönliches. Ich wusste nicht einmal ihren Namen, und sie nicht den meinen.«

Der Osmane starrte nachdenklich in sein blutrot funkelndes Glas.

»Ich glaubte, ich sei verliebt. Aber ich wusste, dass ich nicht länger bleiben konnte. Ich war schon viel zu lange weg von zu Hause und wollte vor meiner Rückkehr unbedingt noch dich sehen. Auf unserem letzten Ausritt sagte ich ihr daher, dass ich am nächsten Tag aufbrechen müsste. Sie sagte nichts, nicht mal ein Abschiedswort. Verstört kehrte ich in die Gastwirtschaft zurück.

Wie es das Schicksal wollte, waren an jenem Tag auch zwei deiner Clansleute dort abgestiegen. Sie hatten Froschblut bei sich und luden mich auf einen Drink ein. Sie waren beharrlich, und so gab ich nach.« Er seufzte.

Patrick schwieg, während Ismail einen tiefen Schluck nahm.

»Später an jenem Abend tauchte sie plötzlich auf. Ich weiß nicht, warum sie kam, es kümmerte mich zu dem Zeitpunkt auch nicht mehr, ich konnte nicht mehr klar denken. Ich nahm sie mit auf mein Zimmer. Es war falsch, ich wusste es, noch während wir uns einander hingaben. Ich zwang sie zu nichts, doch plötzlich fing sie an zu schreien und stieß mich zurück. Vielleicht hatte sich meine Augenfarbe verändert, oder meine Fänge waren aufgrund der Wirkung des Froschbluts hervorgetreten, ich weiß es nicht. Auf jeden Fall bekam sie schreckliche Angst. Ich habe ihr nichts getan, dessen bin ich mir ganz sicher, aber sie geriet in Panik und rannte davon. Ich ließ sie gehen, denn ich wollte ihr nicht noch mehr Angst einjagen. Es erschütterte mich zutiefst, einen Menschen so in Schrecken versetzt zu haben. Ich werde das nie vergessen. Vom Froschblut hat es mich jedenfalls auf ewig kuriert.«

»Hast du sie danach wiedergesehen?«, erkundigte sich Patrick mitfühlend. Es war offensichtlich, dass Ismail sich nie von dem Vorfall erholt hatte, und Patrick wünschte, er hätte etwas sagen können, das dem Freund die Last von der Seele nahm.

»Nein. Ich kannte ja weder ihren Namen, noch wusste ich, wo sie wohnte. Ich wartete mehrere Tage an der Stelle, an der wir uns immer getroffen hatten, aber sie ist nicht aufgetaucht. Ich konnte sie nicht finden. Ich werde nie das blanke Entsetzen in ihrem Gesicht vergessen, Highlander. Meine Schande ist grenzenlos.«

»Einen schönen guten Abend, die Herren!« Mikhail Belanow tauchte hinter ihnen auf, wie gewöhnlich übers ganze Gesicht strahlend. Er war der einzige Mensch, dem es erlaubt war, einen Vampirclub zu besuchen; diese Vergünstigung hatte er nur bekommen, weil er der Bruder der Auserwählten war und somit ohnehin von der Existenz der Vampire wusste. Er zog die Brauen in die Höhe, und sein Blick schweifte durch den Raum, über die zahlreichen ineinander verschlungenen Paare. »Und was für ein Abend!«

Patrick, der zwar gerne noch mehr über die geheimnisvolle Frau aus den Highlands erfahren hätte, war dennoch froh, den immer gut gelaunten Mikhail zu sehen.

»Weiß die Auserwählte, dass du hier bist?«, fragte Ismail mit einem spöttischen Lächeln. Der gequälte Ausdruck auf seinem Gesicht war wie weggeblasen.

»Woher sollte sie es denn wissen?«, fragte Mikhail mit gespielter Verwirrung. Als Angelica von Mikhails erstem Besuch in dem Vampirclub erfahren hatte, hatte sie sowohl Patrick als auch Ismail gehörig die Leviten gelesen. »Wie soll er je heiraten, wenn ihr ihn ständig in irgendwelche Lasterhöhlen schleppt!«, hatte sie geschimpft.

»Ah, gut«, sagte Patrick lächelnd, »dann hast du deine Abreibung also noch nicht gekriegt. Und ich dachte schon, ich hätte den ganzen Spaß versäumt.«

»Wenn du es ihr sagst, während ich nicht da bin«, warnte Ismail, »reiß ich dir den Kopf ab, Highlander! Die Auserwählte ist schon seit einer Woche ungenießbar, und das bloß wegen dieses Dummkopfs hier. Mich hat sie schon mehr als einmal völlig grundlos zur Schnecke gemacht.«

»Aber bitte, meine Herren, warum denn so nachtragend?«, lachte Mikhail. »Ich bin sicher, dass du einige der Strafpredigten verdient hast, Ismail!«

Ismail hob die Brauen, und Patrick lachte.

»Mikhail, ich fürchte, Ismail und ich werden dich nicht mehr verteidigen können, wenn deine Schwester wieder einmal verlangt, dass du endlich heiratest.« Patrick dankte dem Barmann und hob sein Glas Blut an die Lippen.

»Ach, kommt schon, was hat mein Junggesellenstand denn mit euch beiden zu tun?«, beschwerte sich Mikhail und bestellte sich einen Whisky.

Ismail zuckte die Achseln. »Das ist es ja. Wir geben dir ein schlechtes Beispiel.«

»Ismail, du bist zwar nicht verheiratet, aber ich habe dich, seit ich dich kenne, noch nie mit einer Frau gesehen. Wie kannst du da ein schlechtes Vorbild sein?«, erkundigte sich Mikhail in sachlichem Ton.

»Das versuche ich deiner Schwester ja auch klarzumachen«, meinte Ismail, »aber offenbar hat der Highlander hier genug Damen für uns beide, und ich werde gerügt, bloß weil ich mit ihm verkehre.«

Patrick lachte über Ismails leidenden Gesichtsausdruck. »Jetzt komm schon, einer von uns muss die Ladys ja glücklich machen. Und solange du den Mönch spielst, Ismail, muss ich mich doppelt ins Zeug legen. Zum Ausgleich, sozusagen.«

Mikhail schnaubte zustimmend und ließ erneut den Blick durch den Club schweifen. »Angelica regt sich unnötig auf«, sagte er. »Schaut euch die Frauen hier doch bloß mal an. Sie können die Blicke ja gar nicht von Patrick abwenden – sogar die mit Partner! Ich sage dir eins, mein Freund: Wenn du nicht Clanführer wärst, dann hättest du jede Menge Feinde.«

Patrick zuckte die Achseln, ohne sich umzuschauen. »Eifersucht ist was für Schwächlinge.«

Ismail schüttelte mitleidig den Kopf. »Ich kann euch beiden bloß wünschen, dass ihr bald die Richtige findet, die euch den Kopf zurechtrückt.«

Violet, kam es Patrick ungebeten in den Sinn. Mikhail dagegen lachte wegwerfend. Patrick bezweifelte, dass er je eine Frau finden würde, die sein Interesse mehr als ein paar Wochen wachhalten konnte, aber die schwarzhaarige Schönheit mit dem olivfarbenen Teint und den satten grünen Augen würde ihn gewiss eine ganze Weile in Atem halten.

Er musste daran denken, wie sie sich an ihn gedrückt hatte, an ihren weichen Körper, wie sie sein Gesicht zu sich herabgezogen und ihn geküsst hatte, einfach so, weil sie ihn attraktiv fand. Sie kannte ihn ja nicht, wusste nichts über ihn.

Hatte sie es aus Dankbarkeit getan, weil er sie vor dem Löwen gerettet hatte?, überlegte Patrick. Die Menschen taten in solchen Situationen die eigenartigsten Dinge. Auch nach einem überstandenen Schrecken, zum Beispiel. Aber so groß konnte der Schreck nicht gewesen sein, Patrick hatte noch ihren Herzschlag im Ohr, ruhig und stetig. Ein wenig Angst hatte sie sicher gehabt, aber sie war weit davon entfernt gewesen, in Panik zu geraten.

Nein, Lady Violine hatte einen ganz anderen Grund gehabt, ihn, den Fremden, zu küssen. Er würde dem Zirkus bald noch einen Besuch abstatten, beschloss er.

»Patrick?«, fragte Mikhail im Ton eines Menschen, der einen Schläfer wachrüttelt. Patrick ignorierte ihn und grinste. Diese Frau, die ihn so leidenschaftlich geküsst hatte, kannte noch nicht einmal seinen Namen!

7. Kapitel

Ein osmanischer Name. Der Privatdetektiv, den sie mit ihrem mageren Einkommen engagiert hatte, hatte herausgefunden, dass Ismail ein osmanischer Name war. Violet war zutiefst verwirrt. Wenn Ismail ein Osmane war, was hatte er dann in den Highlands zu suchen gehabt? Was hatte er von ihrem Vater gewollt?

»Kann ich helfen, Miss?«

Unversehens aus ihren Gedanken gerissen, wandte sich Violet überrascht zu der Stimme um, die, dem Klang nach zu schließen, einem alten Mann gehören musste. Verlegen strich sie ihr Kleid glatt. Sarah hatte es ihr geborgt, und die Chiffonseide fühlte sich seltsam und ungewohnt an, die Rüschen an ihren Handgelenken beengend. Sarah aber hatte ihr versichert, sie sehe in dem grünen Kleid ›regelrecht respektabel‹ aus.

Respektabel war gut, entschied Violet und räusperte sich befangen.

»Wie ich hörte, findet hier ein Vortrag über das Osmanische Reich statt?«

»Ganz recht, Miss. Gleich hier entlang, folgen Sie mir. Das Museum hat die Ehre, Professor Tutskin in seinen geheiligten Hallen empfangen zu dürfen. Er ist ein höchst angesehener Historiker auf seinem Gebiet …«

Violet hörte nicht weiter auf seine Worte, sondern konzentrierte sich ganz darauf, seinem Geruch zu folgen. Sie war zum ersten Mal in einem Museum. Was für einen Sinn hätte es auch gehabt, wo sie die Bilder nicht sehen konnte? Die ungewohnte Umgebung machte sie ein wenig nervös. Hier wurde ihr ihre Behinderung weit mehr bewusst, als irgendwo sonst. Schlimmer noch, die Gerüche erinnerten sie an zu Hause: alte Ölgemälde, Aquarelle, Acrylfarben, der Geruch von Marmorstatuen. Zu Hause hatten überall in den Gängen alte Familienporträts gehangen, und Marmorstatuen standen in der großen Eingangshalle der Burg, in der sie aufgewachsen war.

Und obwohl die Frau, die sie zur Welt gebracht hatte, ihren Dienstboten befahl, sie hinauszuwerfen – sie hatte am Tag zuvor besonders schlimme Prügel bekommen –, dachte sie mit Wehmut und Sehnsucht an ihr altes Zuhause zurück. Schließlich hatte sie ihre Mutter fast nie zu Gesicht bekommen, sie war nur ein paar Mal dort gewesen, in all den Jahren, in denen Violet im Garten gespielt und die große Burg erkundet hatte. Der riesige Speicher vor allem war ein wundervolles Spielzimmer gewesen. Vielleicht würde sie ja eines Tages zu Hause vorbeischauen – natürlich nur, wenn sie sicher sein konnte, dass ihre Mutter nicht dort war. Sie würde in den Garten schlendern und den vertrauten Duft der Berge und Blumen einatmen.

»Da wären wir, Miss. Suchen Sie sich nach Belieben einen Platz.«

»Danke«, sagte Violet lächelnd und betrat zögernd den Saal, aus dem ihr leises Stimmengewirr entgegenschlug.

Der Mann im Archiv, der ihr erklärt hatte, dass Ismail ein osmanischer Name war, war davon ausgegangen, dass sie an osmanischer Geschichte und Kultur interessiert sei, und hatte sie auf diesen Vortrag hingewiesen. Doch jetzt, wo sie hier war, fragte sich Violet mit Schrecken, ob sie möglicherweise gleich dem Mörder ihres Vaters begegnen würde. Wie dumm von ihr, nicht gleich daran gedacht zu haben. Sie hatte ursprünglich einfach nur mehr über ihn, seine Kultur, sein Land erfahren wollen. Es war pures Glück, dass sie ihren Dolch in ihren Stiefel gesteckt hatte.

Ob er wohl hier war? Sie hoffte es inbrünstig, trotz ihres ersten Schreckens.

Violet blieb stehen und holte tief Luft. Elf … nein, zwölf Menschen befanden sich im Saal. Keiner von ihnen ein Bluttrinker.

»Mist!«

»Dasselbe habe ich auch gedacht, als ich die aufgeblasenen Kerle in der ersten Reihe sah. Alles Historiker. Und keine einzige Frau darunter. Kein Wunder, dass Geschichte so öde ist.«

Violet trat überrascht näher an die Frau heran, die diese ungewöhnlichen Worte geäußert hatte.

»Ach, entschuldigen Sie«, fuhr die Frau fort, »wo bleiben meine Manieren. Ich heiße Angelica. Und Sie?«

»Violet«, antwortete Violet verblüfft. Sie hatte sich noch nicht von ihrer Enttäuschung über die Abwesenheit von Ismail erholt und konnte sich deshalb nicht wie sonst auf die Gerüche in ihrer Umgebung konzentrieren. Sie hoffte, dass Angelica ihr nicht die Hand hinhielt, denn solche Feinheiten überstiegen im Moment ihre Fähigkeiten.

»Freut mich sehr, Violet. Wollen Sie sich nicht zu mir setzen?«

»Ich … ja, gerne.« Violet sah keinen Grund, sich nicht zu der Frau zu setzen. Sie orientierte sich an dem Geruch der frisch polierten leeren Sitzflächen der Holzstühle und nahm Platz. Vielleicht würde Ismail ja noch auftauchen, dachte sie und schöpfte neue Hoffnung.

»Ihr Kleid ist übrigens wunderhübsch.«

Violet hob erstaunt die Brauen und wandte der Frau überrascht den Kopf zu. Sie hatte zwar gehofft, dass Sarahs Kreation den Ansprüchen gerecht werden würde, aber ›wunderhübsch‹? Das würde sie Sarah erzählen müssen. Die Seiltänzerin war eine leidenschaftliche Hobbyschneiderin und in ihrer Freizeit immerzu mit dem Nähen von Kleidern aus Stoffresten beschäftigt, die sie wer weiß wo auftrieb. Sie würde sich bestimmt über ein solches Kompliment freuen.

»Danke«, antwortete Violet lächelnd. Eigentlich hätte es die Höflichkeit erfordert, dass nun sie eine Bemerkung über Angelicas Kleid machte, aber das konnte sie ja schlecht.

Sie sog unauffällig die Luft ein und nahm nun den zarten Jasminduft wahr, der die Frau neben ihr umhüllte.

»Jasmin passt wunderbar zu Ihnen«, bemerkte sie.

»Ach!«, sagte Angelica überrascht. »Aber ich habe seit gestern früh kein Parfüm mehr aufgetragen. Muss ein stärkeres Öl sein, als ich dachte.«

Na wunderbar, dachte Violet verärgert. Sie hasste Tage wie diese, an denen sie in ein Fettnäpfchen nach dem anderen zu treten schien. Natürlich hätte sie Angelica jetzt verraten können, dass sie blind war, aber das wollte sie nicht. Die Leute behandelten sie dann immer, als ob sie taub oder geistig minderbemittelt wäre.

»Nein, nein, es ist überhaupt nicht stark. Aber es riecht sehr gut.«

»Danke.« Angelica senkte ihre Stimme zu einem Flüstern:

»Ehrlich gesagt, benutze ich erst Parfüm, seit ich schwanger bin. Man möchte in so einer Zeit doch zumindest gut riechen, wenn man schon nicht gut aussehen kann.«

»Sie sind schwanger?«, entfuhr es Violet, bevor sie es verhindern konnte.

»Also, jetzt schmeicheln Sie mir aber zu sehr! Mein Bauch hat ungefähr die Größe des Buckingham Palace!« Angelica lachte fröhlich, und das beruhigte Violet. Sie hatte heute eben einfach kein Glück. Und wieso sollte sie dieser netten Frau nicht verraten, dass sie blind war? Was soll's, dachte sie achselzuckend.

»Ich wollte Ihnen kein falsches Kompliment machen«, erklärte sie. »Ich habe nicht gesehen, dass Sie schwanger sind, weil ich blind bin.«

Die nun folgende Stille war nur natürlich, aber Violet war trotzdem ein bisschen enttäuscht. Angelica schien so nett zu sein und auch sehr lustig.

»Der Mann zwei Reihen vor uns hat den längsten Schnurrbart, den ich je gesehen habe. Es ist also nicht weiter überraschend, dass von einem Ende eine bräunliche Flüssigkeit tropft; aller Wahrscheinlichkeit nach sein Afternoon-Tea.«

Violet musste lachen und beugte sich unwillkürlich näher zu Angelica.

»Und der Mann davor hat einen unglaublich hohen Zylinder auf. Das arme Walross mit dem Teebart muss sich ständig von der einen auf die andere Seite beugen, um an ihm vorbei zur Bühne sehen zu können.«

Violet konnte es klar vor sich sehen und lachte entzückt auf.

»Danke«, sagte sie kurz darauf, wieder ernst geworden.

»Wofür?«

»Dass Sie mich nicht für blöd halten.«

Zu Violets Überraschung ergriff Angelica ihre Hand. »Sie müssen den Leuten ihre Ignoranz verzeihen.«

Bevor Violet etwas sagen konnte, hatte die andere ihre Hand schon wieder losgelassen. »Daniel? Was machen Sie hier?«

Violet neigte schnuppernd den Kopf zur Seite. Ein Bluttrinker! Sie verkrampfte sich unwillkürlich, wie immer, wenn sie einen von *ihnen* witterte.

»Tut mir schrecklich leid, Sie stören zu müssen, Prinzessin. Patrick schickt mich.«

Prinzessin? Violet konnte gerade noch verhindern, dass ihr die Kinnlade herunterklappte. Einen Moment später berührte Angelica abermals ihre Hand.

»Violet, darf ich Ihnen Lord Trace vorstellen? Daniel, das ist Violet.«

Violet war in all ihrer Zeit bei den Zigeunern nie einem Aristokraten begegnet. Ihre Mutter war zwar eine Lady gewesen – besser gesagt, sie war es immer noch –, aber das wollte nicht viel heißen. Violet hatte keine Ahnung, was jetzt von ihr erwartet wurde. Normalerweise hätten sie solche Dinge nicht gekümmert, aber sie mochte Angelica und wollte sie nicht unabsichtlich beleidigen.

»Miss Violet«, sagte Daniel, und nun, da er sich ihr zuwandte, konnte Violet noch deutlicher den Blutgeruch in seinem Atem wahrnehmen. Und sein aufdringliches Rasierwasser. »Ist mir ein Vergnügen – oh! Kenne ich Sie nicht?«

»Wie bitte?«, fragte Violet verblüfft. Sie hatte keine Ahnung, was er meinte.

»Sie sind Lady Violine!«

Angelica wandte sich ihr überrascht zu, und Violet konnte nur mühsam ein Stöhnen unterdrücken.

»Wer?«

»Sie sind es! Ich konnte Ihre Augen einfach nicht vergessen! Und Ihre Finger, sie können zaubern!« Daniel ergriff Violets Hand und küsste sie hingebungsvoll. Hin- und hergerissen zwischen Verärgerung und Belustigung entzog ihm Violet ihre Hand. »Das hat nichts mit Zauberei zu tun, bloß mit Fleiß und Übung. Mylord«, fügte sie hastig hinzu, sich vage an ihre Kindheitserziehung erinnernd.

»Na, so was!« Diesmal war es Angelica, die ihrem Erstaunen Ausdruck gab. »Ich habe von Ihnen gehört! Die bessere Gesellschaft spricht von nichts anderem, Violet. Man bezeichnet Sie als musikalisches Genie!«

»Als was? Aber nein, so was bin ich nicht!«, protestierte Violet erschrocken.

»Bescheidenheit ist eine Tugend, Lady Violine«, erklärte Daniel, »aber in Ihrem Falle fehl am Platz. Ihre Musik berührt die Seele.«

»Ich würde Sie zu gerne spielen hören«, fügte Angelica hinzu. »Ich habe erst neulich einen Freund zu Ihnen in den Zirkus geschickt, der dringend ein bisschen Kultur nötig hatte, wissen Sie. Aber ich selbst hatte bisher noch nicht das Vergnügen.«

»Ich, äh, ich würde mich sehr freuen, wenn Sie mal in die Vorstellung kämen«, sagte Violet verwirrt. »Jederzeit.« So viel Aufmerksamkeit machte sie ganz nervös. Und nun, da es schien, als ob Ismail hier nicht auftauchen würde, entschied sie, es sei das Beste, die Flucht zu ergreifen. »Ich muss jetzt leider gehen.«

»Sie wollen nicht zum Vortrag bleiben?«, rief Angelica enttäuscht aus.

Violet erhob sich und schüttelte den Kopf. »Mir ist gerade eingefallen, dass ich noch dringend etwas im Zirkus zu erledigen habe.«

»Prinzessin Kourakin, ich fürchte, wir müssen ebenfalls gehen«, warf Daniel rasch ein.

»Muss das sein?«, fragte Angelica.

»Ja, leider. Sie werden zu Hause gebraucht.«

Violet hörte neugierig zu. Lord Trace klang, als würde er etwas verschweigen.

»Nun gut.« Angelica erhob sich. »Dann werden wir Violet auf dem Heimweg beim Zirkus absetzen.«

Daniel sagte nichts. Violet wollte protestieren, zögerte aber. Angelicas Ton ließ keinen Widerspruch zu; nun, Prinzessinnen waren es sicher gewohnt, Befehle zu erteilen. Auf einmal kam Violet der ganze Nachmittag wie ein Witz vor. Sollte sie nicht eigentlich einen Hofknicks vor ihr machen und sie mit ›Euer Gnaden‹ oder so was anreden?

»Bitte, ich komme schon zurecht ...«

»Kommt nicht in Frage!«, wurde sie von Angelica unterbrochen.

»Jawohl, Prinzessin«, antwortete Violet spöttisch. Angelica hakte sich bei ihr unter und steuerte sie wie ein Schlepper aus dem Saal. Daniel folgte den beiden.

»Wagen Sie es ja nicht, mich noch einmal so zu nennen!«, flüsterte ihre neue Freundin erregt. »Außer natürlich, Sie wollen sich den Zorn einer Prinzessin zuziehen!«

Violet lachte. Die Bekanntschaft mit einer Aristokratin kam ihr nicht ungelegen. Je mehr Leute sie kennen lernte, desto größer war die Wahrscheinlichkeit, dass sie Ismail eines Tages über den Weg lief.

Dass die Prinzessin so nett war, war natürlich ein unerwarteter Bonus.

8. Kapitel

Würdest du das bitte Angelica geben?«

»Natürlich. Ist es die Einladung von Isabelle?«

Als bekannt wurde, dass Prinzessin Angelica Kourakin die Auserwählte war und ein Kind von Alexander erwartete, hatte das ganze Volk der Vampire wochenlang gefeiert. Endlich war angebrochen, was alle sehnsüchtig erhofft hatten: ein neues Zeitalter.

Seit Jahrhunderten kämpften die Vampire um ihr Überleben. Obwohl sie mit vielen unglaublichen Fähigkeiten ausgestattet waren, konnten Vampirfrauen erst vom fünfhundertsten Lebensjahr an Kinder bekommen. Und nicht viele erlebten dieses hohe Alter. Die Selbstmordrate war hoch, Depressionen, Lebensüberdruss weit verbreitet – die Nebenwirkungen einer so langen Lebensspanne.

Düstere Zukunftsaussichten also.

Nur die stärksten, stabilsten Vampire wurden Clanoberhäupter, aber selbst sie hatten auf das Wahrwerden der Prophezeiung gehofft.

Und sie war wahr geworden. Die Auserwählten, Menschen, die mit Vampiren Kinder zeugen konnten, würden eine neue, gesegnete Spezies ins Leben rufen.

Angelica selbst war die Tochter einer Auserwählten und eines Vampirs. Sie war der Beginn dieser neuen Mischrasse, und sie und ihr Kind die Hoffnungsträger für die Zukunft.

»Ja. Der Westclan, Isabelles Leute, möchten die Auserwählte ebenfalls mit eigenen Augen sehen. Nicht jeder wird es schaffen, bei der Geburtszeremonie dabei zu sein«, antwortete Ismail.

»Ich werde ihr den Brief noch heute aushändigen, ich bin ohnehin auf dem Weg zu Angelica. Vermutlich wird Alexander mit ihr auch in dein Territorium reisen. Natürlich erst nach der Geburt.«

Ismail nickte und klopfte dann mit seinem Spazierstock an die Decke der Kutsche. Der Kutscher brachte sogleich die Pferde zum Stehen.

»Ich muss mich mit einigen Mitgliedern des House of Lords treffen. Wir sehen uns später.«

Ismail stieg aus, und Patrick blickte ihm lächelnd hinterher. »Bis später.«

Ismail schlug die Tür zu, und schon setzte die Kutsche sich wieder in Bewegung. Patrick schob den dicken Vorhang beiseite und schaute auf die vorbeiziehenden Häuser und Menschen hinaus. Als sie vor dem herrschaftlichen Anwesen der Kourakins stehen blieben, faltete er den Brief zusammen und schob ihn in seine Brusttasche. Patrick sprang aus der Kutsche und ging mit ausgreifenden Schritten auf die stilvolle Eingangstür zu. Er klopfte.

Nichts. Eine Minute verging. Patrick klopfte erneut.

Was war los? Wo waren Alexanders Dienstboten? Patrick probierte die Klinke, und zu seiner Überraschung ließ sich die Tür öffnen.

»Hallo? Angelica? Ist jemand da?«

Seine Stimme hallte in der großen Eingangsdiele.

Leises Klavierspiel drang an sein Ohr.

»Was zum Teufel …«, brummte er.

Angelica saß offenbar wieder einmal am Klavier. Das war nichts Neues, die Prinzessin war eine ausgezeichnete Pianistin.

Patrick schritt den breiten Gang entlang zu dem großen Raum, den Alexander nach der Hochzeit in ein Musikzimmer umgewandelt hatte. Dort fand er, was er suchte: eine Traube von Dienstboten drückte sich hingerissen vor der einen Spalt weit offen stehenden Tür herum. Hier waren sie also alle abgeblieben.

Patrick blieb belustigt hinter ihnen stehen und blickte über ihre Köpfe hinweg in den Saal. Den Konzertflügel konnte er nicht sehen, aber ein paar Sofas und Mikhail, der auf einem davon saß und der Musik lauschte.

»Ist was Besonderes?«, fragte er flüsternd ein Zimmermädchen.

»Nein, aber es ist wunderschön, nicht wahr? Das Klavier und dann noch die Geige. Heulen könnt' man, so schön ist es!«, antwortete sie, ohne sich umzudrehen.

Geige?, dachte Patrick verblüfft. Aber er brauchte sich nicht lange zu wundern. Plötzlich erklangen die gefühlvollen Töne einer Geige, im Einklang mit dem Flügel, eine traurige, weiche, bezaubernde Melodie.

Wie im Traum setzte Patrick sich in Bewegung. Als die Dienstboten ihn sahen, wichen sie hastig zurück und machten ihm eine Gasse frei. Sein Blick fand sie wie Magnet, sobald er den Saal betreten hatte.

Violet. Er hatte sofort gewusst, dass sie es war. Niemand sonst spielte so wie sie. So traurig, so ergreifend. Es kam ihm überhaupt nicht in den Sinn, sich zu fragen, wieso sie hier war. Er machte noch einen Schritt in den Saal hinein, dann blieb er stehen, den Blick unverwandt auf sie gerichtet.

Sie hatte die Augen geschlossen, den Kopf zur Seite geneigt, und ihr schlanker Körper bog sich wie eine Weidenrute zum Takt der Musik. Das lange schwarze Haar hing ihr offen bis zu den Hüften, und in dem schlichten, hochgeschlossenen weißen Kleid wirkte ihre Haut regelrecht golden. Die blassgrüne Schärpe um ihre Taille würde das Grün ihrer Augen unterstreichen, sobald sie sie wieder öffnete. Das wusste er.

Was war es nur, das ihn so zu ihr hinzog? Er hatte mit seinen jetzt fünfhundertsechsundneunzig Jahren so viele Frauen gehabt, Hunderte, dass ihn diese eine eigentlich nicht so sehr hätte beeindrucken sollen. Was hatte sie, was den anderen fehlte?

Das Musikstück klang aus, die Zuhörer verharrten wie verzaubert: das größte Kompliment, das ein Musiker erhalten konnte.

»Na, du könntest wenigstens klatschen!«, beschwerte sich Angelica gut gelaunt und drehte sich zu ihrem Bruder um. Ihr Blick fiel auf Patrick.

»Patrick!«, rief sie erfreut aus.

Patrick riss seinen Blick widerwillig von der schönen Geigerin los.

»Prinzessin.« Patrick machte eine spöttische Verbeugung, und Angelica schnaubte verächtlich. Sie erhob sich und ging mit ausgestrecktem Arm auf ihn zu.

»Übertreib's nicht, alter Mann. Dieses ganze Prinzessinnen-Getue steigt ihr sonst noch zu Kopf«, rief Mikhail von seinem Sofa aus.

»Zu spät. Es ist mir bereits zu Kopf gestiegen!«, warf Angelica ihm über die Schulter zu. Sie hakte sich bei Patrick unter. »Komm, ich will dir unseren Gast vorstellen.«

Patrick ließ sich nur zu willig zu der Geigerin führen, die allerdings die Geige in der einen und den Bogen in der anderen Hand hielt. Keine Chance auf einen Handkuss also. War das Absicht? Sie schien ihm am Ende ihrer letzten Begegnung nicht allzu wohlgesonnen gewesen zu sein.

»Violet, das ist Patrick. Patrick, das ist Violet«, stellte die unkonventionelle Prinzessin die beiden einander vor. Ohne zu ahnen, dass sie sich bereits kannten.

»Freut mich sehr, Sie kennen zu lernen, Violet.«

Sie hob ihre Braue, als sie dies hörte, und Patrick musste ein Lachen unterdrücken. Sie mochte offenbar keine Spielchen.

»Ganz meinerseits«, antwortete sie mit einem grüßenden Nicken.

Patricks Blick hing wie gebannt an der schönen Künstlerin, bis Angelica sich schließlich vernehmlich räusperte.

»Kommt, setzen wir uns doch«, forderte sie ihre beiden Gäste auf.

»Perfektes Timing, Schwesterherz, wie immer«, verkündete Mikhail. »Hier kommt der Tee. Ach, Violet, die Köchin hat extra die Kekse gebacken, die du so magst.«

Patrick folgte den beiden Frauen stirnrunzelnd zu der Sitzgruppe. Mikhail duzte Violet? Und woher wusste er, welche Kekse sie mochte, verdammt noch mal?

»Stimmt was nicht?«, fragte Angelica ihn flüsternd, während Mikhail und Violet entspannt zu plaudern begannen.

»Nein, wieso?«, antwortete Patrick in gleichgültigem Ton. Er ärgerte sich über sich selbst. Was kümmerte es ihn, wie gut oder wie schlecht sich die beiden verstanden? Aber dass man es ihm angemerkt hatte, wurmte ihn.

»Du sahst aus, als hättest du in eine Zitrone gebissen.«

»Das bildest du dir bloß ein.« Dann sagte Patrick mit erhobener Stimme zu Violet, die sich immer noch angeregt mit Mikhail unterhielt: »Und, haben Sie seit unserer letzten Begegnung noch irgendwelche Nahtoderlebnisse gehabt?«

Mikhail verstummte wie vom Blitz getroffen, und Angelica sog erschrocken die Luft ein.

»Nein, aber es gibt sicher jede Menge Frauen in London, die sich zu gerne von Ihnen retten lassen würden, wenn Ihnen so viel daran liegt.«

Patrick beugte sich lachend vor. »Wenn diese Damen in Bedrängnis sich ebenso nett dafür bedanken wie Sie, dann hätte ich wahrhaftig nichts dagegen.«

»Eitler Gockel«, brummte Violet leise, aber Patrick hörte es dennoch. Er wollte gerade zu einer Retourkutsche ansetzen, um Violet noch mehr zu reizen, wurde jedoch von Angelica davon abgehalten.

»Patrick! Violet! Ihr kennt euch?«, rief sie frustriert und hielt Violet eine Tasse Tee hin.

»Ja, wir sind uns schon einmal begegnet. Ein unvergessliches Erlebnis, nicht wahr, Violet?«, bemerkte Patrick. Er wusste selbst nicht, warum es ihm solchen Spaß machte, Violet zu reizen.

»Ich glaube, sie will keinen Tee, Angelica«, bemerkte Mikhail, als er sah, dass Violet keine Anstalten machte, die angebotene Teetasse anzunehmen.

Zu Patricks Erstaunen war es Angelica, die rot wurde und Entschuldigungen zu stammeln begann.

»Entschuldige vielmals, Violet, ich vergesse einfach immer, dass du … ich meine … ich wollte dich nicht …«

Patrick merkte, dass Mikhail wohl ebenso verwirrt dreinblickte wie er selber. Violet jedoch wirkte unerschüttert.

»Das macht doch nichts, Angelica, es ist nicht direkt ein Geheimnis.« Violet beugte sich vor und nahm vorsichtig die angebotene Tasse.

»Wovon redet ihr?«, fragte Mikhail verblüfft. »Wenn es kein Geheimnis ist, dann verratet es uns doch, bitte!« Mikhail stellte seine halb leer getrunkene Tasse Tee auf dem Sofatisch ab und lehnte sich erwartungsvoll zurück.

Patrick dagegen starrte Violet aus verengten Augen an. Die Art, wie sie die Tasse hielt, wie sie sie an die Lippen hob … warum hatte er es nicht gleich gemerkt?

»Ich kann nichts sehen«, erklärte Violet so schlicht, dass Mikhail sie nur sprachlos anstarren konnte.

»Was meinst du?«, fragte er fassungslos.

»Genau das, was sie gesagt hat«, sagte Angelica.

Mikhail erholte sich rasch von seinem Schock, und plötzlich erhellte ein breites Grinsen seine Züge. »He, Patrick, sieht so aus, als hätte ich in diesem Fall sämtliche Chancen auf meiner Seite!«

Violets Lachen erfüllte den Raum, doch Patrick erwiderte nichts. Seine Gedanken rasten. Er rief sich den Vorfall im Zirkus noch einmal ins Gedächtnis, bloß dass er diesmal ihre Blindheit mit einkalkulierte.

»Wieso?«, fragte Violet Mikhail.

»Normalerweise kriegt Patrick alle Damen, weil er so gut aussieht«, erklärte Mikhail. »Aber an Charme kann er's nicht mit mir aufnehmen. Ich kann also damit rechnen, dass du bald in meine Arme sinkst!«

Beide Frauen lachten, doch Patrick schwieg immer noch und beobachtete sie.

»Nicht, dass ich hässlich wäre, im Gegenteil«, versicherte Mikhail hastig.

»Das reicht, Mikhail!«, rief Angelica ihren Bruder liebevoll zur Ordnung. »Du wirst Violet noch Angst einjagen.«

»Er macht mir keine Angst, und das sage ich nur deshalb, weil ich jetzt gehen muss und nicht will, dass er sich wer weiß was einbildet.« Violet lächelte.

Zum Erstaunen der Versammelten erhob sich auch Patrick. »Ich werde Sie hinbringen, wo immer Sie möchten.«

»Das brauchst du nicht, Patrick, mein Kutscher kann Violet nach Hause fahren«, widersprach Angelica, doch Patrick schüttelte den Kopf. Er hatte bemerkt, wie Violets Atem bei seinem Vorschlag stockte, und nahm das als gutes Omen.

»Es macht mir keine Mühe. Kommen Sie, Violet?«

9. Kapitel

»Violet, komm schnell.«

Violet hob schlaftrunken den Kopf vom Kissen. Sie schlug die Augen auf, aber es war stockdunkel. Da fiel ihr wieder ein, dass sie ja nichts mehr sehen konnte, und die Angst schnürte ihr förmlich die Kehle zu.

Die Köchin drängte: »Komm schon, Kindchen, zieh dich an. Du musst fort von hier.«

Irgendwo in der Burg hörte sie gellende Schreie. Ihre Mutter.

Die Angst drohte sie zu ersticken.

»Hab ich was falsch gemacht?«

Die Köchin half ihr beim Anziehen, sagte aber nichts.

»Sucht sie mich?«

Die Frau knöpfte schweigend Violets Mantel zu.

Violet kamen die Tränen. »Wo gehen wir hin?«

»Wir gehen nirgendwo hin, Schätzchen. Es gibt kein Wir. Aber du musst von hier weg. Weit, weit weg.«

Und dann war sie auf einmal im Wald, stolperte über Wurzeln, kratzte sich an Zweigen, schürfte sich an Steinen auf. Hinter ihr zerrissen die Schreie ihrer Mutter die Nacht.

»Komm zurück, du dreckige kleine Ratte!«

»Violet, wach auf.«

Es war Sarah, und sie klang besorgt. Violet fühlte sich wie zerschlagen. »Ich muss wohl eingenickt sein.«

»Ja«, sagte Sarah, »du hast wieder diesen Traum gehabt.«

Violet schüttelte den Schlaf aus den Gliedern und erhob sich von dem Sitz, auf dem sie eingenickt war.

»Wie spät ist es? Ich muss mich fertig machen!«

Sarah verstand und wechselte bereitwillig das Thema.

»Allerdings! Aber erst musst du mir erklären, was zwischen dir und diesem umwerfend attraktiven Herrn vorgeht!«

Violet schlüpfte wortlos in ihren Zigeunerrock.

»Ach, komm schon, Violet!«, stöhnte Sarah, erhob sich von dem Hocker, auf dem sie in einer Ecke der Garderobe gesessen hatte, und trat zu Violet. »Dreh dich wenigstens um, damit ich dir mit den Schnüren helfen kann.«

Violet drehte sich gehorsam um. »Da gibt's nichts zu sagen.«

»Aber klar doch«, murmelte Sarah und zerrte an Violets Rockschnüren.

»Ich schwör's! Er hat mich heimgebracht, um Prinzessin Angelica einen Gefallen zu tun.« Das versuchte sie sich zumindest einzureden. Was sollte es sonst sein? Unmöglich konnte er ein Interesse an ihr haben! Schon gar nicht, seit er wusste, dass sie blind war.

Nicht, dass er etwa herablassend gewesen wäre. Er hatte nichts gesagt, das sie hätte beleidigen können. Tatsächlich hatte er während der ganzen Kutschfahrt überhaupt kein Wort gesprochen. Violet hatte sich noch nie so unwohl gefühlt. Auch zuvor, in Angelicas Haus, hatte er kein Wort gesagt, während Mikhail sich absichtlich lächerlich gemacht hatte, nur um ihr keine Verlegenheit zu bereiten.

Das Schlimmste jedoch war, dass sie ihn trotz ihrer jüngsten Entdeckung immer noch unwiderstehlich fand. Sie war sich nicht sicher, wie sie es bei ihrer ersten Begegnung hatte übersehen können, aber heute bei Angelica war es offensichtlich gewesen: Sein Atem roch nach Blut.

Patrick war ein Bluttrinker.

Sie hatte von der Seherin viel über diese eigenartigen Wesen gelernt und fürchtete sie daher nicht. Sie wusste, dass sie, obwohl sie schneller und stärker als Menschen waren, für diese keine Bedrohung darstellten: Ihre Gesetze verboten das. Auch wusste sie, wie man erkennt, dass ein Bluttrinker versucht deine Gedanken zu lesen, eine Fähigkeit, die offenbar auch einige Menschen besaßen.

Trotzdem war es verstörend, dass dieses Wissen darum, was Patrick war, sie nicht abschrecken konnte. Sie hatte doch bisher nie etwas mit Bluttrinkern zu tun haben wollen – aus dem einfachen Grund, weil Ismail einer von ihnen war.

»Na gut«, gab sich Sarah zufrieden und knüpfte die letzten Schnüre an Violets Kostüm zu.

Um sie von diesem heiklen Thema abzulenken, sagte Violet lächelnd: »Hab ich schon erwähnt, dass deine letzte Leihgabe ebenso großen Anklang gefunden hat wie das andere Kleid?«

Sarah sprang quiekend auf und ab. »Ja, wirklich? Wirklich? Also ehrlich, das hätte ich nie gedacht! Ich bin ja direkt stolz auf mich!«

»Das kannst du auch sein«, sagte Violet und ergriff schmunzelnd die Hand der Jüngeren. »Ich selbst kann die Kleider zwar nicht sehen, aber alle sagen, dass du sehr talentiert bist, Sarah. Du hast allen Grund, stolz auf dich zu sein.«

»Violet!«, drang Grahams Stimme durch die dünne Holztür. »Du bist gleich dran!«

»Komme sofort!«

Sarah drückte Violet Geige und Bogen in die Hand. »Hier, da hast du deine Geige. Und, Violet – danke, dass du so nett zu mir bist«, sagte sie leise.

Auch Sarah hatte kein leichtes Leben hinter sich, hatte nie viel Freundlichkeit oder gar Fürsorge erfahren. Dabei war sie ein so nettes Mädchen. Sie hatte Besseres verdient.

Vielleicht, überlegte Violet, könnte sie ja mit Angelica reden. Vielleicht konnte die Prinzessin Sarah eine Stelle bei einer Modistin vermitteln. Sie hatte Angelica zwar erst ein paar Mal getroffen, doch sie war sicher, dass ihr die liebenswerte Aristokratin helfen würde.

Obwohl sie Sarah natürlich nur sehr ungern verlieren würde. Aber wenn es das Mädchen glücklich machte … Außerdem hatte sie selbst ja auch nicht vor, ewig beim Zirkus zu bleiben.

Nur so lange, bis sie Ismail gefunden hatte.

Entschlossen marschierte Violet zum Vorhang. Graham war bereits draußen und kündigte ihre Nummer an. Ob Ismail vielleicht heute im Publikum saß? Sie tastete unwillkürlich nach dem Ring, den sie an einer Kette unter ihrer Bluse trug. Sie musste ihn finden. Aber wie?

Der Vorhang schwang auf, und Violet betrat die Manege. Sie wusste, dass die Scheinwerfer ihr folgen würden. Vertraute Gerüche stiegen ihr in die Nase. Sie holte tief Luft. Heute Abend waren mehr Reiche unter den Zuschauern als je zuvor. Die unterschiedlichen Parfüms und Duftwässer waren überwältigend.

Unbeirrt fand sie ihren Platz in der Mitte der Manege. Abermals schnupperte sie: die üblichen Süßigkeiten und

Snacks, Schuhwichse und… Schießpulver? Jemand hatte eine Waffe dabei! Wieso sollte jemand eine Pistole in den Zirkus mitbringen?

Ihr Unbehagen verdrängend, klemmte sich Violet ihre Geige unters Kinn und begann zu spielen. Die Musik wirkte beruhigend auf sie, doch wanderte ihre Aufmerksamkeit immer wieder zu dem Mann in der dritten Reihe links von ihr. Warum hatte er eine Pistole dabei? Er wollte doch nicht etwa hier im Zirkus jemanden erschießen?

Sie nahm seinen speziellen Geruch auf: Er roch nach Schweiß und nach der Pfefferminzpastete, die er kurz zuvor gegessen hatte. Und nach Bier. Gott, der Kerl hatte eine fürchterliche Fahne. Violet erschrak. Der Mann war betrunken, und er hatte eine Waffe!

Sie spielte weiter, etwas anderes fiel ihr nicht ein. Ein fehlgeleiteter Instinkt veranlasste sie, nach links zu gehen, näher an ihn heran. Sie musste etwas unternehmen. Sagen konnte sie nichts, denn falls er vorhatte zu schießen, würde er es dann sofort tun. Wenn sie es dem alten Graham doch bloß hätte mitteilen können. Er hätte sofort ein paar Bühnenarbeiter zu dem Mann geschickt. Aber würde der warten und sich überwältigen lassen?

Sie musste etwas tun, bevor jemand starb!

Sie hörte auf zu spielen. Im Zelt herrschte Totenstille. Sie konnte sich vorstellen, dass alle Blicke gebannt auf sie gerichtet waren. Sie schnupperte und nahm nun zum ersten Mal den Geruch ihrer heimatlichen Berge wahr.

Aber das half ihr jetzt nichts. Sie musste sich ganz auf ihr Ziel konzentrieren.

»Ich brauche einen Freiwilligen.«

Sofort kam Bewegung ins Publikum, eifrige Rufe ertönten, sie konnte sich vorstellen, dass zahlreiche Arme sich reckten. Ob der Mann mit der Waffe sich auch meldete? Was tat sie eigentlich? War sie verrückt geworden?

»Sie dort, bitteschön.« Violet deutete auf den Mann mit der Pistole. »Würden Sie mir freundlicherweise behilflich sein?«

Sie atmete tief und regelmäßig ein, um sicherzugehen, dass auch der richtige Mann aufstand. Seine Bierfahne war unverkennbar. Nein, der Mann war sitzen geblieben.

Da hörte Violet, wie vereinzelte spöttische Rufe laut wurden, wie die Leute begannen, ihn aufzuziehen, ihn zum Mitmachen zu provozieren. Gut! Violet freute sich, als der Geruch des Schießpulvers stärker wurde. Er kam zu ihr in die Manege. Sie zog ihre Schuhe aus und zog die Spangen aus ihrem Haar.

Emilian, ein alter Zigeuner und Meisterdieb, hatte ihr einige Tricks beigebracht. ›Flinke Finger‹, wie er es nannte. Meist verdienten sie genug mit ihren Vorstellungen, doch dann und wann war ein wenig Taschendiebstahl unumgänglich. Und der alte Zigeuner hatte sich nicht davon abhalten lassen, ihr trotz ihrer Blindheit die Grundlagen des Gewerbes beizubringen.

Der Betrunkene stand nun vor ihr. Violet konnte riechen, dass die Pistole in seiner linken Tasche steckte. Wenn sie zu tanzen begänne, ihn ein wenig verwirrte, sollte es ihr eigentlich gelingen, ihm die Pistole unauffällig abzunehmen.

»Willkommen, Sir. Bleiben Sie einfach ruhig zum Publikum gewandt stehen«, befahl Violet gelassener, als es ihr wild klopfendes Herz hätte vermuten lassen. *Ganz ruhig bleiben, ganz ruhig bleiben,* befahl sie sich. *Das hier ist nur ein Spiel. Betrachte es als ein Spiel.*

»Da kannst du lange warten.«

Die ominöse Ankündigung kam von ihrem Gegenüber. Violet brauchte das erschrockene Aufkeuchen des Publikums nicht zu hören, um zu wissen, dass er seine Waffe gezogen und auf sie gerichtet hatte. Wie dumm, wie töricht von ihr, eine solche Möglichkeit nicht in Betracht zu ziehen!

Ganz ruhig bleiben, keine Angst, befahl sie sich.

»Du … du bist wie sie! Verdrehst den Männern mit deiner Schönheit den Kopf. Hast du gedacht, ich würd' auf dich reinfallen?« Er trat drohend einen Schritt auf sie zu, doch Violet wich trotz ihrer Angst nicht von der Stelle.

Wenigstens würde er jetzt die andere nicht erschießen, wer immer es sein mochte. Unter den Zuschauern brach Unruhe aus, und ihr Angreifer brüllte den Leuten zu, sich nicht zu bewegen.

»Sie irren sich, Sir. Ich will Sie nicht reinlegen«, versuchte Violet ihn zu beschwichtigen.

»O doch!« Er kam noch einen Schritt näher. »Du hast keinen Respekt, genau wie die andere Schlampe!«

Er holte aus, und bevor Violet reagieren konnte, hatte er ihr mit dem Handrücken eine brutale Ohrfeige versetzt, die sie umwarf. Die Zuschauer keuchten entsetzt auf. Violets Wange brannte.

Sie musste an früher denken, als Schläge an der Tagesordnung gewesen waren: ihre Mutter, die Wirtin der Taverne, betrunkene Gäste … Sie blinzelte und befand sich auf einmal wieder im Zirkuszelt, vor sich den unberechenbaren Trunkenbold. Zornig strich sie sich das Haar aus dem Gesicht.

Sie hatte sich vor langer Zeit geschworen, nie zu weinen oder Schwäche zu zeigen, wenn sie geprügelt wurde. Sie legte kurz ihre Hand an die brennende Wange, dann stand sie zornig auf. Den Gefallen würde sie ihm nicht tun, vor ihm im Staub liegen zu bleiben!

Sie trat auf ihn zu und blieb erst stehen, als die Mündung seiner Waffe ihre Brust berührte, sein stinkender Atem ihr ins Gesicht wehte. Abermals ging ein erschrockenes Aufkeuchen durchs Publikum, und einige riefen ihr Warnungen zu.

»Schlägst du sie auch, hm? Misshandelst du sie?«

Violet wusste, sie konnte sich glücklich schätzen, dass er noch nicht abgedrückt hatte, aber ihr war auf einmal alles egal. Wie konnte er es wagen, sie zu schlagen? Wie konnten die Menschen einander solche Dinge antun? Er unterschied sich in nichts von all den anderen grausamen Menschen dieser Welt. Er war wie ihre Mutter. Er war keinen Deut besser als Ismail.

»Ein Mann, der sich nur mit Gewalt durchsetzen kann, hat keinen Platz in einer zivilisierten Gesellschaft! Er verdient keinen Respekt!«, sagte sie laut und deutlich. Im Zelt war Totenstille eingetreten. »Und ein Mann, der Frauen und Kinder schlägt, ist der größte Feigling, den es gibt. Er tut es, damit er sich stark fühlt, dabei weiß er tief im Herzen, er ist es nicht! Sie, Sir, sind erbärmlich!«

Das Publikum hielt den Atem an. Man erwartete den Schuss. Violet ebenfalls. Aber er blieb aus.

Sekundenlang geschah gar nichts. Dann gab es einen dumpfen Schlag, und die Waffe plumpste in den Sand. Die Zuschauer begannen zu schreien, aber diesmal waren es … Freudenschreie. Was …?

»Schnappen wir uns den Mistkerl!«, hörte Violet jemanden brüllen. Sie hörte Leute auf sich zurennen, verstand aber immer noch nicht, was geschehen war. Aber die Waffe lag zweifellos auf dem Boden!

Die Menge hatte sie inzwischen erreicht. Violet wich unwillkürlich vor dem Gedränge zurück ... und stieß prompt gegen eine muskulöse Brust. Es roch nach ihren Bergen. Und nach Heidekraut.

Patrick.

»Sie haben ihn, es ist vorbei«, stieß er gepresst hervor. Seine Worte, so zornig sie klangen, waren eine Erlösung für Violet. Sie merkte auf einmal, wie ihr die Knie weich wurden.

»Mir wird schwindlig.«

Bevor sie noch etwas sagen konnte, hatte Patrick sie schon auf die Arme genommen.

»Irgendwie scheine ich dich ständig aus der Manege tragen zu müssen.«

Violet grinste, obwohl er immer noch schrecklich wütend klang. Sie barg erschöpft ihren Kopf an seiner Schulter. Es war so schön, wieder von ihm gehalten zu werden, selbst wenn er wütend war.

Abermals brachte er sie hinter den Vorhang und ging stracks zu ihrer Garderobe. Doch diesmal stellte er sie nicht auf die Füße, und Violet war ihm dankbar, denn sie wusste nicht, ob sie schon hätte stehen können.

Patrick setzte sich mit ihr auf den kleinen Hocker in der Ecke.

»Du scheinst die Schwierigkeiten ja geradezu anzuziehen«, bemerkte er leise.

»Bisher nicht. Eigentlich erst, seit ...«

»Wir uns kennen gelernt haben?« Violet hörte das unterdrückte Lachen in seiner Stimme und zuckte mit den Schultern. Sie spürte, wie sie wieder zu Kräften kam, wie der Schock abklang. Wieder einmal war sie knapp dem Tode entronnen, aber wieder einmal war alles noch einmal gut gegangen. Da fiel ihr ein, was er bei ihrer letzten Begegnung erfahren hatte: dass sie blind war. Sicher hielt er sie jetzt für eine schutzbedürftige arme Invalide … Sie presste zornig die Lippen zusammen.

»Es geht mir schon besser. Sie können mich jetzt loslassen.« Sie versuchte von seinem Schoß zu rutschen, aber er hielt sie fest.

»Frau, hast du den Verstand verloren?«, knurrte er.

»Ich –«, stotterte Violet.

»Was hast du dir dabei gedacht, dich direkt vor die Mündung seiner Pistole zu stellen?!«

Sie spürte seinen Zorn in der Anspannung seines ganzen Körpers.

»Ich –«

»Wenn du so was Dummes noch mal machst, erschieße ich dich eigenhändig, so wahr ich hier sitze!«

»Ich kann gut auf mich selbst aufpassen!«, sagte sie, lauter als beabsichtigt, und kam sich sofort kindisch vor. Sie hörte auf, auf seinem Schoß herumzuzappeln und hielt still. Holte tief Luft.

Ein Fehler. Er roch einfach himmlisch.

»Danke für Ihre Freundlichkeit, aber ich brauche jetzt keine Hilfe mehr. Bitte lassen Sie mich aufstehen.«

Plötzlich spürte sie seine Finger zart an ihrer Wange. Überrascht fuhr sie zusammen. Er schwieg. Dann stieß er gereizt die Luft aus.

»Ich weiß, dass du keine Hilfe brauchst. Du bist die mutigste Frau, der ich je begegnet bin, Violet.«

Violet wusste nicht, was sie sagen sollte. Er hielt sie für mutig? Und sie hatte gedacht … Aber das ergab keinen Sinn …

»Sag das nicht. Ich weiß, was die meisten Leute von kleinen blinden Mädchen halten.«

Er lachte auf. Violet, deren Wange an seiner vibrierenden Brust lag, war verwirrter denn je.

»Eine blinde Frau, die sich frei bewegen kann wie eine Sehende, die vor Löwen und waffenschwingenden Säufern nicht zurückschreckt, die würde ich kaum als ›kleines blindes Mädchen‹ bezeichnen!«

Violet gab es nur ungern zu, aber seine Worte taten gut. Sehr sogar. Aber das lag nur daran, weil *er* sie gesagt hatte. Wieso? Er war ein Fremder, sie wusste nichts über ihn. Außer, dass er dazu neigte, sie aus Gefahren zu retten … und ihre Gefühle durcheinanderbrachte.

»Willst du wirklich, dass ich dich loslasse?«, flüsterte er heiser.

Ihr Herz begann schneller zu schlagen, ihre Finger krallten sich unwillkürlich in sein Hemd. Nein, sie wollte nicht, dass er sie losließ. Sie wollte ihn küssen. Unbedingt.

»Mein Gott, ich hab mir solche Sorgen gemacht, geht's dir … Oh!« Sarah blieb wie angewurzelt in der Tür stehen. »Ich … das hab ich doch schon mal … äh …«

Violet sprang mit hochrotem Gesicht von Patricks Schoß und glaubte ihren Ohren nicht zu trauen, als sie ihn lachen hörte.

»Déjà-vu? Alles schon mal gesehen?«, sagte Patrick unschuldig und erhob sich ebenfalls.

Violet sagte nichts. Sie war zutiefst verwirrt und beschämt. Und frustriert. *Verdammt*! Was war das bloß mit diesem Mann?

»Also, äh, ich geh dann lieber …«, sagte Sarah, wurde jedoch von Violet und Patrick aufgehalten, die beide zur gleichen Zeit sprachen.

»Nein, Sarah, bleib …«

»Ich muss sowieso gehen.«

Violet klappte den Mund zu, und Patrick lachte.

»Bleiben Sie, Sarah. Ich muss gehen, und ich würde mich besser fühlen, wenn ich wüsste, dass Sie sich um Violet kümmern.«

Violet hätte gerne gesagt, dass sie niemanden brauchte, der sich um sie kümmerte, schwieg aber, weil es kindisch gewesen wäre.

»Na gut«, gab Sarah sich geschlagen. Violet fühlte, wie Patrick auf sie zutrat.

»Auf Wiedersehen.« Er berührte sanft ihre Hand und ging.

Violet stand da wie vom Donner gerührt. Ihre Hand brannte von seiner leisen Berührung.

Sarah räusperte sich.

»Ich dachte, du hättest gesagt, dass …«

»Sarah, bitte, nicht jetzt.«

»Okay, aber wenn du meine Meinung hören willst …«

»Sarah!«

»Okay, okay, ich bin schon still.«

»Danke.« Violet seufzte. Sie brauchte jetzt Ruhe. Es war ein anstrengender Tag gewesen.

10. Kapitel

Der nackte Körper der Frau auf dem Altar schimmerte im Licht zahlreicher Kerzen. In einiger Entfernung um sie herum standen zwölf in schwarze Umhänge gehüllte Vampire.

»Zu lange schon haben wir uns vor den Menschen versteckt.« Der Anführer der Gruppe trat vor, sein Gesicht unter der weiten schwarzen Kapuze verborgen.

»Verfolgt, gequält und ermordet!«, donnerte er. »Und haben wir uns gewehrt? Nein!« Er schritt um den Altar herum. Seine Fangzähne glitzerten.

»Wie Schafe befolgen wir die Gesetze unserer Clanoberhäupter. Das Gesetzbuch der Vampire!« Er spie die Worte förmlich aus. »Man befiehlt uns, uns zu verstecken, uns zu ducken, den Mund zu halten – unsere wahre Natur zu verleugnen!«

Die junge Frau auf dem Altar wimmerte verängstigt. Der Vampir fuhr zu ihr herum. Zwölf Augenpaare waren hungrig auf sie gerichtet.

»Wir sind klüger als ihr«, rief der Vampir mit klarer Stimme, »schneller als ihr, stärker als ihr. Begreifst du das, du schwache Kreatur?«

Die schreckensweiten Augen des Opfers füllten sich mit Tränen.

»Schaut sie euch an!«, höhnte der Anführer und hob den

schlanken Arm des Mädchens. »Seht ihr, wie sie sich fürchtet?« Er zog einen Dolch unter seinem Umhang hervor und machte einen langen Schnitt in den Unterarm des Mädchens, dessen Schrei hinter dem Knebel ungehört blieb. Blut tropfte auf den Altarstein und erfüllte die unterirdische Kammer mit seinem metallischen Geruch.

Der Anführer tauchte seinen Finger in die Pfütze, die sich bildete, und leckte ihn genüsslich ab. Er warf den Kopf in den Nacken und lachte, mit kohlschwarz funkelnden Augen und blutverschmierten Lippen.

»Es wird höchste Zeit, dass wir unseren rechtmäßigen Platz in der Natur einnehmen! Es wird höchste Zeit, dass wir diesen jämmerlichen Menschen zeigen, wer hier der Herr ist!«

Zwölf in Kapuzen gehüllte Gestalten traten mit schwingenden Roben vor zum Altar und schlugen ihre Zähne in den nackten Leib des Opfers.

11. Kapitel

Auf ein Wort, Clanführer?«

Patrick wandte sich zu dem jungen Viscount of Barton um. In seinem Abendanzug wirkte er wie der vollendete englische Aristokrat. Patricks Blick huschte ironisch über die versammelten Dinnergäste. Keiner von ihnen hätte auch nur geahnt, dass es sich bei dem jungen englischen Aristokraten um einen beinahe einhundert Jahre alten Vampir handelte, der ursprünglich aus Deutschland stammte.

»Was ist, Henry? Stimmt was nicht?«

Henry schüttelte errötend den Kopf. »Nein, nein. Es ist nur … ich wollte fragen, ob es vielleicht möglich wäre, in eine andere Stadt umzuziehen.«

Patrick, der sich wunderte, warum Henry ein solches Anliegen so peinlich sein sollte, antwortete leichthin: »Aber du weißt doch, dass du leben kannst, wo du willst. Komm nächstens bei mir vorbei und ich gebe dir die Adressen unserer Häuser in den verschiedenen Städten des Nordclan-Territoriums.«

»Danke«, antwortete Henry lächelnd, aber es war offensichtlich, dass ihn immer noch etwas bedrückte.

»Was ist los, Henry? Und sag nicht, es wäre nichts. Ich will nicht angelogen werden.«

Patrick folgte Henrys Blick, der zu einer Gruppe von Männern huschte, die sich eifrig über die derzeitige politische Lage unterhielten, ein Thema, das Patrick nicht wirklich interessierte. Er hatte in seinem langen Leben in so vielen Kriegen gekämpft, dass ihm die kleinen politischen Winkelzüge von Männern, die sich selbst zu wichtig nahmen, einfach nur langweilten.

Fast sechshundert Jahre, in denen er miterleben musste, wie die Menschen Territorien eroberten und wieder verloren. Er hatte eins daraus gelernt: Wenn man kämpfte, dann nur um etwas, das wirklichen Wert hatte ... wie die Familie; Frau und Kinder.

»Es geht um Daniel, Clanführer. Ich dachte, du solltest wissen, dass er ... schlecht über dich redet.«

Patricks Blick schweifte durchs große Speisezimmer und blieb an dem Wiesel haften, das sich gerade über Lady Summers Hand beugte. Daniel hasste Patrick seit dem Tag, an dem er vor ihm in den wilden Wassern der Nordsee hatte kapitulieren müssen. Ein erbärmlicher Wicht, dachte Patrick, der es nicht wert war, dass man sich seinetwegen auch nur eine Sekunde lang den Kopf zerbrach.

»Danke für deine Warnung, Henry, aber sie ist unnötig. Daniel ist nervtötend, zugegeben, aber er ist ein Feigling. Ich bezweifle sehr, dass er eine ernsthafte Bedrohung darstellt.«

»Da hast du sicher recht, Clanführer. Niemand von uns hört auf seine neidischen Hetzreden. Ich wollte es dir auch nur sagen, weil ... nun, jeder weiß, was du vom Gedankenlesen hältst ...«

Patrick schlug dem jungen Mann lächelnd auf die Schulter. »Keine Sorge, Viscount. Und jetzt solltest du besser wieder zu der Dame zurückgehen, die du meinetwegen hast stehen lassen. Sie sieht schon ganz verloren aus.«

Henry machte sich grinsend auf den Weg zurück zu seiner verführerischen Rothaarigen.

»Schamloser Lügner. Sie sieht überhaupt nicht verloren aus. Sie sieht aus, als wolle sie dich verspeisen, statt des bevorstehenden Dinners.«

Patrick hob die Brauen, als Angelica in sein Blickfeld trat.

»Man sollte doch meinen, dass du das Lauschen aufgegeben hast nach allem, was passiert ist, als du das letzte Mal erwischt wurdest.«

Angelica hob nun ebenfalls die Braue, und Patrick musste grinsen. Vor knapp einem Jahr war Angelica dabei erwischt worden, wie sie eine Vampirzeremonie durch ein Schlüsselloch beobachtete. Bis dahin hatte sie nichts von der Existenz von Vampiren gewusst, und in der Folge hatte man sie unter Hausarrest gestellt.

»Und was für eine Lehre sollte ich deiner Meinung nach daraus ziehen?«, fragte sie vergnügt. »Wenn es letztlich nur dazu führte, dass ich die Liebe meines Lebens geheiratet habe?« Ihr Blick schweifte durch den Raum. »Eine langweilige Dinnerparty nach der anderen. Ich sollte bei Alexander sein.«

Patrick verstand sie sehr gut. Er selbst konnte sich auch etwas Besseres vorstellen, als sich auf langweiligen Dinnerpartys herumzudrücken und mit versnobten Aristokraten Konversation zu machen.

»Unsere Gastgeberin hat uns für später eine Überraschung versprochen«, sagte er, um sie von ihren trüben Gedanken abzulenken.

Angelicas undamenhaftes Schnauben brachte Patrick zum Lachen.

»Apropos Gastgeberin, hast du gesehen, wie Daniel um sie herumscharwenzelt? Ich mag Lady Summers. Meinst du, ich sollte sie warnen?«, fragte Angelica stirnrunzelnd.

»Wozu? Er wird sich im Lauf des Abends noch jeder halbwegs attraktiven Dame aufdrängen. Was das betrifft, ist Daniel sehr demokratisch.«

Angelica strich sinnend über ihren vorgewölbten Leib und nickte. »Wie wahr. Weißt du, er benimmt sich eigentlich nur dann so, wenn du in der Nähe bist. In der übrigen Zeit ist er beinahe erträglich.«

Patrick sagte nichts dazu; es war auch nicht nötig. Solange sich der Kerl an ihre Gesetze hielt und Angelica mit Höflichkeit und Respekt behandelte, war er ihm egal.

»Im Gegensatz zu mir, willst du sagen?«

Angelica schaute ihn einen Moment lang erschrocken an, doch dann begriff sie. »Ja, du bist auch ein Frauenheld, Patrick, allerdings mit einem Unterschied: Die Frauen laufen dir nach, nicht du ihnen.«

»Stimmt. Ich bin völlig unschuldig«, grinste Patrick.

»Wohl kaum.«

Sie schwiegen einen Moment lang. Patricks Blick glitt müßig über die anwesenden Damen, die alle nach der neuesten Mode gekleidet waren: Rüschen und Spitzen, schulterfreie Kleider, das Haar kunstvoll hochgesteckt, Stirn und Schläfen von sorgfältig gelegten Löckchen umrahmt. Attraktive Frauen, einige Schönheiten darunter, aber Patrick ließen sie kalt. Ihm ging eine gewisse Geigerin mit hüftlangem, rabenschwarzem Haar nicht aus dem Kopf.

»Glaubst du, dass Alexander bald zurück sein wird?«

Patrick wandte sich wieder seiner Gesprächspartnerin zu und bemerkte den sehnsüchtigen Ausdruck auf ihrem Gesicht. Ihre Liebe zu ihrem Mann war so offensichtlich, und Alexander empfand dasselbe für sie. Er konnte sich eine so tiefe Liebesbeziehung kaum vorstellen.

»Er wird bald wieder da sein, Prinzessin.«

»Ich weiß, aber ich kann einfach nicht aufhören, mir Sorgen zu machen. Wenn er nun aufgehalten wird und das Baby kommt?«

»Du weißt genau, dass er die Geburt seines Kindes um nichts auf der Welt versäumen würde«, beruhigte er sie. »Er wird rechtzeitig wieder da sein.«

Die Prinzessin seufzte. »Du hast ja recht. Ich wünschte nur, er wäre schon hier.«

Patrick, der wusste, dass nichts, was er sagte, ihre Sehnsucht nach ihrem Mann lindern konnte, schwieg. Tabletts mit Champagnerflöten und Kanapees machten die Runde.

Am Eingang zum großen Esszimmer entstand Bewegung und zog Patricks Aufmerksamkeit auf sich. Lady Summers schien jemanden hereinzuführen. Ihre Augen leuchteten vor Aufregung.

»Meine Damen und Herren, wenn Sie mir bitte einen Moment Ihre Aufmerksamkeit schenken würden!«, rief sie mit ihrer hohen Stimme.

Die versammelten Gäste verstummten, und Lady Summers fuhr fort.

»Heute haben wir einen ganz besonderen Gast. Lasst ihn uns herzlich willkommen heißen.«

Sie zog ihren Gast, der hinter ihr gestanden hatte, in den Saal.

»Violet!«, stieß Angelica erstaunt hervor. Patricks Magen zog sich zusammen, als er sie in einem wundervollen grünen Abendkleid erblickte. Ihr herrliches schwarzes Haar war der Mode entsprechend hochgesteckt, und feine Löckchen umschmeichelten Stirn und Schläfen. Doch das war auch schon ihr ganzes Zugeständnis an die Etikette. Sie trug weder Rouge noch Schmuck noch einen einschmeichelnden Gesichtsausdruck.

Aufgeregtes Getuschel brach unter den Anwesenden aus. Lady Summers begann Violet herumzuführen und den anderen Gästen vorzustellen. Die vornehme Gesellschaft war entzückt, ›Lady Violine‹ in ihren Reihen begrüßen zu dürfen, ein Name, der mit einem bewundernden Raunen von einem zum anderen weitergegeben wurde.

Patrick fiel auf, dass es niemandem in den Sinn kam, die Nase über die Anwesenheit einer Zirkusartistin zu rümpfen. Sie fanden die mysteriöse Geigerin viel zu faszinierend. Inzwischen war sie eine kleine Berühmtheit. Die *Times* hatte sie als die Frau bezeichnet, die ›dem Tod in die Augen sah und ihn erbärmlich nannte‹. Ganz London sprach von ihr.

Patrick musste an den gestrigen Abend zurückdenken und schnitt eine Grimasse. Der Betrunkene hätte Violet mit Sicherheit erschossen, wenn er, Patrick, ihn nicht davon abgehalten hätte. Erbärmlich, wie der Mann tatsächlich war, war es ihm nicht schwergefallen, seinen Geist zu kontrollieren und ihn dazu zu zwingen, die Waffe fallen zu lassen. Aber Violets Verhalten machte ihm Sorgen. Sie war viel zu unvorsichtig gewesen …

»Ach, sieh sie dir an! Sieht sie nicht hübsch aus?«, sagte Angelica lächelnd.

Das fand Patrick reichlich untertrieben. Sie war atemberaubend.

»Sie scheint sich unwohl zu fühlen«, bemerkte er nachdenklich. »Vielleicht solltest du ihr zu Hilfe kommen, Angelica.«

Angelica schaute stirnrunzelnd zu Violet hinüber, die an Lady Summers Seite die Runde machte. »Aber sie lächelt, siehst du nicht? Oder hast du ihre Gedanken gelesen?«

Patrick versteifte sich.

»Tut mir leid«, sagte Angelica sofort, »ich weiß, dass du so was nicht tun würdest. Ich bewundere deinen Standpunkt, was das Gedankenlesen betrifft. Auch ich finde, man sollte es nur dann tun, wenn es unumgänglich ist. Aber viele sind anderer Meinung. Nun, man kann froh sein, dass die meisten es ohnehin nur auf kurze Distanz schaffen. Stell dir vor, jeder könnte aus der Entfernung die Gedanken anderer lesen!«

Angelica selbst war unter allen vier Clans die mächtigste Gedankenleserin, und bis vor kurzem war es ihr unmöglich gewesen, dieses Talent zu kontrollieren. In Anbetracht dieser Tatsache war ihre Abneigung gegen den Missbrauch der Fähigkeit sehr verständlich. Und sie hatte recht, was das Gedankenlesen über Distanzen betraf, dachte Patrick. Die meisten Vampire konnten nur die Gedanken dessen lesen, dem sie in die Augen sahen, und das auch nur, wenn sie sich konzentrierten. Distanzen spielten nur dann keine Rolle, wenn es sich um wahre Liebe handelte, um ein Paar also, das eine sehr enge Beziehung zueinander hatte, so wie Angelica und Alexander. Doch nur sehr wenige Vampire fanden einen solchen Partner, ihren Seelenverwandten.

Patrick wies mit einem Nicken auf Violet. »Es stimmt, sie lächelt, aber sieh nur, wie sie sich bewegt, mit kleinen, zögernden Schritten. Violet geht nicht so.«

»Ach, und wie geht Violet?«, fragte Angelica.

Patrick, der das interessierte Funkeln in ihren Augen nicht bemerkte, antwortete: »Schneller, forscher, ohne Zögern. Fast arrogant.«

Angelica war verwirrt und wollte gerade etwas sagen, doch dann wurde ihre Aufmerksamkeit abgelenkt, und ein Strahlen ging über ihr Gesicht.

»Lady Summers, wie schön, dass Sie unsere Violet eingeladen haben!«

Patrick sah, wie Angelica Violet herzlich bei den Händen fasste.

»Angelica!«, sagte Violet entzückt, korrigierte sich aber sofort. »Es freut mich sehr, Sie hier zu *sehen*, Prinzessin Kourakin.«

Sowohl Patrick als auch Angelica verstanden sofort. Offensichtlich wussten weder die Gastgeberin noch die übrigen Gäste, dass Violet blind war. Und sie wollte, dass dies so blieb.

»Es hat mich ganz schöne Mühe gekostet, Prinzessin!«, sagte Lady Summers, »aber am Ende hat mich unsere Lady Violine nicht enttäuscht.«

Es war nicht zu übersehen, dass Violet in Lady Summers ein weiteres Mitglied der vornehmen Londoner Gesellschaft erobert hatte.

»Ach, Lord Bruce, haben Sie unsere Lady Violine schon kennen gelernt?«, sagte Lady Summers, die Patrick, der hinter Angelica stand, erst jetzt bemerkte.

Patrick fiel der überraschte Ausdruck auf Violets Gesicht auf, und er führte ihn auf die Nennung seines Titels zurück. Ihm selbst bedeutete er nicht viel, aber andere machten viel Aufhebens darum. Und Violet? Der Gedanke, dass sie ihm nun mehr zugetan sein könnte als zuvor, war ihm seltsamerweise höchst unangenehm.

»Ja, wir kennen uns«, bestätigte Violet. Ihre leuchtend grünen Augen blickten direkt in die seinen, und Patrick musste sich zum hundertsten Mal ins Gedächtnis rufen, dass diese Augen blind waren.

»Es ist mir, wie immer, ein Vergnügen.« Patrick machte eine höfliche Verbeugung.

»Ganz meinerseits, Mylord.«

»Das ist ja entzückend!«, lachte Lady Summers. Dann wandte sie sich ihren versammelten Gästen zu. »Meine Damen und Herren, es ist serviert! Bitte nehmen Sie Platz!«

Lady Summers selbst eilte zur Tafel, um noch einige Änderungen in der Sitzordnung vorzunehmen. Die Gäste suchten sich derweil die ihnen zugeteilten Plätze.

Patrick stellte zu seiner großen Genugtuung fest, dass er neben Violet sitzen würde. Weniger angenehm war, dass Daniel direkt gegenübersaß.

Gereizt beobachtete er, wie Daniel sofort auf Violet einzureden begann. Seine Suppe wurde kalt, während er sich ins Zeug legte und Violet zu schmeicheln versuchte. Patricks Irritation wuchs; tatsächlich störte ihn der Mann von Minute zu Minute mehr.

Endlich wurde Daniel durch eine Frage von einem anderen Gast für kurze Zeit abgelenkt.

»Der Mann redet schneller, als unsereins atmen kann«, sagte er zu Violet, die eine weiß behandschuhte Hand vor den Mund hob, um ihr Kichern zu verbergen. Sie hatte so kleine, zierliche Hände, fiel Patrick auf.

»Das ist zwar nicht sehr nett, aber ich muss Ihnen dennoch zustimmen«, flüsterte sie.

Patrick betrachtete sie hingerissen. »Haben Sie keinen Hunger?«, fragte er.

Violet biss sich errötend auf die Unterlippe. »Doch, schon. Aber hier liegt so viel Besteck, und ich weiß nicht…«

Patrick schalt sich einen Idioten, dass es ihm nicht gleich aufgefallen war.

»Von außen nach innen«, flüsterte er. »Der Suppenlöffel liegt auf Ihrer linken Seite.«

Violet nickte und nahm den außen liegenden Löffel.

»Danke«, flüsterte sie. »Ich weiß, ich hätte Lady Summers' Einladung eigentlich gar nicht annehmen dürfen, aber sie hat mir ein Angebot gemacht, dem ich einfach nicht widerstehen konnte.«

Ganz ungewohnte Gefühle stiegen in Patrick auf, während er beobachtete, wie sie behutsam den Löffel in ihre Suppe tauchte. Er hätte sie am liebsten von hier fortgebracht, fort von den aufdringlichen, neugierigen Blicken. Er wollte sie beschützen, alle Unannehmlichkeiten von ihr fernhalten. Woher kamen auf einmal solche Gedanken? Einfach lächerlich. Vielleicht lag es daran, dass er sie bereits zweimal gerettet hatte. Ja, das musste es sein. Kein Wunder, dass er sich für ihr Wohlergehen verantwortlich fühlte.

»Was für ein Angebot?«

»Ein Kleid.«

»Ein Kleid?« Patrick war verwirrt.

»Ich darf dieses Kleid hier behalten«, erklärte Violet achselzuckend.

Ein Kleid? Patrick musterte besagtes Stück. Es war schulterfrei, besaß ein eng anliegendes Mieder und war vom Ausschnitt bis zum Saum mit kostbarer Spitze verziert. Ein wunderschönes Kleid, zugegeben, aber er konnte kaum glauben, dass Violet sich mit einem Kleid bestechen ließ, so schön es auch sein mochte. Andererseits, was wusste er schon von ihr? Sicher, er wünschte sich, dass sie sich nicht von solchem Tand beeindrucken ließ, aber wenn dem nicht so war? Und er wusste mittlerweile eins ganz sicher: dass er sie haben wollte. Und haben würde. Aber dass sie für den Preis eines Kleids zu haben war, verstörte ihn zutiefst.

Dabei sollte es ihn freuen. Er sollte ihr hier und jetzt jede Menge Kleider anbieten, bevor ein anderer auf denselben Gedanken kam und sie ihm als Mätresse wegschnappte. *Warum zum Teufel tat er es dann nicht?*

»Ich verstehe«, sagte Patrick gepresst. »Ein wirklich schönes Kleid.«

Violets Löffel verharrte über ihrer Suppe. Sie lachte. »Nun, wenn Sie es sagen. Ich selbst kann ja nicht … Aber ich weiß, dass es Sarah gefallen wird.«

Nun musste er ebenfalls lachen, ein befreites, erleichtertes Lachen. Hatte er doch gewusst, dass Violet nicht bestechlich war. Nicht mit Kleidern, jedenfalls. Es würde also mehr brauchen als ein wenig teuren Putz.

»Worüber lacht ihr beide?«, beschwerte sich Angelica von Patricks anderer Seite. »Mir ist langweilig!«

Patrick lehnte sich ungewöhnlich entspannt zurück und ließ die beiden Frauen miteinander schwatzen.

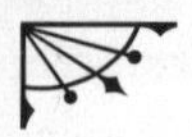

12. Kapitel

Violet ärgerte sich über sich selbst. Sie saß am Tisch und lauschte dem leisen Geplauder der Gäste, unterbrochen von dezentem Gelächter. Aus einer Ecke tönte das stetige Ticken einer Standuhr. Patrick hatte seit vielen Herzschlägen nicht mehr mit ihr geredet – genauer gesagt, seit einhundertsechs Herzschlägen.

Sie schalt sich eine Närrin. Wie hatte es nur so weit kommen können? Warum war sie sich seiner Anwesenheit mit jeder Faser ihres Körpers bewusst? Jeden Atemzug, jede Bewegung von ihm nahm sie überdeutlich wahr.

Er ist ein Bluttrinker!, schalt sie sich.

Aber das machte ihn leider nicht weniger attraktiv.

Patrick hatte ihr nun schon zweimal das Leben gerettet. Er war ein starker, leidenschaftlicher Mann. Und nun hatte sie eine Freundlichkeit an ihm entdeckt, die ihn noch unwiderstehlicher machte.

Die Einladung zu diesem Dinner anzunehmen war eine spontane Entscheidung gewesen. Zum Teil hatte sie es getan, weil sie hoffte, vielleicht auf Ismail zu stoßen. Und zum Teil einfach nur, um Sarah eine Freude zu machen. Lady Summers hatte ihr angeboten, das Kleid, das sie ihr für den Abend zur Verfügung stellte, zu behalten, und Violet hatte sofort beschlossen, es Sarah zu schenken. Wie Sarah sich freuen würde, wenn sie es erst sähe!

Woran sie jedoch nicht gedacht hatte, das waren die Tischmanieren, die bei einem solchen Anlass erwartet wurden. Sie war in einem Zigeunerlager aufgewachsen und an das wenige, was ihr die Köchin auf der Burg beigebracht hatte, konnte sie sich kaum noch erinnern. Wäre Patrick nicht gewesen, sie hätte sich gewiss blamiert und am Ende vielleicht sogar zugeben müssen, dass sie blind war. Aber Patrick hatte sie fürsorglich auf das richtige Besteck aufmerksam gemacht, wenn sie sich einmal vergriff. Doch jetzt schwieg er zum ersten Mal, seit sie am Tisch Platz genommen hatten, und sein Schweigen machte sie nervös.

Der Mann brachte sie aus dem Gleichgewicht, wie ihr jetzt klar wurde. Er verwirrte sie, ließ sie ihre Ziele vergessen, weckte ein nie gekanntes Verlangen in ihr.

»Violet?«, flüsterte er.

Sie zuckte zusammen. Er hatte sich zu ihr gebeugt; sie spürte seinen warmen Atem an ihrem Ohr.

»Ja?«, fragte sie nervös. Er war ihr viel zu nah.

»So geht das nicht weiter.«

Violet runzelte verwirrt die Stirn und wollte gerade fragen, was er damit meinte, als Lady Summers nach ihr rief.

»Ja, Lady Summers?«, antwortete Violet erleichtert. Sie war froh, sich von dem beunruhigend verführerischen Mann abwenden zu können. Lady Summers unter den Gästen auszumachen war nicht schwer, ihre Kleidung roch, als wäre sie mit Rosenwasser gespült worden.

»Würden Sie uns etwas vorspielen, wenn ich uns eine Geige beschaffen könnte?«

Violet lächelte. Dieser Bitte kam sie nur zu gerne nach, da dies vertrautes Territorium für sie war. Auch würde es ihr helfen, auf andere Gedanken zu kommen.

»Gern, Lady Summers. Es wäre mir ein Vergnügen.«

Die übrigen Gäste begannen aufgeregt zu schnattern, und Lady Summers hatte ein wenig Mühe, sich Gehör zu verschaffen. Sie forderte die Anwesenden auf, sich in den Musiksalon zu begeben.

Bevor Violet etwas tun konnte, schob sich eine warme Hand unter ihren Ellbogen.

»Ich brauche keine Hilfe, um mich von meinem Stuhl zu erheben«, zischte sie zornig. Das klang vielleicht ein wenig undankbar, aber Patrick musste wissen, dass sie sich nicht wie ein Invalide behandeln ließ.

»Es geht hier nicht um deine Bedürfnisse, mein Schatz, sondern um meine.«

Violets Herz klopfte wie wild. Er hatte sie *Schatz* genannt. Er nahm sich viel zu viel heraus! Nur die Nähe der anderen Gäste hielt sie davon ab, ihm ihren Arm zu entreißen. Widerwillig ließ sie sich von ihm aus dem Speisezimmer führen. Hinter ihr unterhielt sich Angelica mit Daniel, der seinerseits die Prinzessin zum Musiksalon eskortierte.

»Sie reden Unsinn«, sagte sie gepresst.

»Das stimmt, aber ich scheine das verhängnisvolle Bedürfnis entwickelt zu haben, dich ständig berühren zu müssen.«

Violet überlief ein Schauder bei diesen verführerischen Worten. Sie strich unwillkürlich über die Stelle, an der sie ihren Dolch verborgen hatte – das gab ihr ein Gefühl der Sicherheit. Sie wusste, was er im Schilde führte, sie war kein ahnungsloses Gänschen: Er versuchte sie zu verführen. Nun, es war zu erwarten gewesen. Sie selbst hatte ihn ja mit ihrem unbedachten Kuss ermutigt.

»Ich hoffe, Sie werden dieses Instrument zufriedenstellend finden, Lady Violine«, unterbrach Lady Summers ihre Überlegungen. Violet stieg der Geruch von poliertem Holz in die Nase, und sie streckte lächelnd den Arm aus.

»Danke, Lady Summers, sie ist wunderschön.« Violet nahm die Geige entgegen und wich vor Patrick zurück. »Wo soll ich mich hinstellen?«

»Hier entlang, bitte!«, forderte Lady Summers sie auf. Violet folgte der Dame und ließ Patrick ohne ein Wort zurück.

Nachdem jeder der Anwesenden einen Platz gefunden hatte, wandte Violet sich an ihre Gastgeberin.

»Haben Sie einen bestimmten Wunsch?«

»Nein, spielen Sie nur. Was immer es ist, ich bin sicher, es ist hervorragend.«

Violet bedankte sich mit einem Lächeln, setzte die Geige an und hob den Bogen.

Eine weiche, perlende Melodie erfüllte den Saal, und Violets Gedanken begannen zu schweifen.

Patrick begehrte sie, und wenn sie ehrlich war, sie begehrte ihn auch. Sie wusste, dass die Gesellschaft Frauen verurteilte, die sich einem anderen Mann hingaben als ihrem Ehemann. Aber Violet war unter Zigeunern aufgewachsen und hatte eine ganz andere Auffassung.

Die Zigeuner machten kein Hehl aus ihrer Leidenschaft, weder die Frauen, noch die Männer. Es war keine Schande, einen Mann zu begehren und ihm dies offen zu sagen. Violet hatte es nur deshalb noch nicht getan, weil sie wegen ihrer Behinderung zu verunsichert gewesen war.

Doch jetzt hatte sie gelernt mit ihrer Nase zu sehen, wie andere mit ihren Augen. Sie stolperte nicht länger, konnte sich in der Welt frei bewegen, wie andere auch.

Es stand ihr frei, ihre Leidenschaft für diesen Mann, der nur wenige Meter von ihr entfernt auf einem Sofa saß und ihrer Musik lauschte, näher zu erforschen.

Sein Duft stieg ihr in die Nase, und sie merkte, wie ihr heiß wurde.

Ja, sie würde Patricks unausgesprochenes Angebot annehmen. Aber unter ihren Bedingungen. Die neue Umgebung hatte sie zunächst tief verunsichert, doch jetzt hatte sie das Gefühl, wieder alles unter Kontrolle zu haben. Nein, sie würde sich nicht passiv von einem Mann verführen lassen. Sie wollte ihn, obwohl er ein Bluttrinker war.

Sie musste an Ismail denken, und ihr Spiel wurde dunkler, unheilvoller. Sie würde ihn finden. Und dann würde er sterben.

Dann war ihr Spiel zu Ende und wurde mit begeistertem Applaus quittiert. Violet verbeugte sich. Sie hoffte, dass sich die Leute mit dem einen Stück zufriedengeben würden. Jetzt, wo ihr Entschluss in Bezug auf Patrick gefasst war, machte sich in ihrem gesamten Körper eine gespannte Erwartung breit.

»Wundervoll! Einfach wundervoll!«, schwärmte Lady Summers und kam zu ihr. Der Tonfall der Dame verriet Violet, dass sie sich ihr Kleid offenbar mehr als verdient hatte.

»Danke, Mylady.« Und bevor die Ältere mehr sagen konnte, fügte sie hinzu: »Obwohl ich hoffe, dass man sich mit dem einen Stück zufriedengeben wird. Ich möchte nicht zu viel spielen ... die Leute könnten sonst auf den Gedanken kommen, sich einen Besuch im Zirkus sparen zu können.«

»Kluges Mädchen«, lobte Lady Summers lachend. Sie

nahm Violet Geige und Bogen ab. »Ich wusste sofort, dass ich Sie mögen würde. Schon als ich Sie zum ersten Mal sah.«

Violet errötete und bekam Gewissensbisse, weil sie nicht ganz ehrlich mit der Lady war. »Sie könnten ja vielleicht Prinzessin Kourakin bitten, etwas auf dem Klavier vorzutragen. Das würde Ihren Gästen bestimmt gefallen.«

»Was für eine wundervolle Idee!« Lady Summers wandte sich sogleich ab, um Angelica zu suchen.

Violet zog sich unauffällig an den Rand des Salons zurück. Sie folgte dem schwächer werdenden Geruch der Gäste zurück ins Esszimmer und von dort aus in die Diele.

»Sie wollen gehen, ohne sich von mir zu verabschieden?«

Patrick war ihr gefolgt. Sie hatte nichts anderes erwartet. Dennoch machte seine Nähe sie sofort wieder nervös.

»Entschuldigung. Auf Wiedersehen.« Sie schritt zur Eingangstür.

Patrick ging neben ihr her. »Haben Sie denn keinen Mantel?«, fragte er missbilligend, als sie Anstalten machte, durch die Tür, die ein Butler mit einem höflichen ›Guten Abend‹ aufhielt, nach draußen zu gehen.

»Es ist nicht kalt«, sagte sie bibbernd.

Seine warme Hand legte sich unter ihren Ellbogen, und er führte sie die Stufen hinab in den kalten Londoner Abend. Sie erlaubte es ihm nur deshalb, weil es ihren eigenen Plänen entgegenkam.

»Sie sind eine Närrin.«

»Weil ich keinen Mantel trage, den ich nicht besitze?«, fragte sie. Sie fühlte, wie langsam Ärger in ihr aufstieg, als

Patrick sich zu ihr vorbeugte. Der Geruch nach Pferden, Holz und Politur verriet ihr jedoch die Gegenwart einer Kutsche im selben Moment, als Patrick auch schon ihren Arm ergriff, um ihr beim Einsteigen zu helfen.

Violet ließ sich auf den Sitz fallen. Der arrogante Kerl hatte sie nicht einmal gefragt, ob er sie nach Hause bringen durfte! Sie wollte schon den Mund aufmachen, da merkte sie, wie er ihr gegenüber Platz nahm.

»Hier, zieh das an.«

Eine Jacke landete auf ihrem Schoß, noch warm von seinem Körper. Sein Benehmen für den Moment beiseiteschiebend, schlüpfte sie in die Jacke.

»Danke.«

Er sagte nichts, und auch Violet schwieg. Sie fragte sich, was wohl als Nächstes geschehen würde. Und warum sich die Kutsche nicht in Bewegung setzte. Das Schweigen dehnte sich aus, und Violet wurde immer nervöser. Ihre Nase verriet ihr, dass er regungslos auf dem Sitz ihr gegenüber saß. Was tat er? Schaute er sie an? Was dachte er?

Als sie das Schweigen nicht länger ertragen konnte, sagte sie: »Sie haben mich zwar nicht gefragt, aber ich nehme an, Sie wollen mich zum Zirkus zurückbringen?«

»Falsch.«

Violet erstarrte. Zornig beugte sie sich vor und streckte die Hand nach dem Türgriff aus.

»Violet.« Er legte seine Hand auf ihren Arm. Sein warmer Atem strich über ihre Wange. »Ich will dich.«

Violet stockte der Atem. Drei einfache Worte. Die alle möglichen Gefühle bei ihr auslösten …

»Ich will mich um dich kümmern.«

Ihre Erregung verpuffte.

»Danke, ich kann mich gut um mich selbst kümmern.«

Sie hörte, wie er gereizt den Atem ausstieß.

»Das weiß ich, aber ich möchte dir das Leben leichter machen… du sollst nicht ohne Mantel in die Kälte hinaus oder zu Fuß nach Hause laufen müssen.«

Violet verzog das Gesicht. Er glaubte also, sie sei käuflich? Wie eine Hure.

»Nein.«

»Nein?«

Die Tatsache, dass er überrascht klang, erzürnte Violet noch mehr. Hatte er wirklich geglaubt, dass sie so leicht zu haben sei? Aber er irrte sich. Ja, er hätte sie haben können, sehr leicht sogar.

Wenn er nicht angeboten hätte, sie dafür zu bezahlen.

»Du kennst mich nicht, deshalb.« Abermals streckte sie die Hand nach der Tür aus, doch auch diesmal hielt er sie zurück.

»Das würde ich aber gern. Und ich möchte dir zeigen, wie ich bin.«

Das klang ehrlich, aber Violet ließ sich nicht so schnell beschwichtigen. Sie war wütend auf ihn, auf seine arrogante Annahme, sie einfach kaufen zu können. Und sie war wütend, dass sie ihn trotzdem noch begehrte.

»Was Sie als Erstes über mich lernen sollten, Mylord, ist, dass ich nicht käuflich bin.«

Ehe sie wusste, wie ihr geschah, war Patrick bei ihr, und seine Lippen berührten die ihren. Ungeduldig forderte seine Zunge Einlass, und stöhnend ergab sie sich. Sie war unfähig, sich der Intensität ihrer Gefühle zu widersetzen. Wie von selbst schlangen sich ihre Arme um seinen Hals, schmiegte sich ihr Körper an ihn.

Und dann, so plötzlich wie er sie gepackt hatte, ließ er sie wieder los.

»Sag nicht, dass du mich nicht auch begehrst«, keuchte er. Sie war froh, dass ihn dieser Kuss genauso wenig kalt gelassen hatte wie sie.

»Doch, ich will dich. Aber dein Geld kannst du behalten. Ich brauche es nicht.«

Totenstille.

Dann schob Patrick die Klappe zurück und befahl dem Kutscher: »Nach Hause.«

13. Kapitel

Dein Geld kannst du behalten. Ich brauche es nicht.

Diese Worte gingen Patrick im Kopf herum, während er die schöne Zigeunerin, die ihm gegenübersaß, betrachtete. Er konnte kaum glauben, dass er einen solchen Fehler gemacht hatte. Er hatte angenommen, dass Violet, deren Leben im Zirkus sicher nicht einfach war, froh über seinen Vorschlag sein würde, für sie zu sorgen.

Und er würde sie gerne verwöhnen. Er wollte ihr Schmuck und Kleider kaufen, wollte sie ausführen, ihr irgendwo in der Nähe seiner Wohnung ein nettes Apartment suchen. Patrick nahm sich nur selten eine Mätresse, aber er wusste tief im Innern, dass eine Nacht mit dieser Frau sein Verlangen nicht stillen würde. Ein Langzeit-Arrangement war daher nur sinnvoll. Ja, er war bereit, ihr jeden Wunsch von den Augen abzulesen, solange sie ihm dafür zu Willen war … aber sie wollte nicht.

Oder doch? Sie kam schließlich mit, oder? Sie wusste, was passieren würde, hatte zugegeben, dass sie ihn ebenfalls begehrte. Aber sie wollte nichts dafür haben. Verdammt, diese Frau war verwirrend!

Patrick betrachtete Violet nachdenklich. Ihre schönen Augen blickten hinaus auf die Straßen und die Menschen. Aber sie konnte nichts sehen. Er runzelte die Stirn.

Wie es wohl wäre, in ständiger Nacht leben zu müssen?

Wie war sie blind geworden? Hatte sie überhaupt einmal sehen können?

Er ließ Violets Gesicht nicht aus den Augen, und ihm fiel auf, dass sich gelegentlich ihre Nasenflügel blähten.

Zum ersten Mal, seit er sie kannte, fragte sich Patrick, wie es kam, dass Violet nie irgendwo anzustoßen schien. Wie kam es, dass sie sich so sicher bewegen konnte? Sollte sie nicht vielmehr mit ausgestrecktem Arm ihre Umgebung abtasten, bevor sie einen Fuß vor den anderen setzte?

Er wusste so wenig über sie. Aber er wollte es herausfinden. Alles.

Die Kutsche kam zum Halten. Ein Page eilte herbei, um den Kutschenschlag zu öffnen. Patrick stieg aus und wandte sich um, um Violet herauszuhelfen. Sie reichte ihm ihre zierliche, behandschuhte Hand und stieg mit der Anmut einer Lady aus der Kutsche.

»Ach, Sie haben einen Kirschbaum«, sagte sie erfreut. Patrick drehte sich verblüfft um.

Der Baum in seinem Vorgarten war schwarz und kahl. Es hätte irgendein Baum sein können. Kirschen hingen nicht daran, es war schließlich Winter.

Patrick nahm Violets Ellbogen und führte sie den Weg entlang zur Haustür. Als sie den Baum passierten, schnupperte er prüfend. Es stimmte, er roch ganz leicht nach Kirschen.

»Woher weißt du-?«

Sie blieb stehen und schaute ihn an; der Wind fuhr in ihr Haar und wehte ihr ein paar Strähnen ins Gesicht. Sie schien ihn direkt anzublicken.

»Ich kann ihn riechen, genau wie dich.«

Patrick trat unwillkürlich einen Schritt näher. Er sog ihren Geruch in sich ein und lächelte. Sie war feucht zwischen den Schenkeln.

»Und ich kann dich riechen, Violet.« Er strich zart über ihren nackten Arm und freute sich, dass sie es sich gefallen ließ.

»Guten Abend, Mylord«, ertönte eine missbilligende weibliche Stimme. Patrick drehte sich zu seiner Haushälterin um. Violet stieß ein verlegenes Stöhnen aus, und Patrick schmunzelte. Sie, die sich ohne Zögern bereiterklärt hatte, mit ihm ins Bett zu gehen, störte sich an der Missbilligung seiner Haushälterin.

»Danke, Mrs. Devon. Das wäre alles. Sie dürfen sich jetzt zurückziehen«, sagte Patrick, während er mit Violet an seiner Seite das Haus betrat.

»Sehr wohl, Mylord«, antwortete Mrs. Devon und verschwand. Patrick nahm Violet seine Jacke von den Schultern.

»Sie war gar nicht begeistert.«

Dazu gab es nicht viel zu sagen, aber Patrick meinte dennoch: »Was hast du erwartet?«

»Nichts. Mit *ihr* jedenfalls hatte ich nicht gerechnet.«

Patrick öffnete die Tür zu seinen Schlafgemächern und ließ Violet den Vortritt. Den Arm an ihrem Ellbogen, führte er sie zu einem Ledersessel vor dem bereits entzündeten Kaminfeuer. »Möchtest du etwas trinken?«

»Nein, ich möchte es jetzt tun.«

Patrick lachte, als er den eigenwilligen Zug um ihren Mund sah. Welche Frau sagte so etwas?

Die Antwort war offensichtlich, als sie sich erhob und begann, am Schulterverschluss ihres Kleides zu nesteln.

Eine wunderschöne Zigeunerin mit schwarzem Haar und

goldener Haut sagt so etwas, dachte er bei sich und musterte sie bewundernd.

Nachdem sie einen Träger geöffnet hatte, erblickte er ein dünnes Korsett. Offenbar hatte Lady Summers nicht daran gedacht, Violet mit der zum Kleid passenden Unterwäsche zu versorgen. Er schluckte. Wenn sie so weitermachte, würde er sich bald nicht mehr beherrschen können. Dabei wollte er sich Zeit lassen, langsam vorgehen.

»Warum so eilig?«

»Ich kann ja nach Hause gehen, wenn du deine Meinung geändert hast«, sagte sie verwirrt, beinahe verletzt.

Gehen? Hatte sie den Verstand verloren? Er hatte nicht die Absicht, sie gehen zu lassen. Der zweite Ärmel fiel wie von selbst von ihrer Schulter, und er konnte die Ansätze von zwei geradezu atemberaubenden Brüsten sehen.

Alle Zurückhaltung vergessend, trat er auf sie zu. »Du hast recht, warum Zeit verschwenden?«

Er vergrub seine Hände in ihrem Haar und begann sie zu küssen, ein leidenschaftlicher, hungriger Kuss. Keine Preliminarien, keine langsame Verführung, er wollte nur noch eins: sich in ihrer warmen Feuchtigkeit verlieren.

»Mmm.« Ihr Stöhnen klang wie Musik in seinen Ohren, ihre Hände strichen über sein Hemd, seine Hose. Sein Instinkt riet ihm, sich zu bremsen, behutsam vorzugehen. Aber sie zog und zerrte an ihrem Kleid. Verdammt! Mit einem Ruck hatte er es ihr heruntergezogen. Etwas landete mit einem dumpfen Aufprall auf dem Boden, aber er war zu beschäftigt, um weiter darauf zu achten.

»Was bist du?«, entfuhr es ihm. Die Ironie der Frage. Wenn jemand ein Recht hatte, so etwas zu fragen, dann sie. Aber sie wusste ja nicht, was *er* war.

»Zigeunerin.«

Ja, sie war eine Zigeunerin. *Seine* Zigeunerin. Der Gedanke war unerträglich befriedigend. Seine Zunge erforschte ihren Mund, seine Nase sog ihren köstlichen Duft in sich auf, seine Finger glitten über ihre zarte Haut. Himmlisch, sie war einfach himmlisch, und er wollte sie, musste sie haben. Jetzt gleich. Er konnte keine Sekunde länger warten.

Patrick hob Violet auf die Arme, ging mit ihr zu seinem Bett und legte sie auf der Kante ab. Rasch zog er ihr die Unterwäsche bis aufs Korsett aus. Sie stützte sich auf die Ellbogen, während er ungeduldig an seiner Hose zerrte. Für ihr Korsett blieb keine Zeit mehr, er war härter, als er je in seinem langen Leben gewesen war.

»Patrick«, flüsterte sie. Das reichte, um ihm das letzte bisschen Verstand zu rauben. Er drängte sich zwischen ihre Beine, setzte an und stieß zu.

»Ahhh!« Der schmerzerfüllte Laut löste sich im selben Moment von ihren Lippen, als Patrick verblüfft den Kopf hob.

Violet musste sich auf die Lippe beißen, um nicht laut aufzuschreien. Es brannte, da unten, und es tat verflucht weh!

»Violet?«, stieß Patrick gepresst hervor. Violet selbst war wie betäubt vor Entsetzen. Sie würde ihm sagen müssen, dass es ihr nicht gefiel, dass sie nichts mehr damit zu tun haben wollte. Was fanden die anderen nur daran? Sie begriff es nicht.

»Könntest du jetzt bitte von mir runtergehen?«

Sie spürte, wie er zögerte, dann richtete er sich ein wenig auf, nahm sein Gewicht teilweise von ihr.

»Das würde ich ja, Liebes, aber ich halte es für keine gute Idee.«

Seine Hand strich behutsam über ihren Bauch und wanderte weiter, nach unten, zwischen ihre Leiber.

»Doch, das solltest du. Ich finde …« Sie stockte verblüfft. Seine Finger spielten auf eine Weise mit ihr, dass ihr ganzer Körper zu kribbeln begann.

»Gefällt dir das?«, flüsterte er. Sein Atem strich heiß über ihre Wange, während sie das seltsame, neuartige Gefühl zu begreifen versuchte, das sich zwischen ihren Beinen ausbreitete. Plötzlich schien das Brennen nicht mehr so wichtig zu sein.

»Ja, ich … ich glaube schon«, antwortete sie zögernd. Es störte sie, die Dinge nicht mehr unter Kontrolle zu haben. Er zog an ihrem Korsett.

»Und das?«, flüsterte er ihr ins Ohr.

Violet bäumte sich unwillkürlich auf, als seine Lippen sich um ihre Brustwarze schlossen, und er glitt tiefer in sie hinein. Es brannte zwar immer noch, aber es fühlte sich auch gut an.

»Patrick …« Ihre Hände strichen über seine Schultern, vergruben sich in seinem Haar. Er küsste und liebkoste ihre Brustwarzen; mit der anderen Hand fuhr er fort, die empfindsame Stelle zwischen ihren Beinen zu streicheln. »Ooh.« Der leise Laut war alles, was sie hervorbrachte, während die süße Anspannung in ihrer Bauchhöhle wuchs.

»So ist's gut, Liebes, lass es kommen«, murmelte er so sanft und zärtlich, dass sie sich unwillkürlich entspannte. Ihre Hände glitten wie von selbst tiefer. Ohne auf das Brennen zu achten, legte sie ihre Hände auf seinen Po und schob ihn noch tiefer in sich hinein.

»Violet!« Sein lustvolles Stöhnen brachte sie zum Lächeln. Sie stemmte die Fersen in die Matratze und schob ihn von sich, sodass er fast ganz aus ihr herausglitt. Dann zog sie ihn mit einem Ruck wieder in sich hinein. Es war so schön, so erregend, dass sie leise aufschrie.

»Verdammt, Violet, warte«, keuchte er.

»Aber wieso, es tut doch nicht mehr weh.«

Er lachte leise, aber sie wollte, dass er sich in ihr bewegte!

»Schon gut, Liebes. Beweg dich nicht, überlass alles mir.«

Er küsste sie und schnitt damit jeden Kommentar ab. Seine Zunge bohrte sich in ihren Mund, und die ihre antwortete eifrig, liebte seinen Geschmack, die Süße seiner Lippen.

Seine Finger spielten weiterhin mit dem sensiblen Punkt zwischen ihren Beinen, während er sich behutsam in ihr zu bewegen begann.

Violet stöhnte, ihre Anspannung wuchs. Sie wollte, dass er sich schneller bewegte, und das tat er auch kurz darauf. Er entfernte seine Hand und begann sie keuchend zu reiten. Ihre Erregung wuchs ins Unerträgliche, sie zerbarst in tausend Stücke.

Patricks Stöhnen nahm sie wie aus der Ferne wahr. In ihren Ohren summte es.

Sekunden vergingen, die Stille wurde nur von ihrem lauten Atmen unterbrochen. Violet hatte sich noch nie so gut gefühlt, so herrlich entspannt. Ohne zu denken, streichelte sie den schweißnassen Rücken des Mannes, der auf ihr lag.

Patrick regte sich. Er war immer noch in ihr.

»Kommt noch mehr?«

Er stützte sich lachend auf die Ellbogen. »Willst du mehr?«

Violet war nicht sicher, ob sie noch mehr ertragen konnte, würde ihn aber nicht zurückweisen, falls er weitermachen wollte.

»Tatsächlich bin ich ein bisschen müde; ich war nur nicht sicher, ob wir schon fertig sind.«

»Was meinst du?«, fragte er verwirrt.

»Ich meine, solltest du ihn nicht rausnehmen, wenn wir fertig sind?« Die Frage machte sie nicht so verlegen, wie sie geglaubt hatte, da sie all ihre Kraft aufbieten musste, um das Gesicht nicht in der Hand zu bergen, die er an ihre Wange gelegt hatte.

»Violet, hat dir denn niemand erklärt, was sich zwischen Mann und Frau abspielt?«

»Nein ... äh, nein.« Dass sie einmal zufällig mit angehört hatte, wie Sarah und einer ihrer Liebhaber darüber sprachen, was sie mit dem jeweils anderen anstellen wollten, verschwieg sie.

»Wollte deine Mutter denn nicht mit dir über solche Dinge sprechen?«

Violet verzog das Gesicht. Lady Devil hatte nie richtig mit ihr geredet, bis auf das eine Mal, als sie ihr mitteilte, dass ihr Vater tot war ...

»Nein. Ich würde jetzt gerne aufstehen, wenn du nichts dagegen hast.«

Patrick rollte von ihr herunter, und sie zog ihr Korsett hoch. Sie bereute ihre Impulsivität. Das alles war ein Fehler gewesen. Sie hätte sich nicht auf ihn einlassen dürfen. Er raubte ihr die Kontrolle. Warum hatte sie nicht früher daran gedacht, wie ahnungslos, wie unerfahren sie in diesen Dingen war? Sie war eine Närrin.

»Danke für … diesen Abend. Es war nett«, sagte sie in die Richtung, in der sie Patrick wusste, der sich irgendwo im Zimmer zu schaffen machte.

»Bleib«, war alles, was er sagte. Sein Befehlston ärgerte sie. Dachte er etwa, er könnte ihr Befehle erteilen, bloß weil sie mit ihm geschlafen hatte?

»Nein, ich möchte nach Hause.« Violet wollte vom Bett runterrutschen, aber Patricks Hände auf ihren Beinen hielten sie davon ab.

»Du bist die dickköpfigste Person, der ich je begegnet bin! Und jetzt halt still, damit ich dich waschen kann.«

Waschen? Was sollte das? Violet konzentrierte sich auf die Gerüche, die von ihrem Unterleib kamen, und erschrak.

»Ich blute! Mein Gott, was hast du getan?« Sie rückte entsetzt von ihm ab. Hatte er sie etwa gebissen? Er war schließlich ein Bluttrinker. Aber sie tranken doch kein Menschenblut, oder? Nein, sein Mund war nicht einmal in die Nähe dieser Region gekommen. Trotzdem blutete sie. Was war geschehen?

»Keine Sorge, Liebes«, beruhigte sie Patrick. Er schlang die Arme um sie und streichelte ihr Haar. Violet entspannte sich ein wenig. Es fühlte sich so gut an, wenn er sie in den Armen hielt. Auch mochte sie seinen schottischen Akzent, der gelegentlich durchklang.

»Blutet man denn immer, nach dem … Kopulieren?«

»Nur beim ersten Mal. Frauen haben dort eine Art Barriere.« Seine Hände zeichneten zärtliche Kreise auf ihren Schenkeln. »Sie zerreißt beim ersten Mal. Deshalb hat es wehgetan, und deshalb blutest du jetzt ein bisschen.«

»Ach!« Violet kam sich auf einmal schrecklich töricht vor. Es war schließlich nicht ihre Schuld, dass sie so gar nichts wusste, aber das machte die Sache nicht weniger peinlich.

»Würdest du dich jetzt bitte wieder hinlegen?« Diesmal fragte er ganz sanft, und es war unmöglich, sich dieser Aufforderung zu widersetzen. Sie nickte und legte sich zurück. Sie hörte, wie er in eine Ecke des Zimmers ging und etwas Wasser in eine Schüssel goss. Den ganzen Abend über hatte sie versucht, die Kontrolle zu behalten, aber jetzt war sie müde.

Ihre Finger tasteten nach dem Ring an der Kette um ihren Hals. Dem Ring ihres Vaters. Der schwere Siegelring gab ihr ein wenig Sicherheit. Sie schob ihn unter ihr Korsett zurück.

»So, warte«, sagte Patrick, der neben dem Bett auftauchte. Ein feuchter Lappen strich sanft über die Innenseite ihrer Schenkel. Violet bekam eine Gänsehaut.

»Ich wünschte, du hättest es mir gesagt, Violet.«

Violet konnte nur mit Mühe stillhalten, während sich der Lappen langsam ihrem empfindsamen Zentrum näherte.

»Was denn?«

Der Lappen kam noch näher, bewegte sich behutsam unter Patricks Händen.

»Dass du noch Jungfrau warst. Ich wäre vorsichtiger vorgegangen … langsamer.« Auch die Bewegungen des Lappens verlangsamten sich.

Violet begann sich zu winden, ihre Erregung wuchs. War es normal, ihn so schnell danach schon wieder zu begehren?

»Ich glaube nicht, dass mir das besser gefallen hätte. Patrick … bitte.«

»Meine kleine Zigeunerin«, flüsterte er, und sie hörte das Lächeln in seiner Stimme. »Keine Sorge, diesmal tue ich dir bestimmt nicht weh.«

14. Kapitel

Patrick stellte die Karaffe mit Blut in den Schrank zurück. Unruhig ging er in seinem Arbeitszimmer auf und ab. Er kannte den Grund für seine Rastlosigkeit: es lag an der Frau, die oben in seinem Schlafzimmer friedlich den Tag verschlief.

Violet. Der Gedanke an sie brachte ein Lächeln auf seine Lippen. Er hatte es nicht übers Herz gebracht, sie zu wecken, aber allmählich wurde er ungeduldig. Er hatte gewusst, dass eine Nacht nicht genügen würde, um seinen Hunger nach ihr zu stillen. Aber dass er ihn so quälen würde …

Er hob das Glas an die Lippen und nahm einen großen Schluck. Das Blut rann ihm durch die Kehle und sammelte sich in seinem Magen. Sofort verschwanden die leichten Kopfschmerzen, die er seit dem Erwachen hatte.

Sie war Jungfrau gewesen! Er konnte es kaum fassen. Sie hatte ihn gleich bei ihrer ersten Begegnung aus eigenem Antrieb geküsst und war willig mit zu ihm nach Hause gekommen. Wie hätte er es ahnen können?

»Zur Hölle. Keiner hätte es ahnen können«, murmelte er vor sich hin, trat hinter den Schreibtisch und stellte sein Glas ab.

Kurz darauf drang ein lauter Schrei aus dem ersten Stock zu ihm herab. Patrick rannte sofort in den Gang hinaus.

»Entschuldigung, Mylord!« Mrs. Devon kam die Treppe hinabgelaufen, wo Patrick sie bereits erwartete. »Ich hatte angenommen, die ... *Dame* wäre bereits fort ...«

Patrick achtete nicht weiter auf das Stammeln seiner Haushälterin und lief, drei Stufen auf einmal nehmend, die Treppe hinauf. Der Anblick, der ihn in seinem Schlafzimmer erwartete, ließ ihn seine Besorgnis vergessen.

Violet saß in der Mitte seines riesigen Betts, das Laken über die Brüste gezogen. Sie wirkte nicht im mindesten verängstigt, und Patrick beschlich der Verdacht, dass nicht sie, sondern seine Haushälterin geschrien hatte.

»Sie ist ziemlich schreckhaft, oder?«

Patrick schloss lachend die Tür und ging auf sie zu. »Ja, es scheint so. Guten Morgen, Violet.«

Eine zarte Röte stieg ihr in die Wangen, die er absolut betörend fand. Wie schaffte sie es, so scheu und gleichzeitig so ungehemmt zu sein?

»Ich wollte nicht hier schlafen. Ich hoffe, ich habe dir keine Unannehmlichkeiten bereitet ...« Sie verstummte, als sich die Matratze unter seinem Gewicht senkte.

»Deine Anwesenheit ist mir alles andere als unangenehm, Liebes«, sagte Patrick mit warmer Stimme. Violet errötete noch mehr.

»Aber jetzt sollte ich besser gehen. Die Abendvorstellung beginnt heute etwas früher.«

Patrick nahm sinnend eine schwarze Locke ihres Haars zwischen die Finger. Sie wollte also weglaufen. Das war vermutlich eine nachvollziehbare Reaktion für eine Frau, die wenige Stunden zuvor noch Jungfrau gewesen war. Vielleicht sollte er ja ein wenig Abstand nehmen und ihr Zeit lassen, das Geschehene zu verdauen.

Violet legte leicht den Kopf schräg, und Patrick hätte beinahe geschnaubt. Als ob er die Absicht hätte, diese wundervolle Frau auch nur außer Reichweite zu lassen!

»Gut, dann haben wir ja noch jede Menge Zeit, um uns ein wenig besser kennen zu lernen.«

»Besser kennen lernen?« Sie wich ein wenig zurück. Patrick ließ ihre Haarlocke los und streichelte ihren schlanken Hals.

»Ja«, flüsterte er und streifte ihre Lippen mit den seinen, einmal, zweimal und noch einmal. Sie waren so süß, so warm und weich.

»Na gut«, sie erwiderte seine Küsse, »aber nicht lange.«

Patrick lächelte, und sie richtete sich ein wenig auf.

»Also, wie lautet dein voller Name?«

Patrick blinzelte überrascht. Ihr Stimmungsumschwung verwirrte ihn. Sie hatte die Beine untergeschlagen und den Rücken ans Kopfbrett gelehnt, eine Haltung, als würde sie erwarten, eine gute Geschichte erzählt zu bekommen.

»Mein voller Name?«

»Ja.« Eine perfekt geformte Braue hob sich fragend. »Du sagtest doch, wir sollten uns besser kennen lernen?«

Patrick lachte. Er verstand jetzt, was in ihr vorging. Sie wollte die Kontrolle über die Situation nicht aus der Hand geben. Nun, er hatte nichts dagegen. Er beugte sich über sie und stützte sich auf den Ellbogen.

»Patrick James Bruce, zu Diensten.«

Sie lachte auf. Er mochte die Art, wie sie lachte, wie sie lächelte, so ehrlich und ungekünstelt. Wahrscheinlich war es genau das, was ihn sofort zu ihr hingezogen hatte.

»Und wie alt bist du, Patrick James Bruce?«

Das war eine Frage, die er wohl kaum beantworten konnte. Und aus irgendeinem Grund wollte er Violet nicht anlügen.

»Bin ich jetzt nicht dran?«

»Wenn du willst.«

»Gut. Aber ich werde die Spielregeln ein wenig abändern.« Mit einem erwartungsvollen Lächeln nahm er Violet bei den Hüften und zog sie zu sich herunter. Er ignorierte ihr überraschtes Aufkeuchen und flüsterte: »Ich werde dir sagen, was ich will, und dann stelle ich dir eine Frage. Wenn die Antwort ja ist, kriege ich, was ich will. Wenn sie nein lautet, bist du dran.«

»Ich denke nicht…«

»Hör auf zu denken, Violet. Wir haben ein paar Stunden Zeit. Genieße sie… spiel mit mir.«

Er spürte, wie sie zögerte, und küsste sie sanft. Dann saugte er spielerisch an ihrer Unterlippe.

Violets Atem beschleunigte sich. Sie nickte unschlüssig.

»Dann frag.«

»Ich will dir einen Kuss auf die Wange geben.« Patrick ließ seinen Satz einen Moment lang im Raum stehen und beobachtete, wie Violet mit ihrer rosa Zunge ihre Lippen befeuchtete. Er hätte sie daraufhin, hier und jetzt, sofort nehmen können, doch wusste er aus Erfahrung, dass das Warten alles nur noch schöner machte.

»Frag«, forderte Violet ihn heiser auf, und Patricks Erregung wuchs.

»Hast du das Geigespielen bei den Zigeunern gelernt?«

Sie zögerte.

»Ja.«

Patrick beugte sich vor und gab ihr einen zarten Kuss auf die Wange.

»Patrick…«

»Ja?«

»Jetzt bin ich dran.« Ihre Augen blickten direkt in die seinen, und er musste sich zum wiederholten Male vergegenwärtigen, dass diese schönen grünen Augen blind waren.

»Natürlich.« Er richtete sich ein wenig auf und schaute sie erwartungsvoll an.

»Ich will dich küssen«, verkündete sie schlicht.

Patrick strich zustimmend mit dem Daumen über ihre Lippen.

»Du wurdest in den Highlands geboren? Im Sommer?«

Patrick nickte überrascht. Dass er Schotte war, konnte man aus dem leichten Akzent hören, aus dem er nie einen Hehl machte. Aber woher wusste sie, dass er im Sommer geboren worden war?

»Woher weißt du das?«

Violet rollte sich unversehens über ihn. Dass dabei das Laken herunterrutschte und ihre Brüste freigab, schien sie nicht zu merken.

Behutsam begann sie, seine Hemdknöpfe zu öffnen, einen nach dem anderen.

»Manche Gerüche saugt man mit der Muttermilch auf; sie verschwinden nie ganz.« Sie schob sein Hemd auseinander und fuhr mit den Fingernägeln über seine Brust. Dann beugte sie sich vor und begann unter dem Schleier ihrer dichten, langen Haare zärtliche Küsse auf seine Haut zu drücken.

»Du riechst nach den Bergen und nach Heidekraut.«

Patrick vergrub die Fäuste in ihren Haaren. Ihre Küsse wanderten tiefer. Als sie seinen Nabel erreichte, schoss ihre Zunge hervor und liebkoste ihn. Dann küsste sie die Haut am Saum seiner Hose. Patrick knurrte erregt.

»Ich bin dran. Ich will dich streicheln, Violet.« Er berührte den Ring an ihrer Kette. »Ein Familienerbstück?«

»Ja.«

Seine Finger spielten mit ihren Brüsten. Die Nippel verhärteten sich, und er drückte behutsam zu. Er wusste, das Spiel konnte nun nicht mehr lange dauern.

»Das Kleid gestern hast du gern getragen?«

»Ja«, antwortete sie atemlos. Dass er die Regeln gebrochen hatte, schien sie überhaupt nicht zu merken.

»Hast du …«

»Patrick!«

Patrick erstarrte. Einen Moment lang glaubte er, ihr wieder unwissentlich wehgetan zu haben, doch sie zog seinen Kopf zu sich herab und flüsterte: »Ja, ja, ja, ja …«

Das war mehr, als er ertragen konnte. Patrick rollte sich geschmeidig auf sie.

»Patrick!« Violet presste sich keuchend an ihn, nahm sein Gesicht in ihre Hände und zog es zu sich herab, während Patrick tief in sie eindrang und begann, sich zuerst langsam, dann rasch schneller werdend, in ihr zu bewegen.

»Nicht aufhören … bitte nicht aufhören …« Und das tat er nicht. Nicht, bevor sie vor Lust aufschrie und er ebenfalls zu zucken begann.

Danach blieben sie einen Augenblick lang reglos liegen, keuchend vor Erschöpfung.

»Du brauchst nicht mehr beim Zirkus zu arbeiten, weißt du?«, hörte Patrick sich unversehens sagen. Er wusste nicht, warum er das sagte, er wusste nur, dass er sie nicht gehen lassen wollte. Er wollte nicht, dass sie in irgendeinem Zelt am anderen Ende der Stadt auftrat, umringt von gaffenden Menschen.

Sie sagte nichts, und er fuhr fort: »Ich könnte dir eine hübsche kleine Wohnung in der Nähe suchen, mit einer Zofe und allem, was du sonst noch brauchst.«

Violet rückte von ihm ab. »Ich habe dir doch schon gesagt, ich will dein Geld nicht.« Ins Bettlaken gewickelt stand sie auf und begann, ihre Kleidung einzusammeln.

Patrick schaute ihr verärgert dabei zu.

»Und warum nicht?«, fragte er herausfordernd. »Was ist so schlimm daran, dass ich dir ein besseres Leben ermöglichen will?«

»Besser? Besser als was? Besser als eine Zirkusartistin, die sich ihr Brot auf ehrliche Weise verdient?«, stieß Violet ergrimmt hervor. Patrick wusste, dass er für ihren Standpunkt Verständnis hätte haben sollen, doch er war mittlerweile selbst zu verärgert.

»Verdreh mir nicht das Wort im Mund, Violet. Ich will mich doch bloß um dich kümmern.«

»Ich kann mich sehr gut um mich selbst kümmern, herzlichen Dank! Und jetzt muss ich zum Zirkus zurück.« Sie bückte sich und hob ihr Korsett vom Teppich auf.

»Wie du willst.« Patrick stieg aus dem Bett und knöpfte sich das Hemd zu. »Mein Kutscher wird dich hinbringen.« Er ging zur Tür.

»Das schaffe ich schon alleine.«

Patrick blickte sie mit verengten Augen an, beobachtete, wie sie sich tapfer bemühte, in das Kleid zu schlüpfen, das er ihr gestern fast vom Leib gerissen hatte.

»Es gibt einen Unterschied zwischen Unabhängigkeit und Narrheit. Ich verfüge über eine Kutsche und über einen Kutscher, die mich hinbringen, wo immer ich hinwill. Ich brauche sie im Moment nicht. Du schon.« Patrick machte die Tür auf und warf ihr einen letzten Blick über die Schulter zu. »Entweder du lässt dich von ihm fahren, oder ich werde das persönlich tun.«

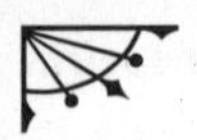
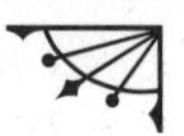

15. Kapitel

Daniel, würden Sie sich bitte einen Moment um die Damen kümmern? Ich habe gerade eine Bekannte entdeckt, die ich gerne begrüßen würde«, sagte Mikhail.

Daniel führte Violet zu einem freien Platz in der Privatloge der Oper. Angelica schnaubte.

»Eine *Bekannte*? So nennt ihr Männer das jetzt also?«

Violet legte die weiß behandschuhte Hand vor den Mund, um ihr Lächeln zu verbergen. Sowohl die Handschuhe als auch das Kleid und die Pumps waren ein Geschenk von Angelica. Die temperamentvolle Prinzessin war heute Nachmittag im Zirkus aufgetaucht und hatte sie mithilfe dieser Gabe dazu überredet, sie in die Oper zu begleiten.

Kleid und Schuhe waren natürlich für Sarah, und abermals hatte Violet der Versuchung, ihrem Schützling eine Freude zu machen, nicht widerstehen können.

Violet nahm den Duft nach Rosenwasser wahr, der Angelicas Kleidern entströmte, und schüttelte bewundernd den Kopf. Die Prinzessin war unglaublich geschickt darin, ihren Willen durchzusetzen.

Daniel neben ihr hüstelte. Violet vermutete, dass auch er sein Lachen zu maskieren versuchte, während sie dem Disput der Geschwister lauschten.

»Angelica, wirklich! Alles woran du denkst, sind Skandalgeschichten und Unzucht! Du solltest deiner Fantasie wirklich Zügel anlegen!«, rief Mikhail gespielt entrüstet aus.

»Ich meiner Fantasie und du deinen Taten«, erwiderte Angelica.

Violet lächelte. Sie bewunderte Angelicas Witz und Schlagfertigkeit. Tatsächlich waren ihr beide Geschwister in den drei Wochen, seit sie sie kannte, sehr ans Herz gewachsen. Obwohl sie der Oberschicht angehörten, behandelten sie sie, als wäre sie ihnen ebenbürtig und nicht eine einfache Zirkusartistin.

Obwohl, vermutlich besaß auch Violet einen Titel – immerhin war Lady Devil eine Lady. Und was war mit ihrem Vater?

Vater. Violet presste die Lippen zusammen. Sie war auf ihrer Suche nach dem Mörder keinen Schritt weiter gekommen.

Ismail war nirgends zu finden. Ob er vielleicht gar nicht mehr in London war? Sie hatte inzwischen mehrere Veranstaltungen über das Osmanische Reich besucht, hatte mit Fachleuten geredet und Menschen, die dort gewesen waren. Aber sein Name war kein einziges Mal gefallen.

Wenn sie doch bloß ein wenig mehr über ihn gewusst hätte! Seinen Nachnamen. Oder seinen Beruf. Das hätte schon genügt. Bei Vorstellungen wurden meist nur Nachname und Titel der Person genannt. Ismail hätte darunter sein können, aber woher hätte sie es wissen sollen?

»Violet, kannst du nicht ein wenig auf meine Schwester abfärben? Ehrlich, Angelica, du bist ein wandelnder Skandal«, rief Mikhails Stimme sie in die Gegenwart zurück.

»Mikhail, wir beide wissen, dass du deine Schwester kein bisschen anders haben möchtest, als sie ist. Warum gehst du also nicht einfach und begrüßt deine Mätresse, bevor die Vorstellung beginnt? Das hier ist mein erster Besuch in der Oper, und ich will ihn mir nicht durch dein Gejammer verderben lassen.«

Angelica und Daniel lachten bereits, bevor sie ausgesprochen hatte. Violet selbst musste schmunzeln, als sie sich Mikhails überraschte Miene vorstellte. Ob sein Gesicht so jungenhaft war wie sein Charakter? Sein Duft war es jedenfalls nicht.

Er roch nach einem würzigen, männlichen Aftershave und nach Cognac, seinem bevorzugten Drink – ein starker, zuverlässiger Duft.

Und genau dieser Duft stieg ihr nun in die Nase, und sie wusste, dass Mikhail sich ihr genähert hatte.

Er beugte sich vor und flüsterte ihr ins Ohr: »Du bist die schlaueste Person, der ich je begegnet bin, Lady Violine. Und wenn du für mich nicht wie eine zweite Schwester wärst, würde ich meine Mätresse verlassen und mit aller Macht versuchen, deine Hand zu gewinnen.«

Violet berührte sein Gesicht mit ihrer Hand. Kein Mann hatte ihr je so viel Respekt erwiesen wie Mikhail.

»Ich bin froh, dass ich für dich wie eine Schwester bin«, flüsterte sie. »Ich selbst habe keine Geschwister, aber wenn ich welche hätte, dann müssten sie so sein wie du und Angelica.« Violet räusperte sich verlegen. Ihr war auf einmal ganz warm ums Herz, und das beunruhigte sie. Sie hatte das Gefühl, dass sie die beiden mehr vermissen würde, als sie sich vorstellen konnte. Aber sie konnte nicht bleiben. Sobald ihre Aufgabe erledigt war, würde sie fliehen müssen.

Sie ließ ihre Hände sinken und wies mit dem Kopf auf

den Vorhang, der den Logenausgang kaschierte. »Und jetzt ab mit dir.«

Der Prinz verabschiedete sich mit einer Verbeugung und verschwand.

»Er ist einfach unverbesserlich«, seufzte Angelica. Sie nahm Violets Hand und beugte sich zu ihr. »Aber jetzt zum unterhaltsamen Teil des Abends, Violet: Die Bühne ist unter uns, etwas zur Linken. Die Sitze im Parkett sind fast alle besetzt – obwohl ich vermute, dass viele der Damen nur hier sind, um ihre neuesten Pelze und ihren neuesten Schmuck vorzuführen, vor allem die Frau dort unten, sie sieht aus wie ein Weihnachtsbaum …«

Violet lehnte sich entspannt zurück. Daniel war Angelicas ständiger Begleiter, wann immer sie das Haus verließ, und die Prinzessin und sie waren übereingekommen, dass es einfacher war, wenn Daniel die Wahrheit über ihre Blindheit erfuhr. Und so saß er meist nicht weit von ihnen, wenn Angelica ihrer neuen Freundin die Menschen und die Umgebung, in der sie sich gerade befanden, schilderte.

Violet wusste nicht so recht, was sie von Daniels ständiger Anwesenheit halten sollte. Er war weder mit Angelica noch mit ihrem Mann, Alexander, verwandt. Und doch war er fast immer an Angelicas Seite.

Außer, wenn Patrick zugegen war.

Patrick. Sie hatte versucht, nicht an ihn zu denken, aber das war schwieriger als erwartet. Seit drei Tagen hatte er sich nicht mehr bei ihr gemeldet. Drei Tage, seit sie nach jener Nacht sein Haus verlassen hatte.

»Ah, es geht los!«, rief Angelica aufgeregt aus.

Das Stimmengewirr verstummte, das Publikum hielt erwartungsvoll den Atem an. Ein großes Orchester begann zu spielen, und eine schöne Frauenstimme mischte sich darunter. Violet bekam eine Gänsehaut.

So herrliche, so traurige Töne. Violet war sich sicher, dass die Frau wusste, was Leid bedeutete.

Ihre Gedanken wanderten zu Patrick zurück, während sie sich von der Frauenstimme verzaubern ließ. Die Tatsache, dass er sie einfach fallengelassen hatte … schmerzte ein wenig, das ließ sich nicht bestreiten, aber es war besser so. Er war eine Ablenkung, die sie nicht gebrauchen konnte, und wenn sie noch so angenehm war. Nein, sie hielt es nicht für ratsam, ihn wiederzusehen. Er lenkte sie bloß von ihren Zielen ab. Und Violet kannte nur ein Ziel, seit die Köchin sie im Wald ausgesetzt und ihr befohlen hatte, um ihr Leben zu rennen.

Sie wollte den Mörder ihres Vaters finden und zur Rechenschaft ziehen.

Ihre Besessenheit von der Suche nach dem Mörder hatte ihr durch die schweren Zeiten geholfen, hatte ihr geholfen, zu überleben, nicht aufzugeben. Sie würde ihn finden und töten. Und dafür wahrscheinlich hängen. Aber das war ihr egal. Sie fürchtete den Tod nicht. Er konnte nicht schlimmer sein als das Leben, das sie hinter sich hatte.

Nein, es hatte keinen Zweck, eine Affäre zu beginnen, besonders nicht mit einem Mann, den sie so mochte. Der einzige Luxus, den sie sich erlauben würde, war die Freundschaft mit Angelica und Mikhail.

»Hallo, ihr Lieben, da bin ich wieder«, sagte Mikhail, der zu Beginn der Pause pünktlich wieder auftauchte. Das Publikum applaudierte noch.

»Ach, ist schon Pause?«, fragte Angelica überrascht. »Und wo hast du die ganze Zeit gesteckt?«

Violet dagegen war rastlos; ihre Grübeleien hatten sie beunruhigt. »Entschuldigt mich bitte. Ich möchte mir ein wenig die Beine vertreten.«

»Natürlich, Violet. Aber du kannst nicht allein gehen. Nimm Daniel mit. Ich habe noch ein Hühnchen mit meinem Bruder zu rupfen.«

Violet hätte zu gerne widersprochen – sie hatte keine Lust, Daniel mitzuschleppen –, gab aber nach, weil sie das Gefühl hatte, dass Angelica mit ihrem Bruder allein sein wollte.

Daniel führte sie ins Gedränge hinaus. Es roch erstickend nach Gesichtspuder, Rouge und französischen Parfüms. Violet merkte, wie ihr übel wurde.

»Hätten Sie etwas dagegen, wenn wir zu einem offenen Fenster gingen, Daniel?«

»Selbstverständlich nicht. Hier entlang, Lady Violine.« Daniel hakte sie bei sich unter und führte sie durchs Foyer. Violet ärgerte sich über seine vertrauliche Art, sagte aber nichts. Sie würde ihn bald zur Rede stellen müssen, bevor er sich noch mehr herausnehmen konnte, doch im Moment brauchte sie dringend frische Luft.

Die betäubenden Gerüche hinter sich lassend, erreichten sie ein offen stehendes Fenster. Violet wollte gerade erleichtert aufseufzen, als ihr ein allzu vertrauter Geruch in die Nase stieg.

Verdammt! Wo sie doch gerade beschlossen hatte, ihn nicht wiederzusehen!

»Daniel.« Patricks Stimme strich wie Samt über ihre Haut.

»Mylord«, erwiderte Daniel steif. Violet fragte sich, wieso ihr Begleiter Patrick nicht zu mögen schien, ihm aber dennoch mehr Ehrerbietung erwies, als nötig gewesen wäre. Immerhin besaßen beide Männer denselben Titel. Und doch redete Patrick den anderen mit Vornamen an.

»Wo ist die Prinzessin?«

Ach, er wollte sie also ignorieren, was? Nun, das war Violet nur recht.

»In ihrer Loge, zusammen mit ihrem Bruder.«

Violet sagte rasch zu Daniel: »Bitte lassen Sie sich von mir nicht aufhalten. Ich will ein wenig herumgehen.«

»Und dort solltest auch du sein«, sagte Patrick, als ob er sie überhaupt nicht gehört hätte. Violet redete nie viel, sie zog es vor, anderen zuzuhören, und war es gewöhnt, ignoriert zu werden. Doch das war das erste Mal, dass sie gegen ihren Willen ignoriert wurde.

»Wie Ihr wünscht, Mylord.«

Violet hörte Daniel gehen. Was ging da vor? Welche Macht hatte Patrick über Daniel?

»Hast du genug Zeit gehabt?«

Damit war sie gemeint, da war Violet sich sicher. Er war ihr jetzt ganz nahe, und sein Blick lähmte sie, obwohl sie sein Gesicht nicht sehen konnte. Sie hatte nicht vor, sich auf ein Gespräch mit ihm einzulassen, das wäre höchst unklug gewesen. Aber wovon sprach er, verdammt noch mal?

Ihre Neugier siegte.

»Zeit wofür?«

Er trat noch einen Schritt näher. Violet spürte trotz der vielen Menschen die Wärme seines Körpers. Warum hatte sie so etwas noch nie zuvor gefühlt? Hatte sie sich vor anderen Männern abgeschottet, oder was war an diesem hier so besonders?

»Abzukühlen. Es dir anders zu überlegen.« Er stand dicht vor ihr, ihre Hände berührten einander beinahe. »Ich will dich noch immer. Eine Nacht hat nichts daran geändert.«

Violet wich zurück und stieß mit dem Rücken an den schmalen Streifen Wand neben dem Fenster. Sie durfte sich nicht von seinen Worten verführen lassen. Sie durfte sich nicht von ihm ablenken lassen! Wenn sie ihn nur weniger begehrt hätte, dann hätte sie die Bedürfnisse ihres Körpers stillen und weiter nach Ismail suchen können. Aber Violet wusste instinktiv, dass es, je mehr Zeit sie mit Patrick verbrachte, umso schwieriger werden würde, sich auf ihr eigentliches Ziel zu konzentrieren.

»Tut mir leid, das zu hören, denn es ändert nichts an meiner Meinung.« Ihre Worte klangen unecht, selbst in ihren eigenen Ohren.

»Immer noch auf der Flucht, Liebes?«

Violet lief ein kalter Schauder über den Rücken. Sie war erst einmal in ihrem Leben davongerannt, vor ihrer mörderischen Mutter.

»Wie du willst. Ich renne nicht weg. Such uns doch eine stille dunkle Ecke, um unser Geschäft zu erledigen. Aber mach rasch, ich habe nicht viel Zeit.« Sie wusste selbst, wie unfein das klang, und hoffte, es würde ihn vertreiben. Doch er ging nicht. Stattdessen packte er sie am Arm und flüsterte zornig: »Wie kannst du so reden! Vor drei Tagen warst du noch Jungfrau, und jetzt sprichst du wie eine, eine …«

Violet entriss ihm ihren Arm.

»Und warum nicht? Du willst mich, und ich will dich. Aber du fängst an, mich zu sehr abzulenken. Und da ich im Moment gerade ein wenig freie Zeit habe, könnten wir es uns beiden ein wenig erleichtern.«

Eine Sekunde verging, dann sagte er: »Wie du willst«.

Violet ließ sich von ihm fortführen in die entgegengesetzte Richtung, in der Angelicas Loge sich befand. Sie hätte gerne gefragt, wo er sie hinführte, wusste aber instinktiv, dass er ihr keine Antwort gegeben hätte.

Sie bogen um eine Ecke, und Violet roch einen Vorhang. Patrick schob sie hindurch, bevor sie etwas sagen konnte. Sie schienen sich in einer leeren Loge zu befinden.

Ein staubiger Luftzug verriet Violet, dass er die Vorhänge wieder zugezogen hatte.

»Setz dich.«

Violet folgte dem Geruch nach Möbelpolitur und alten, staubigen Samtpolstern und nahm Platz.

»Du würdest also einfach so die Röcke heben und mir zu Diensten sein?«, fragte er zornig.

Violet zuckte zusammen. Warum machte er es so kompliziert? Das wollte er doch? Immerhin hatte er ihr vor drei Tagen angeboten, sie dafür zu bezahlen. Und wenn sie angenommen hätte, würden sie genau das tun. Nicht in der Oper vielleicht, aber woanders. Er würde befehlen, und sie würde gehorchen. Keine Gefühle, bloß Sex.

»Ich dachte, es wäre dir recht: schnell und unkompliziert. Was genau stört dich daran, *Mylord*? Ist es vielleicht deshalb inakzeptabel, weil ich mich nicht von dir dafür bezahlen lasse?«

»Verdammt, Violet! Du weißt genau, dass ich dich nicht beleidigen wollte!«

Das stimmte natürlich. Patrick hatte ihr einen seiner Ansicht nach großzügigen Vorschlag gemacht. Sarah wäre entzückt gewesen, die Mätresse eines reichen Mannes zu werden. Kein Seiltanzen mehr für ein paar Münzen.

Aber Violet war nicht Sarah, und sie konnte es sich nicht leisten, sich auf Patrick einzulassen. Sie hatte keine Zeit dafür. Sie hatte eine Aufgabe zu erledigen.

Das Ganze war ein Fehler. Patrick war eine Gefahr für Leib und Seele, gerade weil er ein so freundlicher, mitfühlender Mann war. Sie war nur deshalb so abweisend, weil sie sich von ihm bedroht fühlte. Aber das gab ihr noch lange nicht das Recht, grausam zu ihm zu sein. Er hatte sie wirklich nicht beleidigen wollen. Er war zärtlich gewesen, hatte sich die Zeit genommen, ihr Dinge über Mann und Frau zu erklären, um ihre Ängste zu beschwichtigen.

Er hatte sie gewaschen, sie liebkost. Das tat kein Mann, der eine Frau demütigen wollte. Violet hatte auf einmal ein ganz schlechtes Gewissen.

Sie erhob sich.

»Ich entschuldige mich. Ich weiß, du wolltest mich nicht beleidigen. Aber ich bin nicht an einer längeren Affäre interessiert, bedaure. Leb wohl.«

Es hätte nicht so wehtun dürfen, aber das tat es. Er trat einen Schritt auf sie zu. Sie wich zwei Schritte zurück. Sie musste verschwinden, bevor er sie in seine Arme nehmen konnte, denn sonst würde sie nie von ihm wegkommen …

»Highlander? Ich dachte, du magst keine Opern. Und was hast du in meiner Loge zu suchen? Du hast doch deine eigene.«

Violet wandte sich dem Eintretenden zu. Er roch nach Meer und nach etwas anderem, Honig vielleicht und nach einer ihr unbekannten Blüte. Sie schnupperte. Sein Atem roch ganz leicht nach Blut. Ein Bluttrinker also.

Patrick seufzte, dann hörte Violet ihn zu ihrer Überraschung lachen.

»Dein Timing ist miserabel, mein Freund.«

Da war Violet ganz anderer Meinung. »Im Gegenteil, Sir. Ich wollte gerade gehen.«

Und bevor einer der Männer noch etwas sagen konnte, war sie verschwunden.

»Das ist das zweite Mal in einem Monat, dass ich Zeuge werde, wie eine Frau vor dir davonläuft, Highlander. Du hast offenbar dein Talent eingebüßt.«

Patrick warf seinem Freund einen finsteren Blick zu, dann schaute er zu den Vorhängen, durch die Violet entflohen war.

»Ich begreife sie einfach nicht, Ismail.«

»Ah!« Ismail setzte sich und bedeutete Patrick, dasselbe zu tun. »Sie ist anders als andere.«

»Um es gelinde auszudrücken.« Das hörte sich frustrierter an, als beabsichtigt. Was war das nur mit dieser Frau?

Patrick setzte sich und warf einen Blick in den Saal. Angelicas Loge befand sich auf der anderen Seite, aber seine Vampiraugen waren scharf. Dort saß die Prinzessin, neben ihrem Bruder und Daniel, aber Violet war nirgends zu sehen.

Besorgt fragte er sich, ob sie wohl zu Angelicas Loge zurückfinden würde. Er hatte sie schließlich in eine ganz andere Richtung geführt. Sie könnte die Orientierung verlieren ...

»Patrick?«

»Einen Moment.« Patrick zog eine Grimasse und konzentrierte sich auf Daniel. Es widerstrebte ihm, den Kerl auf die Suche nach Violet zu schicken, aber er bezweifelte, dass Violet seine eigene Hilfe begrüßt hätte.

Sie war aufgebracht gewesen, erinnerte er sich mit Unbehagen.

DANIEL!

CLANFÜHRER?, antwortete der jüngere Vampir erschrocken. Patrick wunderte sich nicht. Jeder wusste, wie ungern er sich auf telepathische Weise verständigte.

KÜMMERE DICH UM LADY VIOLINE. ICH WEISS NICHT, OB SIE DEN WEG ZURÜCK ZUR LOGE ALLEIN FINDET.

JAWOHL, CLANFÜHRER.

»Mit wem hast du gesprochen?«, fragte Ismail neugierig.

»Mit Daniel. Ich habe ihm befohlen, Violet zu suchen. Vielleicht findet sie nicht zu ihrer Loge zurück.«

»So groß ist das Opernhaus nun auch wieder nicht, Highlander.«

Patrick verriet Violets sorgfältig gehütetes Geheimnis nur ungern, aber Ismail war sein bester Freund und würde gewiss nichts weitererzählen.

»Sie ist blind.«

Ismail betrachtete ihn, als wäre er vollkommen schwachsinnig.

»Im Ernst!«

Der große Osmane schnaubte. »Ja, ich weiß. Ich weiß es, seit ich sie zum ersten Mal gesehen habe. Aber ich verstehe deine Sorge nicht, Highlander.«

»Was? Du weißt es?«, entfuhr es Patrick viel zu laut. Leiser fügte er hinzu: »Dir ist doch wohl klar, dass es sonst keiner zu merken scheint.«

Nun war es an Ismail, eine überraschte Miene zu ziehen. Dann lachte er leise.

»Schön für sie! Sie ist sogar noch besser, als ich ihr zugetraut hätte.«

Patrick trommelte gereizt auf seine Stuhllehne. Sein Blick glitt wiederholt beunruhigt zur gegenüberliegenden Loge.

»Das musst du mir schon erklären. Und beeil dich, Türke, mir reißt langsam der Geduldsfaden.«

Ismail hob seine fein geschwungene aristokratische Braue, ließ sich dann jedoch zu einer Erklärung herab. »Ich war nach unserem ersten Besuch im Zirkus noch mehrmals dort, um Lady Violine …«

»Violet«, unterbrach Patrick.

»Verzeih, um *Violet* spielen zu hören. Etwas an ihrem Spiel lässt mich einfach nicht los …«

Patrick nickte. Ihm ging es ebenso.

Ismail fuhr fort: »Dabei sind mir die Anzeichen natürlich aufgefallen: der lauschend geneigte Kopf, die zitternden Nasenflügel. Ich habe einen Freund in Istanbul, der ebenfalls blind ist. Er macht dieselben Bewegungen. Auch er orientiert sich nach seiner Nase.«

Dann hatte er also recht gehabt, dachte Patrick. Violet ließ sich von ihrem Geruchssinn leiten.

»Aber ich muss zugeben, deine Violet hat den schärfsten Geruchssinn, der mir je untergekommen ist. Wie sie sich bewegt, so natürlich und furchtlos … mein Freund schafft das nicht, nicht einmal in seinen eigenen vier Wänden, die er doch kennt wie seine Westentasche.«

Als Patrick dies hörte, fragte er sich unwillkürlich dasselbe. Er musste an ihre Bemerkung über den Kirschbaum vor seinem Haus denken. Ein weiterer Blick zur anderen Loge verriet ihm, dass ihr Platz noch immer leer war.

»Ich mache mir Sorgen um sie. Und das gefällt mir gar nicht.«

»Klingt, als hättest du endlich jemanden gefunden, der dich in Atem hält, mein Freund.«

Patrick verdrehte die Augen über Ismails selbstzufriedenen Gesichtsausdruck.

»Ich weiß, was dir dein romantisches Gehirn einzuflüstern versucht, aber du irrst dich. Sie verwirrt mich, das ist alles. Das gibt sich wieder, sobald ich sie besser verstehe.«

Der Osmane lachte. Er beugte sich vor und sagte leise: »Freut mich für dich, Highlander. Aber vielleicht begreifst du ja jetzt, wie vorsichtig man mit seinen Wünschen sein sollte. Du hast dir Komplikationen gewünscht, und die hast du gekriegt.«

Patrick schnitt eine Grimasse. Die Lichter gingen aus, und der Vorhang hob sich zum nächsten Akt. Komplikationen, die hatte er jetzt allerdings! Er begehrte eine Frau, die, da war er sich sicher, ihn ebenso begehrte. Und doch konnte er sie anscheinend nicht haben.

Warum?

Du fängst an, mich zu sehr abzulenken … Das hatte sie gesagt. Aber was meinte sie damit? Wovon lenkte er sie ab? Und wo steckte sie, verdammt noch mal?

Da entstand Bewegung in der fernen Loge: Violet tauchte auf, Daniel an ihrer Seite. Patrick lehnte sich erleichtert zurück.

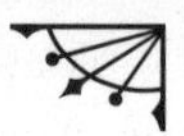

16. Kapitel

Es stank nach Bier, Schweiß und Erbrochenem. Ihr Gesicht war in der Hitze der übervollen Taverne gerötet.

»Bring die Kleine hierher, Fanny!«

Violet drückte sich noch tiefer in ›ihre‹ Ecke. Wie lange war sie eigentlich schon hier? Sie hatte jemand sagen hören, dass heute Weihnachten war. Wenn das stimmte, dann war sie schon seit über zwei Jahren hier.

»Lass sie in Ruhe, David.«

Jemand trat ihr ans Bein, und sie zog die Knie unters Kinn, machte sich so klein wie möglich. Der Stiefel trat erneut zu. Diesmal traf er ihren Fuß, was nicht ganz so wehtat. Dennoch tastete sie zitternd unter ihren Rock, dorthin, wo sie das Küchenmesser versteckt hatte. Sie achtete darauf, dass es nicht zu sehen war, denn Fanny hielt sich im Schankraum auf. Sie würde Prügel kriegen, wenn sie noch mal dabei erwischt wurde, wie sie einen Gast mit dem Messer abwehrte.

Aber Prügel waren immer noch besser, als sich von irgendwelchen Betrunkenen betatschen zu lassen. Außer natürlich, Fanny beschloss, ihr nichts mehr zu essen zu geben. Hungern war am allerschlimmsten.

»Bist'n hübsches kleines Ding«, lallte eine nach Whisky und Fleischpastete stinkende Stimme. Violet drehte sich der Magen um. Sie umklammerte panisch ihr Messer…

Violet schreckte aus dem Schlaf hoch. Sie tastete nach ihren Augen, zwang sich, nicht zu weinen. Das hatte sie sich vor langem geschworen: Nicht mehr zu weinen.

Sie schlang die Arme um ihr dünnes Unterhemd und wiegte sich vor und zurück, so wie die alte Köchin sie früher manchmal in den Armen gewiegt hatte. Der Gedanke an die gütige alte Frau beruhigte sie ein wenig, und ihr Zittern ließ nach.

Die Albträume waren nichts Neues, aber sie häuften sich, seit sie in London eingetroffen war. Vielleicht deshalb, weil sie ihrem Ziel so nahe war.

Ismail.

Beim Gedanken an ihn hielt es sie nicht länger im Bett. Sie sprang auf und schlüpfte rasch in einen schlichten langen Rock und in eine Bluse. Kein Zögern mehr. Der Abend in der Oper hatte ihr die Augen geöffnet. Beinahe hätte sie sich von Patrick von ihren Zielen abbringen lassen. Aber damit war jetzt Schluss. Seit jenem Abend waren fünf Tage vergangen, und sie hatte ein paar Fortschritte gemacht.

Violet trat aus dem Wohnwagen und atmete die kalte Morgenluft ein. Es wurde jetzt von Tag zu Tag kälter. Bald würde es schneien über London. Sie konnte es riechen.

Violet ging an den anderen Wohnwagen vorbei, passierte die Löwenkäfige und blieb schließlich vor Grahams kleinem Zelt, das er als Büro benutzte, stehen.

»Graham?«, rief sie. Sie wusste, dass er um diese Zeit schon auf sein würde. Er und seine Frau waren Frühaufsteher. Er kümmerte sich dann um die Bücher, und sie kontrollierte die Vorräte für Menschen und Tiere.

»Herein.«

Violet betrat das Zelt. Der Geruch von Carlo, dem Jongleur, hing noch in der Luft. Was er wohl von Graham gewollt hatte? Sie trat zu dem Alten, der hinter einem wackeligen Tisch saß.

»Ich brauche meinen Lohn, Graham.«

»Gut.« Violet hörte Papiergeraschel und wie eine Schublade geöffnet wurde. »Wie viel brauchst du?«

»Alles.«

Stille. Dann wurde eine Schublade zugeschoben und eine andere geöffnet.

»Du willst uns doch nicht verlassen?« Graham drückte ihr eine Rolle Scheine in die Hand. Violet wusste nicht, wie viel es war, aber Graham war ehrlich. Im Übrigen würde sie früh genug herausfinden, ob er sie betrogen hatte oder nicht.

»Nein, noch nicht«, antwortete sie lächelnd und schob die Geldrolle in einen Schnurbeutel, den sie zu diesem Zweck mitgebracht hatte. »Aber ich muss was erledigen. Ich bin bis zur Vorstellung wieder zurück.« Sie wandte sich auf dem Absatz um und wollte gerade das Zelt verlassen, als er ihr hinterherrief: »Wir geben heute Abend nur die eine Frühvorstellung, Violet. Wir brauchen alle mal 'ne Pause.«

Violet nickte und ging.

Mr. Werrington würde sie an der Ecke Green Park erwarten. Nach wochenlanger, nahezu fruchtloser Suche wollte er seinen Lohn, oder er würde nicht weiter nach Ismail suchen.

Violet schaute kurz zu Sarah in den Wohnwagen hinein, borgte sich einen Mantel und machte sich auf den Weg. Es war mehr als eine Stunde zu Fuß bis zum Green Park, aber um diese Tageszeit gab es beim Zirkus keine Kutschen. Und selbst wenn – sie hätte nicht genug Geld gehabt, um sich eine Kutschfahrt zu leisten. Mr. Werrington würde ihren ganzen Lohn bekommen.

Nachdem sie eine Viertelstunde den gefrorenen Weg entlanggegangen war, hörte sie eine Kutsche kommen, einen Vierspänner, dem Geruch nach zu schließen.

Die Kutsche kam neben ihr zum Stehen.

»Violet?«

Angelica!, stellte Violet verblüfft fest. Was um alles in der Welt hatte die Prinzessin hier zu suchen? Der Zeltplatz befand sich außerhalb der Stadt in einem Wäldchen.

»Prinzessin?«

Der Kutschenschlag ging auf, und ein Duft nach Rosenblüten wehte heraus.

»Ich hab dir doch gesagt, du sollst mich nicht so nennen!«, schalt Angelica. »Und wo um alles in der Welt willst du bei dieser Kälte hin?«

Violet musste unwillkürlich lächeln. Angelica war so mütterlich, immer besorgt um ihre Lieben.

»Ich muss mich mit jemandem treffen«, erwiderte sie. »Aber was tust du hier?«

»Na, ich bin gekommen, um meine Freundin zu besuchen!« Angelica war ausgestiegen und umarmte sie. »Du hast dich vor mir versteckt, Violet! Ich habe dir zahllose Einladungen geschickt, und immer kam die Antwort: ›Tut mir leid, bin zu beschäftigt‹ zurück. Damit ist jetzt Schluss! Komm schon, steig ein, du erfrierst ja hier draußen!«

»Angelica«, protestierte Violet, doch die andere hatte sie bereits in die warme Kutsche geschoben.

»Ja, ja, ich weiß, du musst dich mit jemandem treffen. Ich werde dich hinbringen, aber dann müssen wir zu einer Anprobe.«

»Eine Anprobe?«, fragte Violet ratlos. Sie wollte gar nicht wissen, was Angelica nun wieder vorhatte, dennoch fragte sie: »Wofür?«

»Für einen Ball zu Ehren eines sehr guten Freundes. Eine Geburtstagsparty. Ich habe ihm so viel von dir erzählt. Es würde ihm das Herz brechen, wenn ich heute Abend ohne dich auftauche.«

»Angelica, ich habe heute Abend einen Auftritt …«, begann Violet, aber ihre Freundin schnitt ihr das Wort ab.

»Hör zu, du bist mir lange genug aus dem Weg gegangen. Und so überfüllt London auch ist, du gehörst zu den wenigen Menschen, die ich wirklich mag. Ich weigere mich, noch länger auf deine Gesellschaft zu verzichten!«

Violet gab sich lachend geschlagen. Sie würde sich mit dem Detektiv treffen und später mit Angelica zu dem Ball gehen. Es würde ohnehin eine Weile dauern, bevor Mr. Werrington etwas vorzuweisen hätte.

»Also gut, Prinzessin, ich höre und gehorche. Aber ich muss zu diesem Treffen, und ich muss zur Frühvorstellung.«

»Kein Problem«, bemerkte Angelica glatt, »ich werde dich zu dem Treffen bringen, dann fahren wir zur Anprobe, dann bringe ich dich zurück zur Vorstellung, und danach gehen wir zum Ball. Ich hole dich ab. Also, wo ist dieses Treffen?«

»An der Ecke Green Park«, erklärte Violet.

»Zum Green Park also«, sagte Angelica und gab ihrem Kutscher die entsprechenden Anweisungen. Violet dachte derweil an den Ball. Wer mochte dieser Freund von Angelica sein? Sie hoffte sehr, dass Lord Bruce nicht da sein würde. Den konnte sie jetzt nicht gebrauchen.

Die Kutsche holperte den ungepflasterten Weg entlang, und Violet lehnte sich zufrieden zurück. »Wer ist denn dein Freund?«

»Ach, er ist einfach großartig. Du wirst ihn lieben.«

Violet nickte und ließ ihre Gedanken schweifen. Lieben … sicher nicht so wie Patricks Berührungen, seine Küsse … Kopfschüttelnd befreite sie sich aus ihren Gedanken.

Um sich abzulenken, fragte sie: »Und wann wird dein Prinz von seinen Reisen zurückkehren?«

Angelica stieß einen langen, sehnsüchtigen Seufzer aus. »Ach, mein Alexander. Ich wünschte, ich wüsste es. Hoffentlich bald. Ich vermisse ihn so sehr.«

Violet fragte sich, wie es wohl sein mochte, eine solche Beziehung zu erleben, wie Angelica und Alexander sie hatten. Ihre Freundin hörte nicht auf, von ihrem Mann zu schwärmen. Vielleicht, wenn die Dinge anders lägen, hätte auch sie einen Mann finden können, der sie glücklich gemacht hätte … Wenn die Dinge anders lägen.

17. Kapitel

Ein netter Junge«, bemerkte Ismail lächelnd, während er Christopher Langdon betrachtete, der strahlend an der Seite seines Vaters stand.

»Ein netter Junge, der von Glück reden kann, dass er überhaupt noch am Leben ist«, antwortete Patrick. Der Junge, der erst vor wenigen Monaten mündig geworden war, wäre beinahe einem Vampirjäger zum Opfer gefallen. Angelica hatte ihm das Leben gerettet, und es schien, als hätten das weder Vater noch Sohn vergessen. Sie verehrten Angelica, die Auserwählte, geradezu.

»Ja«, nickte Ismail und blickte sich um. »Wo ist deine Begleiterin? Wie war noch gleich ihr Name?«

Patrick sah ein wenig verlegen drein, dann wies er auf eine Gruppe kichernder junger Frauen.

»Lady Sharon Winslet«, erklärte er. Er hatte nicht vorgehabt, jemanden zum Ball mitzubringen – oder überhaupt hinzugehen. Aber Angelica hatte darauf bestanden, und so hatte er am Ende nachgegeben. Eine Begleiterin hatte er mehr aus Gewohnheit mitgebracht, als aus einem echten Bedürfnis heraus. Und so kam es, dass er mit Lady Winslet hier war, einer jungen Dame, die ihm schon seit Wochen mehr oder weniger subtile Signale zukommen ließ. Seltsam, aber er war kein bisschen versucht, sie zu verführen. Obwohl sie durchaus attraktiv war, eine Schönheit. Aber das war nicht der Hauptgrund, weshalb er gerade mit ihr auf den Ball gekommen war. Lady Winslet war eine Lady mit Krallen, eine Raubkatze, die jede vermeintliche Konkurrentin mit Zähnen und Klauen vertrieb. Ihr Raubkatzenlächeln ließ sich leichter ertragen, als allein auf einem Ball aufzutauchen und sich von den Society-Matronen und ihren Töchtern belagern lassen zu müssen.

Ismail musterte besagte Dame mit hochgezogener Braue. »Ich will gar nicht erst fragen, warum.« Einen Moment später fügte er jedoch hinzu: »Was ist aus deiner Lady Violine geworden?«

Patrick versteifte sich unwillkürlich. Er hatte oft an Violet gedacht und am Ende beschlossen, sich von ihr fernzuhalten. Sie machte viel zu viele Schwierigkeiten. Schlimm genug, dass er nicht aufhören konnte, an sie zu denken … er durchlebte ihre gemeinsame Nacht wieder und wieder, als wäre es etwas anderes, als wäre es mehr gewesen als nur eine leidenschaftliche Nacht. Dieses übermächtige Verlangen, bei ihr zu sein, war nicht richtig.

»Sie ist nicht meine Lady Violine.«

»Ach nein?« Der große Osmane grinste. »Umso besser.«

»Was soll das heißen?«, fragte Patrick, während er ein pflichtbewusstes Lächeln in Lady Winslets Richtung schickte. Die Frau leckte sich tatsächlich die Lippen!

»Nun ja, wenn sie deine Lady wäre, würde es sich wahrscheinlich nicht für sie schicken, mit diesem Gentleman dort zu tanzen – der es offensichtlich mehr als genießt, sie in den Armen zu halten.«

»Wo? Mit wem?« Patrick fuhr herum. Sein Blick fand sie sogleich unter den Tanzpaaren. Ihr Haar fiel kunstvoll über ihre linke Schulter. Sie trug ein eng anliegendes, fliederfarbenes Kleid, dessen maßgeschneidertes Mieder ihre schmale Taille betonte. Eine Taille, die in diesem Moment von einer großen, weiß behandschuhten Pranke umklammert wurde …

»Highlander«, sagte Ismail warnend. Patrick, der bereits einen Schritt auf die Tanzfläche zu gemacht hatte, hielt inne.

»Da steckt Angelica dahinter«, knurrte Patrick. Er war wütend. Es war eine Sache, sich von ihr fernzuhalten, aber ihr hier zu begegnen und zuschauen zu müssen, wie sie von diesem Bastard zerdrückt wurde … »Ich bring ihn um.«

»Aus welchem Grund?«, fragte Ismail trocken. »Sie ist schließlich nicht deine Lady, wie du eben noch bemerkt hast.«

»Der Kerl nimmt sich zu viel heraus.«

»Ach ja?«

»Ja. Ich habe nie behauptet, dass ich kein Interesse an ihr habe, Türke. Ich sagte nur, dass sie nicht mein ist.«

Ismail grinste. »Na, das erklärt zumindest so einiges.«

Patrick runzelte die Stirn. »Was denn?«

»Zum Beispiel, warum du in den letzten Tagen so unausstehlich warst«, sagte Ismail mit einem Achselzucken. Er warf einen Blick über die Schulter und schmunzelte. »Und der Abend wird sogar noch besser für dich, Highlander. Bis später.« Bevor Patrick ihn davon abhalten konnte, war der große Osmane verschwunden, und Lady Winslet tauchte an seiner Seite auf.

»Da sind Sie ja, Mylord. Ich hatte mich ohne Sie ganz verlassen gefühlt.«

»Ach ja?«, antwortete Patrick mit kaum verhohlener Ungeduld. Warum hatte er sie bloß mitgebracht? Es kam ihm jetzt vor wie eine Schnapsidee.

»Ja. Alles, worüber diese Gänse reden können ist, ach wie heißt sie noch gleich, Lady Vial oder so, und wie mutig sie doch ist. Einfach albern. Sich mit einem Betrunkenen anzulegen ist alles andere als damenhaft, finde ich.«

Lady Winslet wartete auf eine Bestätigung ihrer Meinung, und als diese ausblieb, winselte sie: »Sie haben den ganzen Abend noch kein einziges Mal mit mir getanzt, Mylord! Es ist einfach unschicklich, seine Begleiterin derart allein zu lassen!«

Tanzen. Gar keine so schlechte Idee, dachte Patrick. Auf diese Weise konnte er sich das Gesicht des Schurken einprägen, der Violet begrabschte, um ihm später eins auf die Nase geben zu können.

»Wie unverzeihlich von mir! Würden Sie mir die Ehre dieses Tanzes erweisen, Lady Winslet?«

»Mit Vergnügen, Mylord.« Die Lady legte ihre behandschuhte Hand auf seinen Unterarm und ließ sich von ihm auf die Tanzfläche führen. Dabei warf sie einen Blick zurück zu der Frauengruppe, die sie verlassen hatte, und klimperte mit den Wimpern. Patrick musste ein zynisches Lachen unterdrücken.

»Sind Sie wirklich einem Betrunkenen mit einer Pistole entgegengetreten und haben zu ihm gesagt, er sei erbärmlich?«

Violet wusste einen Moment lang nicht, was sie sagen sollte, die Frage kam so unerwartet. Gerade war sie an Angelicas Seite zurückgekehrt, und obwohl sie die Art, wie ihr Tanzpartner sie an sich gedrückt hatte, ziemlich unverschämt fand, war es vor allem ein ganz bestimmter, vertrauter Duft, der sie nervös machte.

Natürlich war *er* auch da. Patrick war nie weit, wenn Angelica irgendwo auftauchte. Außerdem waren heute Abend auch zahlreiche Bluttrinker anwesend.

»Christopher, benimm dich«, ermahnte Angelica ihn.

»Entschuldigung, Lady Violine, ich wollte Ihnen gewiss nicht zu nahe treten! Aber mein Vater hat mir erzählt, was im Zirkus passiert ist, und ich wollte nur wissen, ob es stimmt. Weil, ich meine, Sie würden sterben, wenn man auf Sie schießt, Sie könnten nicht heilen, so wie ... ich meine ...« Christoper verstummte. Violet war von der spontanen, ungekünstelten Art des Jungen sehr angetan.

»Christopher!«, schimpfte Angelica erneut, aber Violet hob abwehrend die Hand.

»Das ist schon in Ordnung, Angelica, er ist doch bloß neugierig.« Sie wandte dem Jungen ihr Gesicht zu und antwortete: »Ja, ich hätte sterben können. Aber wenn ich ihn nicht aufgehalten hätte, dann hätte er eine unschuldige Zuschauerin erschossen.«

Christopher dachte einen Moment lang darüber nach, ehe er erwiderte: »Aber Sie sind auch unschuldig, Lady Violet. Sie hätten sich nicht so in Gefahr bringen dürfen.«

»Typisch Mann!«, lachte Angelica, aber Violet brachte nur ein schwaches Lächeln zustande. Nein, sie war nicht unschuldig. Ihr Leben war viel finsterer, als es sich der Junge vorstellen konnte. Und was sie plante, war das Gegenteil von Unschuld. Ismail hatte für das, was er ihrem Vater und ihr selbst angetan hatte, den Tod verdient, aber ihn zu töten wäre genauso sündhaft wie das, was er getan hatte, darüber machte sie sich keine Illusionen. Wenn es eine andere Möglichkeit gegeben hätte ... das Gesetz, die Justiz. Aber er war ein Bluttrinker. Kein menschliches Gericht konnte ihn belangen.

»Ah, da ist Patrick!«, sagte Angelica entzückt.

Violet runzelte die Stirn. Die Prinzessin würde ihn sicher zu sich rufen. Sie musste so schnell wie möglich von hier verschwinden. Wenn doch bloß jemand käme, um sie zum Tanzen aufzufordern ...

Dann roch es auf einmal nach den schottischen Bergen und nach Heidekraut, und sie wusste, es war zu spät.

»Guten Abend, meine Damen.« Patricks Stimme strich wie Samt über ihre Haut. »Darf ich Ihnen Lady Winslet vorstellen?«

Ein erdrückend süßlicher Orangenblütenduft stieg Violet in die Nase.

»Lady Winslet, Prinzessin Angelica Kourakin.«

»Wie schön, Sie kennen zu lernen«, sagte Angelica herzlich.

»Es ist mir eine Ehre, Hoheit!«, stieß Lady Winslet hervor. Der kriecherische Ton stieß Violet ab. Sie hatte sofort das Gefühl, dass sie die Frau nicht mochte.

Patrick fuhr fort, die Anwesenden vorzustellen. »Lord Christopher Langdon.«

»Freut mich, Sie kennen zu lernen, Lady Winslet.«

»Ja. Ganz meinerseits«, antwortete die Lady knapp. Offenbar gehörte sie zu jenen, die fanden, dass Kinder nichts auf Bällen oder sonstigen Versammlungen von Erwachsenen zu suchen hatten. *Ein Grund mehr, sie nicht zu mögen,* dachte Violet.

»Und das«, sagte Patrick und wandte sich nun Violet zu.

Sie spürte die Wärme seines Körpers und musste an sich halten, um nicht näher an ihn heranzutreten.

»… ist Lady Violine.«

»Freut mich, Sie kennen zu lernen, Lady Winslet.«

Lady Winslet sagte einen Moment lang nichts, dann lachte sie spöttisch auf. »Ach ja, jetzt weiß ich! Sie sind diese Zirkusartistin, nicht wahr? Wie … unterhaltsam.«

Violet lächelte nur. Falls die Schnepfe glaubte, sie so leicht beleidigen zu können, irrte sie.

»Freut mich, dass Sie das unterhaltsam finden, Lady Winslet. Schließlich ist es der Lebensinhalt von uns Zirkusartisten, feine Leute wie Sie zu … unterhalten.«

»Ach ja?« Lady Winslet klang nicht länger amüsiert. »Nun, Lady Violine, ich muss gestehen, ich …«

»Ich denke, ich werde Lady Violine nun zum Tanz auffordern – wenn es ihr recht ist?«, unterbrach Patrick und nahm gleichzeitig Violet bei der Hand.

»Aber Patrick!« Patrick führte Violet auf die Tanzfläche und ließ Lady Winslets Proteste hinter sich. Sie begannen zu tanzen. Beide schwiegen eine ganze Weile.

»Du bist eine gute Tänzerin«, bemerkte Patrick schließlich, und Violet war froh, dass er das Schweigen brach. Jetzt, wo sie sich von ihrer Begegnung mit der missgünstigen Lady Winslet erholt hatte, war sie sich seiner Gegenwart nur allzu deutlich bewusst … seines Arms um ihre Taille.

»Danke. Ich habe nicht oft Walzer getanzt, und es ist lange her, seit ich die Schritte gelernt habe.« Tatsächlich hatte sie es mit sechs Jahren gelernt, von der Schwester der Köchin. Sie konnte sich noch gut erinnern, wie sie ihr in dem großen, staubigen Ballsaal der Burg Unterricht erteilt hatte.

»Du hast mir gefehlt.«

»Ja, das habe ich gemerkt«, entfuhr es Violet, und sie bereute ihre unbedachten Worte sofort. Schließlich war es gut, dass Patrick sich anderweitig orientiert hatte. Er und die dumme Gans verdienten einander.

Patricks Arm spannte sich an, und er zog sie enger an sich.

»Eifersüchtig, Lady Violine?«, flüsterte er ihr ins Ohr.

»Eifersüchtig, Lord Bruce?«, zischte Violet zornig. »Sie träumen wohl!«

»Soll ich dir sagen, wovon ich geträumt habe, Violet?«

Ein Schauder überlief Violet. Verdammt, wie konnte er ihr das antun, wenn diese Winslet nur wenige Schritte von ihnen entfernt stand? Das war es! Sie musste sich auf die Frau konzentrieren, das half ihr, nicht wankelmütig zu werden und in Patricks Arme zu sinken.

»Wo hast du sie kennen gelernt? Lady Winslet?«

Patrick schwang sie lachend zum Takt der Musik.

»Sie bedeutet mir gar nichts, das weißt du genau. Ich habe nicht mit ihr geschlafen, falls du das wissen willst, noch habe ich die Absicht, es zu tun. Du bist die Einzige, die ich heute Nacht in meinem Bett haben will.«

»Arroganter Mistkerl!« Violet wollte sich von ihm losmachen, doch Patrick hielt sie fest und führte sie rasch von der Tanzfläche. Sekunden später öffnete er die Tür zu einem Nebenzimmer, das vom Gang abzweigte, und schubste Violet hinein.

»Ich weiß genau, dass du mich noch immer begehrst, Violet, also erspar dir deine hitzigen Vorwürfe. Erkläre mir lieber, warum.«

Sie wussten beide, was er meinte.

»Ich kann mir keine Ablenkungen leisten.«

»Frau, du lenkst mich ab, ob du nun bei mir bist oder nicht«, stieß er zornig hervor.

Überrascht über seinen Ton, wich Violet einen Schritt zurück und stolperte über einen Fußschemel. Mit einem leisen Aufschrei machte sie sich auf den Aufprall gefasst, doch Patrick fing sie auf, legte sie sanft auf den Boden, und plötzlich spürte sie sein Gewicht auf ihrem Körper. Violet hielt unwillkürlich den Atem an.

»Auch das hat mir gefehlt. Dich vor Gefahren zu retten.«

Violet musste gegen ihren Willen lächeln. »Ich war wohl kaum in Lebensgefahr.«

»Trotzdem finde ich, du schuldest mir ein Dankeschön.« Patrick streichelte ihre Wange und strich ihr eine Locke aus dem Gesicht.

»Danke«, sagte Violet. Seine Nähe rief alle möglichen erregenden Erinnerungen wach, Dinge, an die sie jetzt lieber nicht gedacht hätte.

»Nein, Liebes«, widersprach Patrick und beugte sich über sie, sodass seine Lippen die ihren fast berührten, »so, wie du dich beim ersten Mal bei mir bedankt hast.«

Violet erinnerte sich gut an den Kuss, den sie ihm geschenkt hatte, nachdem er sie vor dem Löwen gerettet hatte. Sie konnte sich jetzt kaum mehr zurückhalten. Sie hob die Hände, vergrub sie in der seidigen Masse seines Haars und näherte sich seinen Lippen …

»Highlander?«

Ein scharfes Klopfen an der Tür. Violet versuchte hektisch, unter Patrick hervorzukriechen.

»Einen Moment«, rief Patrick seinem Freund zu. Zwei

Hände hoben sie an den Ellbogen auf und stellten sie auf die Beine.

»Keine Sorge, Liebes, du siehst vollkommen respektabel aus.«

Violet sagte nichts. Sie wartete auf den Moment, in dem die Tür aufging, damit sie davonlaufen konnte. Wie hatte sie das zulassen können? Sich einfach so von ihm in ein Zimmer verschleppen zu lassen?

»Highlander?« Abermals klopfte es, diesmal jedoch ungeduldiger.

»Was?« Violet hörte, wie Patrick die Tür aufschloss. Wann hatte er sie zugesperrt? Und warum hatte sie überhaupt nicht an die Tür gedacht? Sie mochte ja nicht so verklemmt sein wie die feine Gesellschaft, aber sich auf einem Ball bei Intimitäten ertappen zu lassen, das ging zu weit!

Violet spürte den Blick von Patricks Freund auf sich ruhen und errötete.

Sie war ihm schon einmal begegnet, sein Geruch kam ihr bekannt vor. Er war der Mann, der im Theater aufgetaucht war.

»Prinzessin Angelica sucht nach Ihnen, Lady Violet.«

»Danke.« Violet machte einen kurzen Knicks, nur für den Fall, dass er ein Aristokrat war, und entfloh. Draußen im Gang blieb sie stehen und holte tief Luft, um herauszufinden, wo sich Angelica aufhielt.

Doch was sie als Nächstes hörte, ließ sie zu Eis erstarren.

»Ich hab dir schon mal gesagt, Ismail, dein Timing ist miserabel.«

Patrick blickte Ismail stirnrunzelnd an, aber er war zorniger auf sich selbst als auf seinen Freund. *Eine Ablenkung.* Violet betrachtete ihn also als Ablenkung, was? Dass er selbst sie ähnlich sah, war ja noch verständlich. Er hatte viel zu tun. Aber wieso konnte sich eine Zirkusartistin keine derartige ›Ablenkung‹ leisten?

»Beruhige dich, Highlander. Die Prinzessin hat sich Sorgen gemacht. Ich musste etwas unternehmen.«

»Ich bin nicht böse. Jedenfalls nicht auf dich.« Patrick lief unruhig auf und ab.

»Wieso kann sich eine Frau, die als Geigerin beim Zirkus arbeitet, keine Ablenkungen erlauben?«

Ismail runzelte die Stirn. »Das hat sie gesagt? Dass du eine Ablenkung für sie bist?«

Patricks frustrierter Seufzer war Antwort genug.

»Ich habe dich gewarnt: Wünsch dir keine Komplikationen!« Ismail zuckte die Achseln und fuhr sachlich fort: »Vielleicht hat sie das Interesse an dir verloren, Highlander, und behauptet das nur, um dich loszuwerden.«

»Nein, sie will mich. Das bilde ich mir nicht ein, so arrogant bin ich nun auch wieder nicht.« Patrick begann wieder auf und ab zu gehen. »Sie will mich, aber aus irgendeinem Grunde …«

Patrick verstummte. Eine böse Ahnung stieg in ihm auf.

Der Löwe.

Der Mann mit der Pistole.

Er hatte das alles für Zufall gehalten, Einzelvorfälle, die nichts miteinander zu tun hatten. Aber wenn doch?

Auf einmal wurde ihm alles klar. Wut stieg in ihm auf.

»Ich muss gehen, Ismail.«

»Wohin?«

»Ich muss ein ernstes Wörtchen mit unserer Geigerin reden. Und dann muss ich wahrscheinlich einem Kerl sämtliche Knochen brechen.«

Der Osmane verzog keine Miene. »Sag mir Bescheid, wenn du Hilfe beim Knochenbrechen brauchst.«

Patrick nickte und ging Violet suchen.

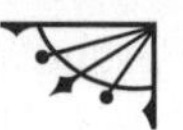

18. Kapitel

Die Löwen lagen friedlich in ihrem Käfig. Violet konnte ihren Atem riechen und wusste, warum sie so ruhig waren: Sie hatten vor kurzem zu fressen bekommen.

Verrückterweise wünschte sie sich, einer würde sich an ihrer Anwesenheit stören und knurren.

Sie wollte knurren. Und schreien.

»Warum nur?«, brach es aus ihr hervor. Ein Löwe schnaubte missmutig.

Ismail. Sie hatte ihn endlich gefunden. Nein, das stimmte nicht. Er hatte sie gefunden. Und das alles wegen Patrick.

Sie umklammerte eine der Eisenstangen vor dem Löwenkäfig. Zwölf Jahre lang hatte sie sich ausgemalt, was sie tun würde, wenn sie den Mörder ihres Vaters endlich fände. Und nichts davon hatte sie in die Tat umgesetzt. Sie hatte sich von ihm ausrichten lassen, dass Angelica nach ihr suchte, und war gegangen.

Patricks Freund! Und aus der Art, wie die beiden miteinander umgingen, schloss sie, dass sie sehr gute Freunde sein mussten.

Ihre Kehle war wie zugeschnürt. Sie hatte Mühe zu atmen. Alles drehte sich um sie, die Dunkelheit drohte sie zu verschlingen. Violet legte die Hände an ihren Hals und ließ sich auf den schmutzigen Boden sinken. Der kalte englische Wind peitschte ihr die Haare ins Gesicht und wirbelte alle Gerüche durcheinander.

Erde, Blätter, Steine, Rauch, Pelz, Fleisch, Heu, Zeltleinwand … der Geruch der Artisten in ihren Wohnwagen drohte sie zu überwältigen.

Sie musste ruhig bleiben!

Violet griff unter ihren Rock und tastete nach dem Messer, das sie an ihren Oberschenkel gebunden hatte. Sie zog es heraus und wog es in der Hand. Das vertraute Gewicht beruhigte sie, erdete sie. Mit einem heftigen Stoß versenkte sie die Klinge in der weichen Erde.

Patricks Freund oder nicht, sie musste tun, was sie sich vorgenommen hatte. Ihr war von Anfang an klar gewesen, dass es nicht leicht werden würde. Ihn gar bei der ersten Begegnung zu überwältigen, war höchst unwahrscheinlich. Er war ein Bluttrinker und besaß damit weitaus schnellere Reflexe als ein Mensch. Die Seherin hatte ihr erklärt, dass sie nur dann Erfolg haben würde, wenn es ihr gelänge, ihn zu überraschen. Und ihr Messer musste ihn mitten ins Herz treffen.

Sie musste sich Ismails Vertrauen erschleichen. Aber wie?

»Violet?«

Violet hob fassungslos den Kopf. Was hatte *er* hier zu suchen? Konnte er sie denn nicht einen Moment in Ruhe lassen? Sie musste nachdenken!

»Lass mich in Ruhe.«

Er bückte sich. »O nein, Liebes.« Seine Hände umschlossen ihre Oberarme, und er hob sie buchstäblich auf die Füße. »Du wirst mir jetzt sagen, was los ist, Violet. Steckst du in Schwierigkeiten?«

Was? Violet begriff nicht. Was wollte er? Wieso glaubte er, dass sie in Schwierigkeiten steckte?

»Ich weiß nicht, was du meinst. Und was du hier zu suchen hast. Die letzte Vorstellung ist längst vorbei.« Sie schürzte ihre Röcke und ging entschlossen zu den Wohnwagen hinüber. Sie musste es bis zu ihrem schaffen. Dann könnte sie ihm die Tür vor der Nase zuschlagen und hätte ihre Ruhe.

Er sagte nichts, wich aber nicht von ihrer Seite. Violet wurde noch nervöser. Vor den Stufen ihres kleinen Waggons blieb Violet stehen.

»Gute Nacht, Patrick«, sagte sie so bestimmt wie möglich und hob den Holzriegel. Er rückte nicht von der Stelle. »Verdammt!« Sie drehte sich zu ihm um, aber was immer sie auch sagen wollte, blieb ihr in der Kehle stecken, denn zum dritten Mal an diesem Abend hob er sie einfach hoch und kletterte mit ihr in den Wohnwagen.

Sobald er sie losgelassen hatte, um die Tür zu schließen, wich Violet stolpernd zurück. Die Tatsache, dass sie nicht aufrecht stehen konnte, machte sie noch verwundbarer. Sie strich unwillkürlich über ihren Rock. Ihr Messer! Sie hatte ihr Messer in der Erde stecken lassen!

»Suchst du das hier, Schatz?« Metall, Erde und Leder. Sie selbst hatte den Griff des Messers mit Lederstreifen umwickelt, damit es ihr nicht aus der Hand rutschte.

»Das ist zusammen mit deinem Kleid zu Boden gefallen, in der Nacht, als wir uns zum ersten Mal geliebt haben. Du trägst es immer bei dir, stimmt's?« Patrick klang zornig, und für einen Moment fürchtete Violet, dass er ihr auf die Schliche gekommen war.

Aber wie? Unmöglich! Er konnte nichts wissen. Aber er

war ein Bluttrinker. Er konnte versuchen, ihre Gedanken zu lesen. Sie wusste zwar, was in so einem Fall zu tun war, aber ob sie es schaffen würde, lange genug an nichts zu denken …

»Ich will allein sein. Bitte geh.«

»Nein.«

»Warum nicht, verdammt noch mal?«

»Erst sagst du mir, was du für Schwierigkeiten hast. Ist jemand hinter dir her?«

Wie? Er glaubte, dass jemand hinter ihr her sei? War das der Grund für seinen Zorn?

»Niemand ist hinter mir her«, sagte Violet so ruhig wie möglich.

»Und wofür ist dann das Messer?«, fragte er zweifelnd. Violet, die gekniet hatte, richtete sich in eine sitzende Position auf.

»Zum Schutz.« Das war keine Lüge. Sie hatte es oft genug gebraucht, um sich irgendwelche Schurken vom Leib zu halten.

»Du brauchst kein Messer mehr«, sagte er, zog sie in seine Arme und begann sie zu küssen.

Violet kam überhaupt nicht auf den Gedanken, ihn abzuwehren. Es war zu herrlich, in seinen Armen zu liegen … Aber sie durfte jetzt nicht ihre Ziele vergessen!

»Patrick.« Sie versuchte sich von ihm loszumachen.

»Nein, Violet, Schluss mit den Ausflüchten.«

»Aber …« Er küsste sie erneut, machte es ihr unmöglich, klar zu denken. Wie von selbst machten sich ihre Finger an den Knöpfen seiner Jacke zu schaffen. Er war so warm, so herrlich warm, und sie fühlte sich … geborgen.

Was spielte es schon für eine Rolle, wenn sie nachgab?

Nur noch ein einziges Mal? Sie war feucht, und sie konnte sich nicht mehr beherrschen.

Sie begann an seinem Hemd zu zerren, wollte seine nackte Haut spüren. Erregt stöhnte sie auf.

Patrick hielt inne.

»Komm mit mir«, sagte er heiser.

Violet war hin- und hergerissen. Sie sehnte sich nach diesem Mann, mehr als nach allem anderen. Das allein war gefährlich genug. Wenn er ihr nun ans Herz wuchs? Er ihr nicht mehr gleichgültig war? Ach was, wem machte sie hier etwas vor? Er war ihr längst nicht mehr gleichgültig, sonst hätten die Tage ohne ihn nicht so wehgetan.

Nein, sie musste sich von diesem Bluttrinker fernhalten. Aber war er nicht die Antwort auf ihre Probleme? Durch ihn könnte sie es schaffen, Ismails Vertrauen zu gewinnen. Und wenn die beiden so gute Freunde waren, wie sie vermutete, würden sie viel Zeit miteinander verbringen. Auch sie würde dann Ismail öfter begegnen … ein perfekter Plan!

Wieso fühlte sie sich dann so schlecht? Als ob sie ein großes Unrecht beginge?

»Ich komme mit.«

Patrick hielt inne. »Wann?«

Jetzt, wo sie ihre Entscheidung gefällt hatte, konnte sie wieder klar denken. Sie hatte Ismail gefunden. Ihre nächsten Schritte mussten sorgfältig überlegt werden. Aber zuerst musste sie dem Detektiv absagen und ihre Sachen packen.

»Morgen, nach der Vorstellung.«

»Also gut.« Er küsste sie. »Bis morgen, Lady Violine.« Er flüsterte es zärtlich. Dann wandte er sich zum Gehen.

Ein köstlicher Schauder überlief Violet. Oh, sie betrat definitiv gefährlichen Boden …

»Bis morgen.«

19. Kapitel

Patrick erhob sich von seinem Schreibtisch, an dem er fast den ganzen Vormittag gesessen hatte. Blutgeruch lockte ihn zum Bücherregal.

Er schob drei Bücher mit identischen roten Buchrücken beiseite, drückte gegen ein Wandpaneel und nahm die Hand zurück, als es aufsprang. In dem Geheimfach standen eine Karaffe mit leuchtend rotem Blut und mehrere Gläser.

Patrick schenkte sich eins davon ein, stellte die Karaffe ins Fach zurück, schloss es und stellte die Bücher wieder davor. Dann schlenderte er zum großen Erkerfenster.

Draußen ging gerade eine Gruppe schwatzender und gestikulierender Damen vorbei. Mit flatternden Händen schienen sie sich etwas Amüsantes zu erzählen.

Violets Hände flatterten nie. Ihre Bewegungen waren immer anmutig und gemessen. Ihre Finger flogen nur, wenn sie Geige spielte oder ihn liebkoste.

Warum war er so unzufrieden? Er hätte froh sein sollen, dass Violet endlich nachgegeben hatte. Dass sie heute Abend zu ihm kommen würde. Er hatte seinen Anwalt bereits damit beauftragt, eine hübsche Wohnung für sie in der Nähe zu suchen. Warum war er dann immer noch so unruhig?

Er gestand es sich ein: Weil er nicht wusste, *warum* sie

nachgegeben hatte. Es war ganz untypisch für sie. Violet war eine starke, mutige, ja, dickköpfige Frau. Sie tat nie, was man ihr befahl. Wieso hatte sie auf einmal ihre Meinung geändert?

»Mylord?«

Patrick wandte sich vom Fenster ab und der Tür zu, die einen winzigen Spalt offen stand. Mrs. Devon wusste sehr wohl, dass sie sein Arbeitszimmer nie ohne seine Erlaubnis betreten durfte.

»Ja, Mrs. Devon?«

»Da wären drei … *Damen*, die Sie gerne sehen möchten, Mylord. Soll ich ihnen sagen, dass Sie nicht da sind?«

Patrick schmunzelte. Seine Haushälterin hielt offensichtlich nicht viel von seinen Besucherinnen.

Er kannte nur eine Gruppe von Frauen, die unangemeldet auf seiner Schwelle auftauchen würde.

»Schon gut, Mrs. Devon, führen Sie sie bitte herein.«

»Wie Sie wünschen, Mylord«, sagte die ältere Frau missbilligend und ging, um die Tür zu öffnen.

Patrick lauschte ihren Schritten nach, leerte sein Glas und stellte es auf seinem Schreibtisch ab. Dann setzte er sich wieder in seinen Sessel.

Einen Moment später öffnete sich die Tür zu seinem Zimmer, und drei weibliche Vampire traten ein. Ihre Kleider waren derart tief ausgeschnitten, dass die Brustwarzen fast hervorschauten. Kein Wunder, dass Mrs. Devon verärgert war, dachte Patrick angewidert. Ihm selbst gefiel ihr Aufzug noch viel weniger. Rowena und ihre beiden Freundinnen waren offensichtlich auf Aufmerksamkeit aus – wie immer.

»Danke, Mrs. Devon, das wäre im Moment alles.« Sobald

die pummelige Frau verschwunden war, richtete Patrick den Blick auf seine drei Besucherinnen.

»Clanführer.« Rowena trat mit respektvoll geneigtem Haupt vor.

Patrick lehnte sich zurück, die Hände vor dem Bauch gefaltet. Ihr hellblondes Haar fiel offen über ihren Rücken, ihre langen Wimpern waren züchtig gesenkt. Patrick jedoch wusste, dass an dieser Frau nichts Züchtiges war. Sie war in sexuellen Dingen nicht nur unersättlich und aggressiv, sondern nicht selten geradezu gewalttätig.

Die Stille dehnte sich aus, während Patricks Blick über Rowenas rotes Kleid glitt und über ihre Freundinnen, beides ebenfalls Blondinen, und beide hatten Rouge auf den weißen Wangen.

»Wie kann ich den Damen behilflich sein?«, fragte er schließlich und erteilte ihnen damit die Erlaubnis zu sprechen.

Rowena trat mit glitzernden blauen Augen und einem geheuchelten Ausdruck des Bedauerns näher. Er erinnerte sich wieder: Es war genau dieser Ausdruck gewesen, der ihn veranlasst hatte, seine kurze Affäre mit ihr zu beenden.

»Wir haben gehört, dass Elisabeth deine Gunst verloren hat, Clanführer. Und wir wollten uns davon überzeugen, dass es dir auch an nichts fehlt.«

Patrick musterte Rowena belustigt. Normalerweise hätte er ihr Angebot angenommen und sich mit den dreien vergnügt, musste aber zu seiner Überraschung feststellen, dass er nicht die geringste Lust dazu hatte.

»Es geht mir gut, danke der Nachfrage«, sagte Patrick bedeutungsvoll genug, um nicht missverstanden zu werden. »Leider bin ich im Moment sehr beschäftigt. Wenn das alles ist…?« Dass das eine Lüge war, brauchten sie ja nicht zu wissen.

Rowenas Freundinnen zogen enttäuschte Mienen, auf Rowenas Gesicht dagegen machte sich ein Ausdruck verbissener Entschlossenheit breit.

»Clanführer.« Sie trat noch weiter vor und stützte sich auf seinen Schreibtisch. Er konnte ihre rosa Brustwarzen aus ihrem Ausschnitt hervorblitzen sehen, ein Anblick, der ihn eigentlich hätte erregen sollen, denn Rowena hatte einen herrlichen Körper – wenn ihr Charakter auch zu wünschen übrig ließ.

Zum ersten Mal seit ihrem Auftauchen verspürte er Unbehagen. Warum erregte es ihn nicht?

»Wir stehen dir immer zu Diensten«, hauchte sie.

Patrick schenkte ihr ein anerkennendes Lächeln, das nicht ganz ehrlich war. »Ich werde daran denken. Wenn mich die Damen jetzt entschuldigen würden, ich wünsche einen angenehmen Tag.«

Rowenas Augen blitzten zornig auf, doch sie fing sich sofort wieder und verbeugte sich. Patrick erhob sich und blickte den drei enttäuscht abziehenden Frauen nach.

Und was jetzt?, dachte er mürrisch, nachdem er die Tür geschlossen hatte. Die osmanischen Vampire, deren Ankunft er für heute Nachmittag erwartet hatte, würden sich aufgrund eines Sturms über dem Ärmelkanal verspäten. Ismail hatte ihm heute früh eine Nachricht geschickt. Die zwei weiblichen Vampire würden morgen eintreffen.

Ismail würde sicher enttäuscht sein, aber er, Patrick, hatte jetzt unversehens einen freien Nachmittag. Er ging zur Tür. Ob Violet heute auftreten würde? Er hatte ihr klargemacht, dass sie nicht länger beim Zirkus würde arbeiten müssen. Aber wie er sie kannte, würde sie heute Abend gewiss trotzdem in der Manege stehen.

Und er wollte sie sehen.

Patrick nahm seinen Mantel vom Haken bei der Tür und trat in den eiskalten Nachmittag hinaus. Er gab seinem Kutscher einen Wink, die Kutsche vorzufahren.

Als er den Zirkus erreichte, war der Abend hereingebrochen, der Himmel hatte sich dunkelblau verfärbt, und der Nordstern blitzte zwischen den rasch vorbeiziehenden Wolken hervor.

Patrick näherte sich dem Zelt und wurde von Violets Geigenspiel begrüßt. Noch bevor er den Eingang erreicht hatte, spürte er die Hitze, die aus dem großen Zelt drang. Es musste da drinnen ganz schön voll sein, dachte er.

Und tatsächlich, jeder Platz war besetzt; einige standen gar an den Zeltwänden, um sie spielen zu hören.

Patricks Blick glitt über die gut gekleideten Zuschauer in den ersten Reihen und richtete sich dann auf das Objekt seiner Begierde.

Sie war ganz in Weiß, so wie er sie erst einmal gesehen hatte. Ihre Carmenbluse reichte nur knapp über ihren Nabel; zwischen Rock und Bluse blieb ein Streifen Haut frei.

Violet wiegte sich mit geschlossenen Augen zum Klang ihrer Musik, einer traurigen, klagenden Melodie. Auf einmal sprangen ihre herrlichen grünen Augen auf und blickten ihn direkt an.

Patrick wusste ohne jeden Zweifel, dass sie ihn wahrnahm, auch wenn sie ihn nicht sehen konnte.

In diesem Moment trat ein Mann in die Manege und lenkte Patricks Aufmerksamkeit auf sich. Er war groß und muskulös und hatte einen dunklen Teint. Seine leuchtend blauen Augen waren durchdringend auf Violet gerichtet. Gereizt beobachtete Patrick, wie er auf Violet zuging, eine Geige in der Hand.

Ein Musiker, vermutete Patrick, und ein Zigeuner, so wie er aussah. Der Mann hob die Geige ans Kinn und begann zu spielen.

Nicht schlecht, musste Patrick widerwillig zugeben. Aber längst nicht so gut wie Violet.

Beide spielten eine Zeitlang, Violet führte, er folgte willig. Dann brach die Musik mit einem schrillen Ton jäh ab.

Das Publikum hielt den Atem an, auch Patrick. Die Spannung zwischen den beiden Artisten war greifbar.

»Romano Kheliben!«, rief Violet mit klarer Stimme in Altrumänisch.

Patrick verstand, er hatte die Grundzüge der Sprache von wandernden Zigeunern, die durch Schottland zogen, gelernt. Es hätte ihn nicht überraschen sollen, dass Violet die Sprache beherrschte, sie hatte ihm ja gesagt, dass sie bei Zigeunern aufgewachsen war. Und dennoch … ihr Englisch war so gepflegt, als stamme sie aus gutem Hause. Aber das konnte nicht sein.

Es ärgerte Patrick, dass er sie so wenig kannte. Er wollte alles über sie wissen.

Der große Zigeuner beantwortete ihren Ruf und begann zu spielen, eine fließende, langsame Melodie.

Violet legte ihr Instrument beiseite und raffte ihre Röcke. Patrick trat unwillkürlich näher.

Dann begann sie zu tanzen. Die Röcke bis zu den Knien angehoben, begannen ihre Füße sich wie von selbst zu bewegen.

Die Musik wurde schneller. Violet hob eine Hand.

Patrick stockte der Atem. Ihre Bluse rutschte hoch und gab den Blick auf ihren Nabel und den flachen Bauch frei. So wirbelte sie durch die Manege, und Patrick fühlte, wie er steif wurde.

Verdammt noch mal, was machte sie da?

Jetzt drehte sie sich, und ihr langes schwarzes Haar umwirbelte sie wie ein Schleier.

Die Luft im Zelt wurde dicker. Patrick roch die Anzeichen und wusste, dass Violets Tanz keinen Mann kaltließ.

Eifersucht durchzuckte ihn. Violet ließ ihren Rock los und hob beide Hände. Mit klirrenden Goldarmreifen bewegte sie ihre schlanken, nackten Arme zum Takt der aufpeitschenden Musik. Das Publikum hielt den Atem an, als sie sich schließlich dem Geiger zuwandte. Sie wiegte sich vor ihm und begann dann um ihn herumzutanzen.

Patrick erstickte fast vor Zorn, als sie sich beim letzten Ton der Musik vor seine Füße warf.

Der Applaus war ohrenbetäubend, die Menschen sprangen auf und jubelten dem Paar zu. Patrick klatschte nicht. Ergrimmt sah er zu, wie der große Zigeuner Violet auf die Füße half.

Wenn der Schurke sie noch einmal anfasste, schwor er sich, würde er ihm den Hals umdrehen. *Keinem Menschen darf ein Leid zugefügt werden,* schoss es ihm durch den Kopf. Patrick knurrte frustriert.

20. Kapitel

»…und dann haben wir eine Vereinbarung getroffen. Ich werde fünf Entwürfe pro Woche für sie anfertigen und kriege dafür ein monatliches Gehalt. Und wenn meine Entwürfe erfolgreich sind, werden wir Partner und ich darf den ganzen Tag lang Kleider entwerfen!«

Violet lächelte über Sarahs freudige Erregung.

»Ich bin sehr froh, dass du glücklich bist, Sarah.«

Sarah sagte nichts – sie umarmte Violet. Violet, die es nicht gewohnt war, umarmt zu werden, erschrak zunächst, doch dann freute sie sich.

»Glaub nicht, dass ich nicht weiß, wem ich mein Glück zu verdanken habe, Violet. Ich wünschte, ich könnte es dir irgendwie vergelten.«

Violet drückte das Mädchen kurz an sich, dann trat sie zurück. Körperliche Nähe machte sie verlegen.

»Das brauchst du nicht, Sarah. Aber wenn du mir wirklich helfen willst – ich kann meine Haarbürste nicht finden.«

»Deine Bürste?« Sarah lief suchend in der kleinen Garderobe umher. »Aber du hast doch noch nie was verlegt. Oder dir so spät noch die Haare gekämmt.«

Violet wollte antworten, doch in diesem Moment betrat *er* die Garderobe. Als er vor einer Stunde im Zelt auftauchte, hatte sie es sofort gemerkt – kein Wunder, wo sie den ganzen Tag auf seinen Geruch gewartet hatte.

Ihr Magen krampfte sich nervös zusammen. Was sie vorhatte, war falsch, aber sie hatte keine Wahl. Sie musste Patrick benutzen, um an Ismail heranzukommen. Der Mörder ihres Vaters musste bezahlen, das hatte sie sich geschworen.

»Guten Abend, Mylord.«

Violet merkte, wie Sarah bei ihren Worten erstarrte. Sie hörte, wie Patrick einen Schritt auf sie zutrat.

»Guten Abend, Lady Violine«, antwortete er knapp.

Ach, er störte sich also an ihrer Förmlichkeit? Dabei gab sich Violet alle Mühe, gehorsam und gefällig zu sein. Sie war gestern Nacht zu dem Schluss gekommen, dass dies die beste Taktik war, um das Vertrauen eines Mannes zu gewinnen. Leider war sie nicht sehr gut darin, gehorsam und gefällig zu sein. Auch schien Patrick von der ›neuen‹ Violet nicht so angetan zu sein, wie sie gehofft hatte.

»Ich …. Mylord?«, stammelte Sarah. Natürlich, dachte Violet, sie hat ja nicht gewusst, dass er Aristokrat ist.

Violet ließ sich von ihrer Nase zu Sarah führen.

»Sarah, ich glaube, ich habe euch noch gar nicht richtig vorgestellt. Das ist Lord Patrick Bruce. Mylord, das ist meine Freundin Sarah.«

»Freut mich sehr, Sie kennen zu lernen, Sarah«, sagte Patrick mit samtweicher Stimme, und Violet spürte, wie Sarah neben ihr sich merklich entspannte.

»Danke, Mylord«, antwortete sie scheu.

Stille. Violet fragte sich, wen oder was Patrick wohl ansah. Sie hatte das unheimliche Gefühl, dass sie Gegenstand seiner Aufmerksamkeit war.

»Ähm ... .Ich gehe jetzt lieber, Violet. Ich ... ich hab noch viel zu tun. Wir sehen uns doch morgen?«

»Ja«, versicherte Violet ihrer Freundin. Sarah empfahl sich bei Patrick und ging. Violet wurde klar, dass ihre Scharade nun erst richtig beginnen musste.

Wie benahm man sich unterwürfig? Sie hatte keine Ahnung. Jeder Tag war für sie ein Kampf ums Überleben gewesen, daher war sie stärker als die meisten Frauen. Doch jetzt musste sie sich an die Zügel nehmen, ihren Willen einem anderen unterordnen ...

»Du willst also morgen wieder herkommen?«

Violet trat von einem Fuß auf den anderen. Die Art, wie er fragte, kam ihr seltsam vor. Was wollte er hören?

»Ich nahm an, dass ich morgen wieder auftreten würde?« Sie formulierte es als Frage, um die Entscheidung ihm zu überlassen. In Wahrheit hatte sie keinen Grund mehr, länger beim Zirkus zu bleiben. Patrick hatte angedeutet, dass er für sie sorgen würde, und sie hoffte, ihre Mission längst erledigt zu haben, bevor er ihrer überdrüssig geworden war.

»Ich habe dir doch gesagt, dass du nicht mehr arbeiten musst, Violet.«

Violet nickte gehorsam.

»Dann werde ich Graham Bescheid sagen.«

»Das ist nicht nötig. Ich werde das erledigen. Du musst nur deine Sachen packen.«

Es störte sie, dass er bereits mit Befehlen um sich warf. Verdammt! Sie trat zu ihrer Garderobe, bückte sich und nahm den kleinen Beutel an sich, den sie gepackt hatte. »Das habe ich bereits. Ich konnte bloß meine Bürste nicht finden.«

»Egal. Ich werde dir eine neue kaufen. Dutzende, wenn du willst, Violet. Ich meine es ernst. Ich werde gut für dich sorgen.«

Das besänftigte sie wieder, doch schon keimte Unbehagen in ihr auf. Das war es doch, was sie wollte, oder? Dass sie ihm zu Willen war. Aber er klang so fürsorglich, fast zärtlich … Sie war sicher, sein Vertrauen ziemlich rasch gewinnen zu können.

Warum machte ihr der Gedanke dann so zu schaffen?

»Danke«, sagte Violet leise, als er ihr den Beutel abnahm.

»Gehen wir?«, erwiderte er, und sie hörte das Lächeln in seiner Stimme. Zum ersten Mal an diesem Abend empfand Violet so etwas wie freudige Erregung. Sie würde mit diesem Mann zusammen sein, würde in seinen Armen liegen … Stopp! Daran durfte sie jetzt nicht denken, sie durfte die Tatsachen nicht aus den Augen verlieren. Sie folgte Patrick nur, um an Ismail heranzukommen. Das war alles.

Violet trat an seine Seite, und gemeinsam machten sie sich auf den Weg. Seine Körperwärme drang durch ihre dünne Bluse, wärmte ihre nackten Arme.

»Wo ist dein Mantel?«, fragte Patrick, als sie den Hinterausgang des Zelts beinahe erreicht hatten. Wie sollte sie ihm die Sache mit der kleinen Bettlerin erklären? Das Mädchen hatte so gefroren, da hatte Violet ihr kurz entschlossen ihren einzigen Mantel geschenkt.

»Ich habe keinen«, antwortete sie schlicht.

Patrick fluchte unterdrückt. Violet hörte Bewegung, dann wurde eine warme Jacke um ihre Schultern gelegt.

»Das ist das Erste, was ich dir morgen früh gleich kaufen werde. Und jetzt komm.«

Sie war froh, dass er schon wieder mit Befehlen um sich warf. So ließ sich seine Fürsorge leichter ertragen. Violet folgte Patrick.

Heu, Löwen, Holz, Farbe, Erde, Bäume … sie hatten das Zelt beinahe verlassen, als sie von einer rauen Stimme angesprochen wurden.

»Violet?«

Nicu, dachte Violet verlegen. Der virile Zigeuner war vor zwei Tagen zum Zirkus gestoßen – ein Glücksfall, fand Violet. Er war ein sehr talentierter Musiker, und wenn man dem Gerede der weiblichen Artisten glauben konnte, überdies ein äußerst attraktiver Mann. Nicu würde dafür sorgen, dass der Zirkus auch nach ihrem Weggehen gut besucht war. Für sie war das eine große Erleichterung, denn sie ließ Graham nur ungern im Stich.

»Wo willst du hin, Kleines?«, fragte Nicu auf Altrumänisch, und Violet war froh, dass er diese Sprache benutzte. Was er wohl denken mochte? Violet war die Begegnung peinlich. Nicht, dass ein Zigeuner einer Frau Vorwürfe machen würde, die beschloss, die Mätresse eines Mannes zu werden. Dennoch wäre sie lieber unbemerkt verschwunden …

»Ich verlasse den Zirkus, Nicu. Die Auftritte mit dir haben mir Spaß gemacht«, erwiderte sie auf Altrumänisch und machte Anstalten weiterzugehen. Sie hoffte, Patrick würde folgen. Er war in den letzten paar Augenblicken eigenartig schweigsam geworden, aber welcher Mann ließ sich schon gerne aus einem Gespräch ausschließen?

Nicu hielt Violet am Arm fest. »Du gehst? Mit ihm? Ich traue ihm nicht!«

Violet wollte ihm ihren Arm gerade entziehen, da war

seine Hand auch schon verschwunden, und ein dumpfer Schmerzenslaut ertönte.

»Ein Rat für die Zukunft, Nicu: Fass sie nie wieder an!«

Patrick hatte das in gebrochenem Rumänisch gesagt! Violet erschrak. Woher kannte er diese Sprache? Und was hatte er mit Nicu gemacht?

Aber ehe sie etwas sagen konnte, hatte Patrick sie bereits zu seiner wartenden Kutsche gezogen und ihr hineingeholfen.

»Du hast ihn doch nicht verletzt?«

Sie ärgerte sich über sein Verhalten, wusste aber gleichzeitig, dass es unklug war, ihren Zorn zu zeigen. Nicu hätte sie nicht festhalten dürfen, aber ihn dafür gleich niederzuschlagen …

»Ich wünschte, ich hätte es.«

Was sollte das bedeuten? War Patrick gewalttätig? Begab sie sich etwa in größere Gefahr, als sie geglaubt hatte?

»Du sprichst die Sprache der Zigeuner, dann solltest du auch mit unseren Bräuchen vertraut sein. Er ist Zigeuner ebenso wie ich. Es ist daher nur natürlich, dass er glaubt, mich beschützen zu müssen.«

»Ich behaupte nicht, eure Bräuche zu kennen, Violet. Aber ich musste ihm unmissverständlich klarmachen, dass *ich* dein Beschützer bin, nicht er.«

Ihr Beschützer. Violet freute sich gegen ihren Willen. Patrick hatte gesagt, dass er für sie sorgen würde. Gehörte das auch dazu?

Die Zeit, in der sie umsorgt worden war, lag weit zurück, eine vage Erinnerung … war es damals nicht wärmer gewesen? Aber das war Unsinn. Das Wetter änderte sich doch nicht, bloß weil jemand für einen sorgte ... Aber vielleicht nahm man es ja anders wahr?

Was ging ihr da bloß durch den Kopf? Das alles war ohnehin eine Farce, sie wollte und brauchte niemanden, der für sie sorgte!

»Ich habe ihm nicht wehgetan, falls du dir deswegen Sorgen machst«, sagte Patrick und riss sie damit aus ihren Gedanken. »Ich habe ihn bloß verwarnt.«

Er versuchte sie zu beruhigen.

»Ich war nicht sicher«, gestand sie. »Aber ich bin froh, dass du ihm nichts getan hast.«

Er schwieg. Zum ersten Mal an diesem Abend fragte sich Violet, was wohl als Nächstes geschehen würde. Sie wusste praktisch nichts über den Mann, der ihr gegenübersaß ... was sollte sie jetzt tun?

Gerade als ihr ein Thema eingefallen war, über das sie reden konnten, zog der Kutscher an den Zügeln und hielt an.

»Was ist?«, rief Patrick aus dem Kutschfenster.

»Da liegt ein Mann auf der Straße, Mylord«, rief der Kutscher zurück. Violet hörte, wie er vom Kutschbock herunterkletterte. Sie holte tief Luft.

Ja, sie konnte den Mann, der auf der Straße lag, riechen, seine Kleidung war muffig, er hatte eine Alkoholfahne – und er roch nach Schießpulver!

»Er hat eine Pistole«, flüsterte Violet erregt. Sie streckte die Hände nach Patrick aus und schnupperte. Besorgt sagte sie: »Und drei weitere verstecken sich im Gebüsch.«

»Keine Sorge«, beruhigte Patrick sie, »ich werde mich um die Sache kümmern. Du bleibst hier drinnen und rührst dich nicht vom Fleck.«

Mit diesen Worten sprang er aus der Kutsche und ließ Violet allein zurück.

Verdammt! Sie tastete nach ihrem Messer, doch dann fiel ihr ein, dass sie es ja in den Beutel zu ihren anderen Sachen getan hatte, um Patrick nicht misstrauisch zu machen. Und ihr Beutel war oben auf dem Kutschdach festgeschnallt!

Verdammt! Verdammt! Verdammt!

»Guten Abend, die Herren. Wir wollen keinen Ärger, bloß eure Knete. Wenn's recht ist«, hörte Violet eine ominöse Stimme sagen. Sie stöhnte. Das würde schlimm enden, sie wusste es!

»Ich schlage vor, du und deine Kumpane, ihr macht euch schleunigst aus dem Staub, solange ihr noch könnt.«

Violet riss erschrocken den Mund auf. Wie konnte Patrick so etwas sagen? Sie atmete tief ein und erkannte, dass die anderen drei nun sehr nahe waren. Patrick musste sie bereits sehen. Selbst wenn er ihr nicht geglaubt hatte, er wusste doch nun, dass sie recht gehabt hatte!

Der Wegelagerer lachte höhnisch.

»Du verstehst wohl nicht. Wir sind zu viert und ihr nur zu zweit – ein Dandy und ein Kutscher. Ihr habt keine Chance. Und jetzt her mit dem Zaster, wenn dir dein Leben lieb ist!«

Mein Gott, sie würden Patrick erschießen! Violet rutschte näher zum Kutschenschlag und schob das Fenster ein wenig weiter zurück.

»Hugh, alles in Ordnung mit dir?«, fragte Patrick ruhig. Hugh, das musste der Kutscher sein. Wie konnte Patrick nur so unbesorgt sein?

»Jawohl, Mylord.«

Violet hörte Bewegungen, dann roch sie den Schweiß

von zwei Wegelagerern. Sie waren nervös, und sie waren bewaffnet …

»Genug!«, knurrte einer, und dann ertönte ein Knall.

Violet erstarrte. Zwei weitere Schüsse ertönten, und auf einmal roch es nach Blut.

Violet war so nervös, dass sie nicht sagen konnte, ob es Patricks Blut war oder das von jemand anderem. O Gott, sie musste helfen.

Ohne weiter zu überlegen, sprang sie aus der Kutsche. Sie hörte Bewegungen, weiter weg, aber ansonsten war es still. Viel zu still.

Es roch nach Blut, Schweiß, Bier und Schießpulver … und dann schlang sich ein dicker Arm um ihren Hals, zerrte sie zurück.

»Ich hab deine Schlampe!«, brüllte der Räuber dicht neben ihrem Ohr. Violet konnte kaum atmen, der Mann drückte ihr den Hals zu.

»Violet.« Als sie Patricks Stimme hörte, begann sie am Arm ihres Angreifers zu zerren. Sie wollte antworten, aber er schnürte ihr die Luft ab.

»Du hast meine Kumpel erschossen!«, heulte der Räuber. Violet erschauderte.

»Ja, das habe ich, und ich werde auch dich erschießen, wenn du sie nicht sofort loslässt«, sagte Patrick ruhig. So ruhig, als befände er sich in Angelicas Musiksalon. Der Mann gehörte ins Irrenhaus!

Violet versuchte nicht in Panik zu geraten, nicht auf den Blutgeruch zu achten, der in der Luft lag. Der Räuber begann zu schwitzen. Nur Angst brachte einen bei dieser Kälte zum Schwitzen.

Wenn er genug Angst hatte, würde er vielleicht versuchen wegzurennen. Andererseits könnte er auch in Panik geraten und sie erschießen.

»Hältst dich wohl für einen ganz Großen, was?«, höhnte er zitternd.

»Letzte Warnung: Willst du ins Gefängnis, oder willst du sterben?«

Der Arm des Mannes verkrampfte sich. Einen Moment später gab er ihr einen heftigen Stoß, und sie taumelte vorwärts. Aber bevor sie stürzen konnte, wurde sie von zwei starken Armen aufgefangen, wie sie es irgendwie gewusst hatte ...

Sie hatte sich unnötige Sorgen gemacht; Patrick hatte bisher nie zugelassen, dass ihr etwas zustieß. Aber bevor sie sich bei ihm bedanken konnte, ließ er sie los und machte ein paar Schritte in die Richtung, in der der Wegelagerer verschwunden war.

»Halte dir die Ohren zu!«, befahl er, und Violet gehorchte ohne Zögern.

Ein Schuss ertönte, gefolgt von einem lauten Aufschrei. Es roch nach Schießpulver, und Violet wurde klar, dass Patrick auf den fliehenden Räuber geschossen hatte.

»Wo hast du ihn getroffen?« Das anhaltende Gebrüll des Schurken überzeugte sie davon, dass er noch am Leben war.

»In den rechten Fuß.« Patrick trat auf seinen Kutscher zu. »Bring Lady Violine zu mir nach Hause. Ich werde die vier ins Krankenhaus bringen und dann die Polizei alarmieren.«

»Jawohl, Mylord«, antwortete der Kutscher. Violet regte sich nicht. Patrick stand jetzt neben ihr, und es roch deutlicher als zuvor nach Blut. Ihr Magen verkrampfte sich.

»Wo bist du verletzt?«

Er zögerte, dann strich er ihr das Haar aus dem Gesicht.

»Hugh wird dich nach Hause bringen. Mrs. Devon hat das rosa Zimmer für dich vorbereitet. Geh schlafen, du musst erschöpft sein. Wir sehen uns dann morgen.«

Violet spürte seine Hand an ihrer Wange. Er führte sie zur Kutsche zurück. Sie würde ihn vor morgen nicht mehr sehen? Aber das war doch gut, oder? Warum fiel es ihr dann so schwer, sich von ihm zu trennen? Es sollte ihr nicht so viel ausmachen …

Sicher waren es die Nerven. Der Vorfall hatte sie mehr erschüttert, als sie sich eingestehen wollte. Nein, das stimmte nicht. Gefahr war nichts Neues für Violet, sie hatte gelernt, sich rasch davon zu erholen. Das war schon seit langem überlebensnotwendig für sie.

Einen Moment später saß sie in der Kutsche und ließ Patrick gegen ihren Willen allein mit den Räubern auf der Straße zurück.

21. Kapitel

Geigenmusik erfüllte den unterirdischen Vampirclub. Blutgefüllte Kristallgläser wurden erhoben, während eine Blondine den uralten Toast ausbrachte: »Auf die Auserwählten!« Der Vampir neben ihr stellte sich vor.

Patrick schaute gleichgültig zu, wie die beiden mit an Wildheit grenzender Leidenschaft übereinander herfielen. Diese Nacht kam ihm mehr und mehr wie eine Szene aus Shakespeares unheimlicheren Komödien vor. Nichts, aber auch gar nichts, verlief nach Plan. Die Streifwunde an seinem Oberarm brannte, hatte aber bereits zu heilen begonnen. Er verbarg sie unter seinem Mantel. Er hatte keine Lust, noch mehr Fragen zu beantworten.

»Du siehst aus, als bräuchtest du einen Drink.« Ismail ließ sich auf den Stuhl neben Patrick sinken. Er trug die traditionelle Tracht der Osmanen, eine hochgeschlossene jadegrüne Jacke, die das Grün seiner Augen betonte.

»Ich habe deine Nachricht erhalten«, erwiderte Patrick, ohne sich mit irgendwelchen Begrüßungsfloskeln aufzuhalten. Er war fürchterlich schlechter Laune und wollte nur noch heim. Drei Stunden hatte er bei diesen Schurken herumgestanden, ehe die Polizei erschienen war, und dann hatte er auch noch deren Fragen beantworten müssen. Wie konnten die Menschen Schutz erwarten, wenn sie solche Dummköpfe zu Polizisten machten?

Die Nacht war mittlerweile weit fortgeschritten, und das bedeutete, dass er in ein dunkles, stilles Haus zurückkehren würde, was seine Laune auch nicht gerade besserte. Er hatte so lange gewartet, um Violet in seine Hände zu bekommen – seit sie ihn an jenem Morgen nach ihrer ersten gemeinsamen Nacht verlassen hatte und zum Zirkus zurückgekehrt war.

»Also, was gibt's so Dringendes?«, fragte er mürrisch.

»Ich will gar nicht erst fragen, was los ist, denn deine Augenbrauen zucken, Highlander. Und das bedeutet, dass du mir lieber den Kopf abreißen würdest, als den Mund aufzumachen.«

Patrick hob eine Braue und nippte an seinem Glas. »Hältst du mich für so blöd, dass ich nicht merke, wie du genau das tust – mich fragen, was los ist? Aber du hast recht, ich habe keine Lust, darüber zu reden. Es ist nichts. Also, was gibt's?«

»Ich muss für ein paar Tage verreisen. Und am Montag kommen noch zwei von meinen Leuten, um bei der Vorstellungszeremonie von Margarets Baby zu helfen.«

Ein weiblicher Vampir legte ihre Hand auf Ismails Schulter, zuckte dann jedoch zurück, als ob sie sich verbrannt hätte. In Vampirclubs wählten die Frauen ihre Partner, eine Regel, die allerdings nicht für Clanoberhäupter galt. Offenbar war das dieser Vampirin soeben wieder eingefallen. Sie senkte beschämt den Blick.

»Entschuldige, Clanführer, ich vergaß mich.«

Sie war wunderschön, wie Patrick feststellte. Aber das änderte nichts. Ismail war auf der Suche nach innerem Frieden, er wollte nichts von Frauen wissen.

»Du wirst Freuden finden in meinen Armen«, sagte er zu

der Schönheit und streichelte ihre Wange, »dir wird warm werden, dann heiß, und schneller, als du dir vorstellen kannst, wirst du wieder daraus erwachen. Und dann wirst du dich kalt und einsam fühlen. Wünschst du dir nicht, dass diese Wärme andauert? Dass sie in dein Blut, in dein Herz übergeht? Willst du kalt und allein sein oder warm und geborgen? Ein Ganzes?« Ismail schaute ihr tief in die Augen.

Zu Patricks Überraschung füllten sich ihre Augen mit Tränen. Sie blickte den großen Osmanen an, als hoffte sie, Rettung bei ihm zu finden. »Warm und geborgen«, flüsterte sie hoffnungsvoll.

Ismail lächelte. »Dann ist dein Wunsch schon zur Hälfte erfüllt. Was man sich wirklich wünscht, das bekommt man auch. Vergiss das nie.«

»Das werde ich nicht.« Die Frau starrte ihn noch einen Moment länger an, dann warf sie Patrick einen scheuen Blick zu, verbeugte sich und verschwand.

»Du bist so ziemlich der seltsamste Kerl, den ich kenne«, bemerkte Patrick trocken.

Ismail blickte der Entschwindenden nach und zuckte die Schultern. »Mag sein, aber es war das, was sie brauchte. Also, wo war ich? Ach ja, meine Leute ...«

»Ich werde mich um sie kümmern. Wann wirst du wieder zurück sein?«

»Nächste Woche. Ich habe versprochen, zum Ball des Herzogs von Neville wieder da zu sein. Highlander, eine von meinen Leuten heißt Ayse. Ich überlege, ob ich sie zu meiner Nachfolgerin machen soll. Sieh sie dir bitte an, ich wüsste gerne, was du von ihr hältst.«

Patrick zog überrascht die Brauen hoch. Ismail wollte abdanken? Aber dafür war es noch viel zu früh. Ismail war zwar ein wenig älter als Patrick, aber mit seinen sechshundertzehn Jahren konnte er gut und gerne vierzig weitere Jahre Oberhaupt des Südclans bleiben.

»Ismail, ist es nicht ein bisschen früh für solche Erwägungen?«

»Nein, finde ich nicht. Die Prinzessin wird bald ihr Kind zur Welt bringen, Highlander, und ich will das Kind aufwachsen sehen, will in seiner Nähe bleiben. Aber das kann ich nicht, wenn ich weiter Oberhaupt des Südclans bleibe.«

Die sinnliche Musik begann ihre Wirkung auf die angetrunkenen Vampire auszuüben: Obwohl die Nacht noch lang war, wanden sich bereits mehrere weibliche Vampire nackt unter ihren männlichen Partnern. Patrick wusste, dass Ismails Sorge um das Kind nicht ganz unbegründet war. Es gab einige unter ihnen, für die die Auserwählten Fluch und nicht Segen darstellten. Die Tatsache, dass die Vampire ohne die Auserwählten aussterben würden, ignorierten sie. In ihren Augen waren nur reinrassige Vampire etwas wert, ›Wahre Vampire‹, wie sie sie nannten. Sie waren gegen jede Evolution, jede Vermischung und strebten die Weltherrschaft an.

Im Moment hatte diese Gruppierung noch ziemlich wenig Macht und kaum Anhänger, aber Ismail war bekannt für seine weise, vorausschauende Art.

»Ich werde mit dieser Ayse reden«, erklärte Patrick, »aber jetzt gehe ich nach Hause.«

Ismail lächelte zum ersten Mal an diesem Abend. »Soll das heißen, dass du die sechs Damen, die dich schon seit deiner Ankunft mit den Augen verschlingen, ignorieren willst?«

Patrick warf einen Blick in die angegebene Richtung: Es stimmte, sechs Augenpaare waren gierig auf ihn gerichtet. Wie hatte er sie übersehen können? Er erhob sich.

»Ja, genau das heißt es. Gute Nacht, mein Freund.«

Ismail blickte Patrick mit einer Mischung aus Stolz und Verwunderung hinterher.

Patrick betrat die dunkle Eingangshalle und schlüpfte aus dem Mantel. Er warf einen sehnsüchtigen Blick zur Treppe und ging dann weiter zur Bibliothek. *Sie* würde sicher schon schlafen. Und nach den Aufregungen des Abends wollte er sie nur ungern wecken … so sehr er es sich auch wünschte.

Auch in der Bibliothek war es dunkel, bis auf das schwache Licht, das durch zwei der hohen Fenster hereinfiel, deren Vorhänge seine Haushälterin zuzuziehen vergessen hatte.

»Du bist wieder da.«

Patrick drehte sich zu der leisen Stimme um, die aus einer Ecke der dunklen Bibliothek kam. Mit seinen scharfen Vampiraugen konnte er sie klar erkennen: Sie saß in einem Sessel und hatte die Beine angezogen. Ihre nackten Zehen lugten unter dem Saum ihres dünnen Nachthemds hervor. Sie wirkte plötzlich sehr verletzlich.

»Was machst du hier?«, entfuhr es ihm. Nicht die Frage, die er eigentlich hatte stellen wollen.

Violet erhob sich und ging auf ihn zu. Das bleiche Licht, das durch die Fenster fiel, erhellte ihr Gesicht.

»Ich konnte nicht schlafen, und dann roch ich dies hier.« Sie wies mit einer Handbewegung auf die Bücherregale. »Noch nie war ich in einem Raum mit so vielen Büchern.«

»Du warst noch nie in einer Bibliothek?« Patrick musste an sich halten, um nicht die Finger in ihrem langen, seidigen schwarzen Haar zu vergraben, das ihr offen bis zu den Hüften herabhing.

»Es erschien mir sinnlos.«

Patrick kam sich wie ein Idiot vor, doch bevor er sich entschuldigen konnte, fuhr sie fort: »Aber ich gestehe, ich wünschte, ich hätte zumindest ein einziges Buch gelesen …«

Das klang so traurig. Patrick trat besorgt näher. »Geht es dir auch gut?«

Sie hob ihr Gesicht zu dem seinen. Ihre grünen Augen schimmerten sanft im Mondlicht. Sie wirkte so zart, so unschuldig. War dies wirklich die Zigeunerin, die weder vor wilden Löwen noch vor bewaffneten Betrunkenen zurückschreckte? Die Frau, die sich erst wenige Stunden zuvor in der Gewalt eines Wegelagerers befunden hatte? Bei diesem Gedanken flammte Zorn in ihm auf, doch ihre nächsten Worte ließen ihn wieder verpuffen.

»Ich bin froh, dass dir nichts geschehen ist.«

Patrick dachte an die Streifwunde an seinem Oberarm, die nach einem Glas Blut vollkommen verheilt war.

»Ein spezielles?«, fragte er.

»Was meinst du?«

»Ich meine, gibt es ein bestimmtes Buch, das du lesen wolltest?«

»Oh.« Er hatte sie aus dem Konzept gebracht, und das gefiel ihm seltsamerweise. »Äh, nein, kein bestimmtes.«

»Also gut.« Patrick trat ans nächste Regal und zog ein in grünes Leder gebundenes Buch heraus. Sie hatte einen schweren Abend hinter sich, redete er sich ein, während er zu ihr zurückging und sich das Haar aus dem Gesicht strich. Das war der Grund, warum er das jetzt für sie tat.

»Setz dich.«

Violet war verwirrt, er bemerkte es an ihrer leichten Anspannung. Es gefiel ihr nicht, wenn sie nicht wusste, was vorging. Im Grunde konnte er es ihr nicht verdenken: Er mochte es genauso wenig.

»Patrick… ich weiß nicht…«

»Wenigstens hast du aufgehört, mich ›Mylord‹ zu nennen. Und jetzt setz dich.«

Sie gehorchte. Patrick lehnte sich ans Fensterbrett und schlug das Buch auf.

»Anna Karenina, von Leo Tolstoi.«

Violets Lippen öffneten sich, aber sie sagte nichts. Patrick begann zu lesen. Sie kuschelte sich in ihren Sessel und schloss die Augen. Wie gebannt lauschte sie der Erzählung.

Auch Patrick ließ sich rasch von dem Roman gefangennehmen. Beide merkten kaum, wie die Sonne aufging.

»Er ging weiter und vermied dabei so lange er konnte, sie anzusehen, als wäre sie die Sonne, und dennoch sah er sie, wie man die Sonne eben sieht, ohne sie ansehen zu müssen…« Er erreichte das Ende des neunten Kapitels und schlug das Buch zu. Violet war so lange still gewesen, dass er nicht sicher war, ob sie eingeschlafen war.

»Danke«, sagte sie leise. Patrick legte verlegen das Buch beiseite.

»Wir sollten zu Bett gehen.«

»Ja.« Aber Violet machte keine Anstalten aufzustehen. Patrick ging mit klopfendem Herzen zu ihr.

Sie wandte das Gesicht zu ihm auf, aber sie lächelte

nicht. Die Hände auf die Lehnen gestützt, erhob sie sich. Der Saum ihres Nachthemds streifte seine Stiefelspitzen, ihr Atem strich über seinen Hemdkragen.

Violet legte ihre Hände auf seine Schultern und seufzte.

»Es wäre so viel leichter, wenn du nicht so nett wärst.«

Patrick runzelte die Stirn, aber bevor er fragen konnte, was sie damit meinte, reckte sie sich auf die Zehenspitzen und zog seinen Mund zu sich herab.

Ihre Lippen waren süß und leidenschaftlich, sie entfachten ein Feuer in ihm, dem er nicht widerstehen konnte.

»Komm mit nach oben, Violet.«

»Hmm?«, fragte sie verwirrt. Patrick nahm sie auf seine Arme und trug sie aus der Bibliothek.

Sie barg den Kopf an seiner Schulter und streichelte seinen Hals.

Patrick zählte die Stufen, eins … zwei … drei … Violet ließ ihre Hand sinken. Acht … neun … zehn … Als er oben angekommen war, wusste Patrick, dass die Frau in seinen Armen fest eingeschlafen war.

Er legte sie sanft auf seinem Himmelbett ab und breitete die Decke über sie.

Violet murmelte etwas Unverständliches, rollte sich auf die Seite und zog die Knie an. Sie wirkte wie ein kleines Mädchen.

Was war es nur, das ihn so zu dieser Frau hinzog? Ihre Verletzlichkeit? Ihre Stärke? Oder das Geheimnisvolle, das sie umgab?

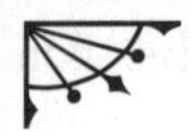 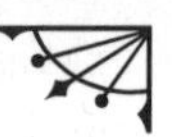

22. Kapitel

Der Duft von exotischen Blumen erfüllte ihre Nase, Gerüche, die sie nie zuvor gerochen hatte, ja von denen sie nicht einmal geträumt hätte. Auf einmal wurde ihr klar, dass dies der schönste Tag ihres Lebens war.

Nachdem Patrick sie mit seinen Küssen geweckt und sie geliebt hatte, hatte sie erwartet, dass er sich für den Rest des Tages verabschieden würde, doch stattdessen hatte er sie hierher in den Botanischen Garten gebracht. Sie selbst wäre nie auf den Gedanken gekommen, hierherzugehen, hatte nicht einmal gewusst, dass so etwas existierte. Doch nun war sie hier, und sie war im siebten Himmel.

»Wieso sind keine anderen Leute hier?«, fragte sie, während sie durch ein Gewächshaus schlenderten.

»Heute ist geschlossen, aber der Direktor ist ein guter Bekannter von mir.«

»Ach ja?« Violet lächelte. Wen kannte Patrick eigentlich nicht?

»Oder besser gesagt, ich kannte seinen Vater, Joseph Hooker. Ein brillanter Mann, war lange Professor an der Glasgow University. Ich habe ihn eines Tages, bei einem Lunch mit Darwin, kennen gelernt… Manche Menschen vergisst man nie.«

Violet nickte. Ja, manche Menschen vergaß man nie, selbst wenn man wollte.

»Was ist?« Patrick blieb stehen und nahm sie bei den Händen.

»Was meinst du?«, fragte Violet verwirrt.

»Du hast gerade eben die Stirn gerunzelt. Sag mir, warum«, bat Patrick ernsthaft.

»Ich …« Violet überlegte, was sie sagen sollte. Warum nicht die Wahrheit? Es war lange her, und schaden konnte es auch nicht. »Ich dachte gerade, dass du recht hast, manche Menschen vergisst man nicht. Vor allem … wenn der erste Eindruck nicht gut ist.«

»Ich hoffe, du meinst nicht mich«, sagte er trocken, und Violet lachte.

Sie entzog ihm ihre Hände und ging weiter. Der beruhigende Duft von Rosen stieg ihr in die Nase. Sie hatte nie über ihre Zeit in der Taverne gesprochen. Es war lange her, wie ein böser Traum, eine Art Übergangsperiode, wie sie es jetzt betrachtete, zwischen ihrer Kindheit auf der Burg und ihrer Zeit bei den Zigeunern.

»Meine Eltern starben, als ich sieben war, und ich wurde zur Arbeit in einer Taverne gezwungen«, begann Violet. Patrick brauchte nicht zu wissen, wie es kam, dass sie dort landete. Er brauchte nicht zu wissen, dass die Wirtin sie halb verhungert im Wald gefunden hatte. Oder dass ihre Mutter durchaus noch am Leben war. »Ich war noch zu jung, um als Kellnerin zu arbeiten, also hat mich die Wirtin, eine grobe Frau, in eine Ecke gesetzt, mir einen Sack Kartoffeln hingestellt und ein Messer in die Hand gedrückt. »Blind oder nicht«, hat sie immer gesagt, »du hast zwei gesunde Hände, also tu was für dein Brot. Schäl Kartoffeln.«

Patrick ging schweigend neben ihr her. Wenn er eine Bemerkung gemacht hätte, hätte sie vielleicht aufgehört zu erzählen, aber er sagte nichts, also fuhr sie fort.

»Zuerst habe ich mich ständig geschnitten, und die Wirtin wurde böse, weil die Kartoffeln blutig waren. An solchen Tagen bekam ich dann nichts zu essen. Ich habe schnell gelernt, Kartoffeln zu schälen, ohne mich zu schneiden. In der Küche lagen immer irgendwelche Lappen herum. Ich nahm zwei und wickelte sie mir um die Hände. Das hat die Arbeit zwar doppelt so schwer gemacht, aber immerhin habe ich mich nicht mehr geschnitten. Und ich musste nicht mehr hungern.«

Violet stieß zitternd den Atem aus. Sie musste daran denken, wie die Wirtin sie einmal dabei erwischt hatte, wie sie sich zwei Lappen aus der Küche nahm. Sie hatte ihr damit gedroht, sie ihren Gästen zu überlassen, wenn sie sie noch mal dabei erwischte, wie sie etwas aus der Küche stahl. Violet hatte zu dem Zeitpunkt lange genug in ihrer Ecke im Schankraum gesessen, um zu wissen, was sie damit meinte.

Patrick nahm sie bei der Hand und führte sie zu einer mit kunstvollen Schnitzereien verzierten Holzbank. Schweigend setzten sie sich.

»Eines Abends, als ich Kartoffeln schälte, kam ein Mann zu mir. Er roch nach billigem Whisky. Er sagte nicht viel, aber er hielt sich ständig in meiner Nähe auf. Ich wusste, dass er… dass er böse war. Das spürte ich irgendwie.«

Sie musste an seine Pranken denken, wie er sie geweckt hatte, indem er an ihren Fußgelenken zerrte.

»Später wurde mir klar, dass dieser Mann kleine Mädchen erwachsenen Frauen vorzog«, sagte sie erschaudernd. Sie schüttelte das alte Gefühl der Ohnmacht ab. Die Menschen waren eine gewalttätige Spezies, das hatte sie vor langer Zeit gelernt. Und sie hatte gelernt, dass man nicht schwach sein durfte, denn das nutzten manche aus.

Niemand durfte sie für schwach halten. Violet zwang sich zu einem grimmigen Lächeln.

»Ich bin ihm entkommen, also ist es nicht weiter wichtig. Aber ich weiß, was du meinst, wenn du sagst, manche Menschen vergisst man nie.«

Wie sehr sie sich gefürchtet hatte in jener Nacht, als sie von dem Mann, von der Taverne davonlief. Sie wusste nicht, was aus ihr geworden wäre, wenn die Zigeuner nicht aufgetaucht wären. Aber das waren sie. Die Seherin hatte sie gerettet.

»Du bist so schön«, sagte Patrick und streichelte ihre Wange. Violet merkte, wie gerne sie es mochte, wenn Patrick sie streichelte.

»Und so stark.« Er hob ihr Kinn und gab ihr einen zärtlichen Kuss, einen Kuss, der sie alle schlimmen Erinnerungen vergessen ließ. Zurück blieb eine seltsame Schüchternheit.

Warum fühlte sie sich bei diesem Mann so behütet, so geborgen? Die Erkenntnis, dass er ihr schon viel zu nahe gekommen war, ließ sie zurückweichen.

»Wir haben die Orchideen noch gar nicht gesehen. Du hast doch versprochen, sie mir zu zeigen.«

Patrick lachte. »Wie nachlässig von mir! Selbstverständlich werde ich dir die Orchideen zeigen. Komm.«

23. Kapitel

Der Matrose taumelte aus dem Wirtshaus und verschwand wankend in einer der zahlreichen kleinen Gassen und Gässchen, die das Hafenviertel durchzogen. Fluchend machte er sich auf den Rückweg zur *Bonny Beauty*.

Er hatte sich eigentlich eine Frau suchen wollen, bevor er zu seinem Schiff zurückkehrte, aber die verdammten Huren waren alle schon vergeben gewesen! Ein verfluchtes Pech.

Das Geräusch von Schritten ließ ihn innehalten. Mit verengten Augen spähte er in den Nebel, der so oft über dem Themseufer lag. Er konnte zwar nicht viel sehen, aber er war fast sicher, dass es die Schritte einer Frau waren.

Vielleicht hatte er ja heute Nacht doch noch Glück! Ein zahnloses Lächeln breitete sich auf seinem Gesicht aus.

»He, Schätzchen, wie wär's mit 'ner Nummer? Ich hab die Münzen dafür, keine Sorge!«, rief er ihr entgegen. Und gut sah sie auch noch aus! Lange, schwarze Haare und ein Paar hübscher Titten.

Die Frau sagte nichts, kam aber weiter auf ihn zu, was der Matrose als gutes Zeichen auffasste. Er würde jetzt zwar kein Zimmer mehr bekommen, aber sie könnten sich ja eine nette kleine, abgeschiedene Gasse suchen, wenn sie nichts dagegen hatte.

»Also, was sagst du, Schätzchen?«, fragte er sie, als sie nur noch wenige Meter von ihm entfernt war.

»Ich sage, hoffentlich schmeckst du besser, als du aussiehst«, bemerkte sie naserümpfend. Der Matrose stutzte. Was meinte sie damit? Sein wattiges Hirn konnte keinen Sinn in ihren Worten finden.

»Hat dir denn niemand beigebracht, dass man nicht mit dem Essen spielt?«, ertönte eine männliche Stimme hinter dem Rücken des Matrosen.

Der Seemann fuhr erschrocken herum. Wie hatte sich der Kerl so schnell und so lautlos an ihn ranschleichen können?

»Müssen wir ihn wirklich zum Haus bringen? Können wir ihn nicht gleich hier töten und für uns behalten?«, beschwerte sich die Frau hinter ihm.

Der Matrose erschrak. Sein benebeltes Hirn lichtete sich ein wenig. Genug, um das Schrillen seiner inneren Alarmglocken zu hören.

»Hör zu, Schätzchen, ich wollte dich nicht beleidigen«, versicherte er und griff gleichzeitig in seinen Stiefel, wo sein Dolch steckte.

Der Mann zog ein gelangweiltes Gesicht. Kein gutes Zeichen, dachte der Matrose. Ob die beiden bewaffnet waren?

»Du weißt, dass wir vorsichtig sein müssen. Die Clanführer dürfen noch nichts merken«, sagte der Mann.

Der Matrose riss seinen Dolch heraus und richtete ihn drohend auf den Mann. Er hatte sich zur Seite gewandt, um beide, den Mann und die Frau im Auge behalten zu können. »Ich schlachte euch ab wie zwei Schweine, wenn ihr mich nicht in Ruhe lasst!«, brüllte er. Panisch blickte er sich nach dem Wirtshaus um, das er verlassen hatte. Verdammte Erbsensuppe, er konnte nichts sehen!

»Da irrst du dich, *Schätzchen*«, gurrte die Frau. Lächelnd kam sie näher. Etwas stimmte nicht mit ihrem Lächeln – ihre Schneidezähne, sie waren irgendwie zu lang … »Nicht wir werden geschlachtet, sondern du.«

Der Matrose wich erschrocken zurück. Sekunden später erklang ein schriller Schrei, dann wurde es wieder still.

24. Kapitel

Dein Vater war ein wundervoller Mann, und er hätte dich sicher sehr geliebt.« Lady D. tat ein paar Teelöffel eines weißen Pulvers in die mit Wasser gefüllte Schüssel. »Wenn er nicht gestorben wäre.«

Violet stockte der Atem. Ihr Glücksgefühl war wie fortgeblasen. Sie hatte ihren Vater zwar noch nie gesehen, aber sie hatte dennoch eine ganz genaue Vorstellung von ihm. Er war groß und stark, und er liebte Violet … und nun sollte er auf einmal tot sein.

»Wie … wie ist er denn ge-gestorben, M-Mutter?«

Lady D. rührte nachdenklich das mit dem Pulver versetzte Wasser um. Dann hob sie ihren Blick. In ihren Augen loderte glühender Hass. »Er wurde von einem Mann namens Ismail getötet. Aber er wird dafür büßen! Und du auch, du dreckige kleine Schnüfflerin! Mir nachzuspionieren! Dachtest du etwa, du würdest ungestraft davonkommen?!«

Violet sprang erschrocken vom Stuhl, aber Lady D. war schneller. Sie packte das Mädchen bei den Haaren und tauchte ihren Kopf in die Schüssel. Es brannte! Das Wasser verbrannte ihre Augen! Violet wehrte sich vergeblich. Bess schlug scheppernd auf dem Boden auf, während sie versuchte, die Fingernägel in die Hände ihrer Mutter zu schlagen.

»Du widerliches kleines Dreckstück!« Lady D. drückte wut-

entbrannt das Gesicht der Kleinen noch tiefer unter Wasser. »Teufelsbrut! Dafür kannst du dich bei Ismail bedanken! Bei Ismail bedanken! Bei Ismail bedanken!«

Neiiiin!

Violet fuhr mit wild klopfendem Herzen aus dem Schlaf und umklammerte den Ring, den sie an einer Kette um den Hals trug. Das kühle Metall beruhigte sie, dennoch vergingen ein paar Minuten, ehe ihr bewusst wurde, wo sie sich befand.

Patrick. Allein der Gedanke an ihn wirkte beruhigend. Sie wünschte, er wäre hier, um sie in seine starken Arme zu nehmen und die finsteren Schatten zu vertreiben.

Mein Gott, wann hatte sie angefangen so zu denken? Sie durfte nicht vergessen, warum sie hier war. Patrick war Ismails bester Freund. Ismail musste büßen …

Verträumt dachte sie an heute früh. Patrick hatte gefragt, ob sie am Abend mit ihm speisen würde – sie beide ganz allein. Er hatte ihr einen zärtlichen Kuss gegeben.

Bei dem Gedanken daran wurde ihr … ja, was?

Er war ein wundervoller Mann, aber sie hatte bei ihm keine Zukunft. Sie war seine *Mätresse*. Was dachte sie sich eigentlich?

»*Miss?*«, kam es scharf durch die Tür.

Violet versuchte, nicht zusammenzuzucken. Mrs. Devon klang wieder einmal, als hätte sie in eine besonders saure Zitrone gebissen. Was wollte die Haushälterin?

»Ja?«, rief sie, nachdem sie sich geräuspert hatte.

»Prinzessin Belanow und ihr Bruder warten unten auf Sie, *Miss*.«

Mein Gott, die beiden hatte sie ganz vergessen! Was würden sie jetzt sagen? Woher wussten sie überhaupt, dass sie hier war? Und wo war Patrick?

Violet sprang aus dem Bett und orientierte sich mit ihrer Nase, während sie nach ihren Kleidern suchte.

»Danke, Mrs. Devon. Wissen Sie, wo Patrick ist?«

»*Mylord* ist schon vor Stunden ausgegangen«, presste die Haushälterin hervor.

Violet hätte ihr gerne gedankt, doch ihre Schritte verklangen bereits. Sie hatte das Gefühl, dass sie diesen Hausdrachen wohl nicht so schnell zähmen würde.

Seufzend knöpfte sie ihre Bluse zu und strich ihr Haar glatt, das ihr ein versäumtes Kämmen schon mal verzieh.

Kurz darauf schritt sie die Treppe hinunter und ging zum Salon. Sie roch Angelicas Rosenwasser und Mikhails Tabak- und Portgeruch. Er musste bereits am Morgen in seinem Club gewesen sein.

Warum schämte sie sich so? Es war doch natürlich, eine solche Gelegenheit zu ergreifen, oder? Bestimmt würden sie es auch so sehen. Was Violet allerdings Sorgen bereitete, war, ob sie glauben würden, dass sie so etwas immer machte. Dabei hatte sie Patrick nur nachgegeben, um an Ismail heranzukommen.

Nun, es blieb ihr nichts weiter übrig, als es hinter sich zu bringen. Sie drückte die Tür auf und betrat den Salon.

»Violet!« Angelica kam mit raschelnden Röcken auf sie zugelaufen. »Ich konnte es kaum glauben, als Mrs. Devon sagte, dass du hier bist! Was machst du hier?«

Violet suchte nach Worten; eine verlegene Stille machte sich breit. *Kopf hoch*, dachte sie, *es gibt nichts, wofür du dich schämen musst. Die Sitten der feinen Gesellschaft gehen dich nichts an.*

»Ich habe hier übernachtet«, antwortete sie schlicht.

Geschocktes Schweigen.

»Wenn er dir wehtut, bring ich ihn um«, verkündete Mikhail unheilvoll.

»Nur, wenn du schneller bist als ich«, sagte Angelica zornig. »Er wird es nicht wagen – nicht, nachdem ich ihn mir vorgeknöpft habe!«

Violet war verblüfft. Eine solche Reaktion hätte sie nicht erwartet.

Auf einmal wurde ihr ganz warm ums Herz.

»Ich kann auf mich selbst aufpassen«, sagte sie bewegt.

»Ach, das wissen wir doch«, versicherte Angelica und ergriff Violets Hand, »wir wollen doch nur dafür sorgen, dass du nicht auf dich selbst aufpassen musst!«

»Manches, was Angelica sagt, ergibt durchaus Sinn«, bemerkte Mikhail trocken, »wenn es auch nicht oft vorkommt.«

Violet musste gegen ihren Willen lachen.

»Sehr witzig, Mikhail«, schnaubte Angelica. »Ach ja, wir sind nur gekommen, um Patrick zu fragen, ob er etwas Neues von meinem Mann gehört hat. Danach wollten wir uns ein paar Kleider ansehen. Das ist also dein Glückstag, Violet!«

»Mein Glückstag?«, fragte Violet verwundert.

»Ja! Du kommst mit!«

Violet hörte, wie Angelica in die Hände klatschte und Mikhail zustimmend brummte.

»Angelica, ich kann doch nicht …«

»Klar kannst du. Ich will meiner Freundin ein Kleid kaufen. Das kannst du mir nicht verwehren, ich bin schwanger!«

»Was hat das mit Kleidern zu tun?«, fragte Violet lachend. Eigentlich hatte sie große Lust mitzukommen, obwohl sie sich bisher nie viel aus Kleidern gemacht hatte. Aber es wäre schön, eins für das Dinner mit Patrick zu haben … Moment mal. Was dachte sie sich eigentlich? Sie hatte Wichtigeres zu tun! Doch sie konnte im Moment ohnehin nichts in Bezug auf Ismail unternehmen. Sie hatte erfahren, dass er verreist war und erst zum Ball des Herzogs von Neville wieder zurück sein würde.

Warum sollte sie sich also nicht einen schönen Tag machen?

»Violet, wenn ich du wäre, ich würde lieber gleich nachgeben«, flüsterte Mikhail ihr zu, »glaub mir, du wirst so oder so mit uns kommen.«

Angelica zog Violet zur Tür. »Komm schon. Mein Bruder ist zwar im Allgemeinen nicht besonders helle, aber manchmal hat sogar er einen lichten Moment.«

25. Kapitel

Patrick schlenderte zufrieden in sein Arbeitszimmer. Er hatte den Vormittag mit Vorbereitungen zur Geburt von Margarets Kind verbracht, die zwar erst in ein, zwei Wochen anstand, aber er ließ die Dinge nur ungern bis zum letzten Moment liegen. Nicht einmal Mrs. Devons Mitteilung, Violet sei mit den Belanows zum Einkaufen gefahren, konnte seine gute Laune dämpfen. Sicher, er hätte sich gefreut, wenn Violet bei seiner Rückkehr hier gewesen wäre, aber er wusste, dass sie bald wieder da sein würde.

Patrick nahm den ersten der zwei Briefe zur Hand, die ihn auf seinem Schreibtisch erwarteten, und öffnete ihn. Es war eine Nachricht von Alexander. Er wurde noch im Ostclan-Territorium aufgehalten. Patrick nahm den zweiten Brief zur Hand, ein Schreiben von seinem Anwalt. Er hatte ihn erst zur Hälfte durchgelesen, als es an der Tür klopfte.

»Ja?«

»Tut mir leid, Mylord, aber da ist ein Eilbote. Er sagt, es wäre dringend«, sagte Mrs. Devon durch den Türspalt.

»Danke, Mrs. Devon, schicken Sie ihn rein.«

Violet schritt lächelnd die Stufen zu Patricks Haus hinauf. Das blaue Tüllkleid, das sie in einer Schachtel unter ihrem

Arm trug, hatte sich wundervoll auf ihrer Haut angefühlt. Und Angelica hatte ihr versichert, dass es ihr ebenso wundervoll stand.

Ob es Patrick gefallen würde?

Sie konnte es kaum abwarten, das herauszufinden. Sich so über ein Kleid zu freuen, war ganz untypisch für Violet, mehr auf Sarahs Linie. Sie musste zugeben, dass sie die junge Frau jetzt besser verstand als zuvor.

»Violet?«

Violet fuhr erschrocken zusammen. Ein kurzer Atemzug verriet ihr, dass es der alte Graham war. Normalerweise ließ sie sich nicht derart überraschen. Nicht, seit ihr die Seherin beigebracht hatte, ihre Nase zu benutzen. Sie war mit ihren Gedanken ganz woanders gewesen. Es war gefährlich, sich so ablenken zu lassen.

»Oh, hallo Graham, wie geht's?«

»Danke, gut, Violet, uns geht's gut.« Etwas raschelte, und Violet zog erneut die Luft ein. Graham hatte etwas in der Hand. Es roch nach Rauch, Haarwachs, Schweiß, Heu und Zirkustieren. Nur Stoff saugte Gerüche derart stark auf. Graham hatte seinen Hut abgesetzt.

»Freut mich, das zu hören«, sagte Violet lächelnd. Schweigend wartete sie darauf, dass der Alte ihr mitteilte, warum er gekommen war.

»Ich weiß, ich hätte nicht herkommen sollen, aber ich wollte dich fragen, ob du vielleicht heute Abend auftreten könntest.«

»Ist Nicu etwas zugestoßen? Oder einem der anderen?«, fragte sie bestürzt.

»Nein, nein. Aber Nicu hat gesagt, dass er etwas erledigen muss und erst morgen Abend wieder hier sein wird. Und ich möchte die Besucher nicht enttäuschen. Sie erwarten schließlich eine Musiknummer, nicht wahr?«

Violet war erleichtert, das zu hören. Sie überlegte kurz, dann schüttelte sie bedauernd den Kopf. »Tut mir leid, Graham, aber ich habe heute Abend schon was vor. Sonst hätte ich dir natürlich gerne geholfen, das weißt du sicher.«

Graham räusperte sich und trat einen Schritt näher. Er nahm ihre Hand und drückte einen Kuss auf ihren weißen Handschuh. »Ja, ich weiß, Lady Violine. Bist ein anständiges Mädel. Auf Wiedersehen.«

»Wiedersehen«, antwortete Violet bedauernd. Es tat ihr leid, den Alten enttäuschen zu müssen. Er war immer anständig zu ihr gewesen. Vielleicht sollte sie das Dinner mit Patrick absagen … Aber die Schachtel unter ihrem Arm sprach dagegen. Patrick behandelte sie wie etwas Besonderes. Sie hatte sich noch nie als etwas Besonderes gefühlt.

Bevor sie jedoch die letzte Stufe zum Haus erklommen hatte, ging die Tür auf, und Patrick schoss heraus.

»Da bist du ja!«

Violet strahlte. »Hallo, Pat –«

»Pass auf«, unterbrach er sie, und mit einem Mal nahm sie die Gerüche an ihm wahr: Er hatte mehrere Lagen Kleidung an, sein Gesicht roch nach Seife, und er schien, dem Filzgeruch nach zu schließen, einen Hut aufzuhaben. Er wollte fort. »Ich muss dringend weg. Wir sehen uns morgen.«

»Gut, aber …« Mehr konnte Violet nicht sagen, denn Patrick war bereits an ihr vorbeigeeilt, und sie hörte, wie das gusseiserne Tor ins Schloss fiel.

Er hatte sich nicht mal die Mühe gemacht zu erklären,

warum er wegmusste. So etwas Besonderes war sie also für ihn.

Sie war eine Närrin. Eine verdammte Närrin.

26. Kapitel

Aaahh!«

Margarets Schrei ließ James sichtlich zusammenzucken. Patrick warf seinem Freund einen besorgten Blick zu. Auch ihm wurde ein wenig übel.

Sie standen in der Eingangshalle herum und warteten auf die Geburt von Margarets Kind. Aber Patrick hatte die Nachricht, dass Margarets Fruchtwasser abgegangen war, bereits am Vormittag erhalten. Und jetzt war später Nachmittag. Die Schmerzensschreie der Herzogin begannen auch an seinen Nerven zu zerren.

»Warum dauert das so lange?«, stieß James verzweifelt hervor. So hatte Patrick den Herzog von Atholl noch nie erlebt. In Hemdsärmeln, mit zerzausten Haaren schritt er auf und ab, als wolle er den Teppich durchlaufen.

»Die Frauen sagten, dass es einen ganzen Tag lang dauern kann, wenn nicht sogar länger«, sagte Patrick.

»Was?« James starrte fassungslos zu der Tür am Ende des Gangs, hinter die sich die Damen zum Teetrinken zurückgezogen hatten. »Ich dachte, das wäre ein Scherz!«

Patrick fand, dass die Damen sehr ernst ausgesehen hatten, als sie das sagten, schwieg jedoch. Er packte seinen Freund bei der Schulter.

»Komm, James, lass uns nach draußen gehen. Ein wenig frische Luft wird uns guttun.«

Aber bevor James antworten konnte, schwang die Eingangstür auf, und Mikhail stolperte herein.

»Verflucht noch mal, ist das kalt da draußen!« Er nahm seinen Hut ab und fragte strahlend: »Junge oder Mädchen?«

»Hör auf zu grinsen wie ein Idiot, oder ich geb dir eins in die Fresse, Bruder der Auserwählten oder nicht«, knurrte James.

Mikhail beschloss, sein Strahlen sicherheitshalber auf Patrick zu richten. »Soll das heißen, dass das Baby noch nicht da ist?«

Patrick konnte nur den Kopf schütteln. Er warf James einen belustigten Blick zu. »Da es draußen zu kalt zu sein scheint, könnten wir ja vielleicht den Damen Gesellschaft leisten?«

Der entsetzte Ausdruck auf dem Gesicht des Herzogs war so komisch, dass Patrick lachen musste.

»Was spricht denn gegen die Gesellschaft von schönen Frauen?«, fragte Mikhail. Er schlüpfte aus seinem Mantel. »Außerdem müsstest du jetzt eigentlich Patrick bewusstlos schlagen, wenn man bedenkt, dass er *gelacht* hat, während ich mir nur ein kleines Lächeln erlaubt habe.«

James schien nicht zu wissen, was er dem jungen Prinzen als Erstes an den Kopf werfen sollte. Patrick konnte es ihm nachfühlen, ihm ging es meist ebenso, wenn er es mit Mikhail zu tun hatte.

»Komm, gehen wir in dein Arbeitszimmer, James. Es gibt einiges zu besprechen, und wir können ebenso gut gleich damit anfangen.«

James sah nicht aus, als wäre er bereit, seinen Posten vor der Treppe zu verlassen, doch als ein weiterer schrecklicher Schrei aus dem Schlafzimmer herabdrang, wurde er so bleich, dass selbst Mikhail das Grinsen verging.

»Mikhail, du gehst vor«, befahl Patrick und trat hinter James, um ihn in Bewegung zu setzen.

Das Arbeitszimmer des Herzogs war im Vergleich zur Größe der anderen Zimmer verhältnismäßig bescheiden. Margaret hatte absichtlich den kleinsten Raum ausgewählt, denn sie hoffte, dass er dann weniger Zeit dort verbringen würde. Patrick jedoch konnte ihrer Logik nicht folgen. Er selbst fand den mit Holzpaneelen verkleideten Raum urgemütlich.

Sobald sie dort waren, steuerte er seinen üblichen Platz auf der Fensterbank an. James dagegen begann sofort wieder, auf und ab zu gehen.

»Das ist das erste Mal, dass ich die Geburt eines Vampirs erlebe«, sagte Mikhail. »Würde mir einer der Herren vielleicht erklären, was als Nächstes geschieht?«

Als Patrick merkte, dass James nicht die Absicht hatte zu antworten, tat er es: »Das Kind wird geboren.«

James schnaubte, und Mikhail verdrehte die Augen. Patrick fuhr fort.

»Dann hat das Oberhaupt des Clans, in das das Kind hineingeboren wird, die Aufgabe, dem Neubürger seinen Namen zu verkünden.«

Mikhail zog die Brauen hoch. »Der Clanführer sucht den Namen für das Kind aus?«

»Nein. Das tun die Eltern. Der Clanführer flüstert diesen Namen lediglich ins Ohr des Kindes und teilt ihm außerdem mit, wer und was es ist.«

Mikhail nickte zufrieden. »Ich dachte schon, Angelica

hätte mich reingelegt, als sie sagte, ich könnte den Namen für das Kind aussuchen.«

»Die Auserwählte lässt dich den Namen für ihr Kind aussuchen?«, fragte James entsetzt. »Gott steh dem armen Wurm bei.«

»Ach was!«, sagte Mikhail wegwerfend. »Das ist doch wohl nur natürlich, oder? Euch Blutsauger kennt sie ja erst seit einem Jahr, mich dagegen fast ihr ganzes Leben lang. Ich nehme meine Onkelpflichten sehr ernst.«

Patrick graute es vor der Antwort, dennoch fragte er: »Ich nehme an, du hast noch keinen Namen gewählt?«

»O doch. Wenn's ein Junge wird, Mikhail, wenn's ein Mädchen wird, Mik.«

»Mik?«, fragte James erschrocken.

»Ja, und?«, meinte Mikhail unschuldig. »Aber was geschieht dann? Ich meine, wie geht's weiter?«

James begann, kopfschüttelnd wieder auf und ab zu gehen.

»Nach der Namensgebung wird das Kind mit Blut gewaschen, und ich gebe James und Margaret das Buch.«

Mikhail beugte sich interessiert vor. »Angelica hat mir davon erzählt. Ist das das Buch, das jeder von euch bei der Geburt bekommt und in das ihr alle Namen verzeichnet, die ihr euch im Laufe des Lebens zulegt?«

»Ja.« Patrick nickte, dann zog er etwas aus seiner Brusttasche. »Das hier bekommt das Kleine, das in Kürze zur Welt kommen wird.«

James trat näher und schaute das in schwarze Leder gebundene Büchlein mit einem seltsamen Ausdruck an. Als sich ihre Blicke trafen, erkannte Patrick, dass sein Freund Angst hatte.

»Vampirfrauen sind stark«, sagte er mit Überzeugung in der Stimme. Er legte seinem Freund die Hand auf die Schulter und blickte ihm fest in die Augen. »Du wirst bald Vater sein, James. Dies ist der glücklichste Tag deines Lebens.«

Der Herzog nickte knapp, und Patrick stieß den angehaltenen Atem aus. Er hatte es gesagt, um seinem Freund zu helfen. In Wirklichkeit hatte er keinerlei Erfahrung in diesen Dingen.

Wenn es Violet wäre, die oben im Schlafzimmer läge und sich die Seele aus dem Leib schrie … bei dem Gedanken wurde ihm ganz schlecht, und er wandte sich Mikhail zu, um sich abzulenken.

»Später wird das Kind dann offiziell vorgestellt. Dazu wird sich der ganze Clan versammeln. Aber diese Zeremonie wird in unserem Fall erst in zwei Monaten stattfinden, wenn auch deine Schwester ihr Kind zur Welt gebracht hat. Dann haben alle vier Clans Zeit, sich hier zu versammeln. Das Kind der Auserwählten wollen natürlich alle sehen.«

Mikhail sah aus, als hätte er noch mehr Fragen, wurde aber von James' Haushälterin unterbrochen.

»Hoheit! Das Kind ist da!«

James schoss wie ein Blitz aus dem Zimmer, und Patrick gab Mikhail einen Wink, noch zu warten. Der frischgebackene Vater wollte jetzt sicher einen Moment mit Frau und Kind allein sein.

»Schade, dass das Kind so früh kam. Alexander wird sich sicher ärgern, dass er die Geburt versäumt hat«, seufzte Mikhail.

Patrick konnte ihm nur beipflichten. Alexander war

James' und Margarets engster Freund, der Vampir würde bekümmert darüber sein, dieses ganz besondere Ereignis versäumt zu haben.

Einige Minuten später machte sich Patrick auf den Weg. »Komm, ich muss zur Namensgebung.«

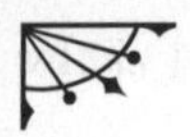
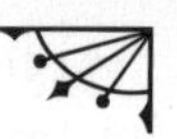

27. Kapitel

Violet verließ schweißgebadet die Manege. Das Tanzen hatte sie erschöpft, ihren Zorn aber nicht besänftigen können. Sie ärgerte sich, ärgerte sich über sich selbst, dass sie sich von einem Leben hatte verlocken lassen, das unerreichbar für sie war.

Schöne Kleider, ein warmes, weiches Bett und ein liebevoller Mann, das passte nicht in ihre Welt. Sie kannte Hunger, Kälte und Rache, das war alles. Und sie durfte sich nicht von einem hübschen Stoff und ein paar vorgelesenen Zeilen von ihrem Ziel abbringen lassen.

Ergrimmt betrat Violet ihre Garderobe.

»Was hast du hier zu suchen, Violet?«

Violet erstarrte. Er roch nach den Bergen und nach Heidekraut, so wie immer, doch hing an ihm auch ein blumiges Parfüm. Ein Frauenparfüm. Nein, vier unterschiedliche Frauenparfüms. Sie ballte die Fäuste.

»Ich hatte einen Auftritt.«

»Sagte ich nicht, dass du nicht mehr hierherkommen sollst?«

Violet war so zornig, dass sie bis drei zählen musste, um ihm nicht ins Gesicht zu springen. Wie konnte er es wagen, ihr Vorschriften zu machen, wo er sich mit mehreren Weibern vergnügt hatte? Wenn sie ihn nicht wegen Ismail gebraucht hätte, sie hätte ihn zum Teufel geschickt!

Aber sie brauchte ihn. Violet holte tief Luft und zählte bis drei, bis sie ihre Stimme unter Kontrolle hatte.

»Wenn ich mich recht erinnere, sagtest du, ich bräuchte nicht mehr zu arbeiten. Das klang, als hättest du die Entscheidung mir überlassen.«

»Lass die Spielchen, Violet.« Er trat näher, so nahe, dass Violet beinahe an den süßlichen Parfüms erstickte. Und er roch nach Blut. Na herrlich! Er hatte mit seinen Huren Blut getrunken. Aber was hatte sie von einem verfluchten Bluttrinker auch anderes erwartet?

Wie hatte sie nur so blöd sein können?

»Was für Spielchen, Mylord?«

»Warum bist du heute Abend hierhergekommen? Hast du dich mit diesem Zigeuner getroffen? Hat er dich angefasst?«

Violet fuhr überrascht zurück. Eifersüchtig? Er war *eifersüchtig*? Er, der den Abend mit wer weiß welchen Weibern verbracht hatte? Sie wurde so wütend, dass sie jede Vorsicht vergaß.

»Was genau wirfst du mir vor? Du lässt mich glauben, dass dir was an mir liegt, und dann tauchst du hier auf, mit dem Geruch von nicht weniger als vier Frauen an deiner Kleidung! Du hast nicht das geringste Recht, mir auch nur irgendeinen Vorwurf zu machen!«

Zornig wirbelte sie zur Tür herum, um zu gehen, aber Patrick war schneller. Ein Arm schlang sich um ihre Taille, und sie war gefangen zwischen dem kalten Holz der Tür und seinem Körper.

»Ich sagte doch, ich müsste weg. Es waren Frauen dort, das stimmt, aber ich habe sie nicht angefasst, Violet.« Sein Atem strich warm über ihr Ohr. Violet konnte kaum fassen, wie ihr verräterischer Körper auf seine Nähe reagierte. Er war ein Schuft, ein Halunke, wie konnte sie ihn noch immer begehren?

»Lass mich los.« Ihr Ton klang alles andere als überzeugend, selbst in ihren Ohren.

Seine freie Hand presste sich auf ihren Bauch, drückte sie an die Härte zwischen seinen Beinen.

»Ich habe heute Abend nur an dich gedacht. Sag, dass du auch an mich gedacht hast. Sag, dass du mich willst.«

Er flüsterte ihr die Worte heiser ins Ohr. Violets Herz klopfte wie wild, und ihre Knie drohten einzuknicken. Sie stützte sich mit den Händen an der Tür ab.

»Nein«, sagte sie trotzig. Sie würde ihm nicht den Gefallen tun zuzugeben, dass sie in jeder Sekunde an ihn gedacht hatte, seit er sie vor dem Haus hatte stehen lassen.

»Lüg mich nicht an, Violet.« Seine Lippen liebkosten ihr Ohr, ihren Hals. »Riechst du's nicht? Die Lüsternheit da draußen? Diese Mistkerle träumen alle davon, dich zu haben.« Patrick schob ihre Röcke bis hinauf zu ihren Hüften. Kalte Luft strich um Violets nackte Beine und ließ sie erschaudern. Dann schob sich seine Hand plötzlich zwischen ihre Beine, umfasste sie durch den dünnen Stoff ihrer Unterhose. »Ich weiß, was sie wollen. Ich wollte es, seit ich dich zum ersten Mal tanzen sah.«

Violet stöhnte gegen ihren Willen auf. Seine Finger schoben den Stoff beiseite, glitten zwischen ihre zarten, feuchten Falten.

»Sag, dass du mich willst.«

Er drang mit zwei Fingern in sie ein, und sie keuchte erschrocken auf.

»Sag, dass du mich willst.«

Violet wollte nicht nachgeben. Er zog seine Hand zurück, dann drang er erneut in sie ein. Violet stöhnte auf.

»Patrick …« Es klang weniger wie eine Beschwerde, mehr wie eine Bitte.

»Sag, dass du mich willst, Violet, oder ich geh und bringe diese Mistkerle da draußen um. Jeden einzelnen.«

Die Wildheit in seiner Stimme jagte einen Schauer durch Violets Körper.

»Aber die anderen Frauen …«

Patrick stieß ein zorniges Knurren aus. Eine Hand verschwand für einige Momente, während die andere, mit der er ihre Röcke hochhielt, sich über ihren Bauch zum Bündchen ihrer Unterhose schob.

»Willst du Beweise?«

»Beweise?«, fragte sie verwirrt. Ihr Körper brannte vor Verlangen. Warum nur machte er nicht weiter?

Seine Hand glitt tiefer, schob den Stoff ihrer Unterhose beiseite. Und dann spürte sie ihn, hart und prall. Er drängte sich von hinten an sie.

Mit einem Ruck drang er in sie ein, und Violet keuchte auf. Er schien sie vollständig auszufüllen. Doch gleich darauf zog er sich wieder aus ihr zurück, und Violet stöhnte enttäuscht.

»Ich will dich, Violet, und nur dich. Glaubst du mir jetzt?«

Patrick stieß erneut in sie hinein, und Violet musste sich gegen die Tür stemmen, um sich nicht den Kopf anzuschlagen.

»Ja«, keuchte sie.

Patrick vergrub die Hand in ihrem Haar und bog ihren Kopf zurück.

»Sag, dass du mich willst.«

Er versetzte ihr einen heftigen Stoß.

»Ja!«

»Sag's!«

Violet keuchte und zitterte jetzt, ihr Körper öffnete sich ganz für ihn, verlangte nach mehr. »Ich will dich.«

Etwas wie ein Damm schien in Patrick zu brechen, als er dies hörte, und er bewegte sich schneller, härter.

»Lady Violine?«

Violet erstarrte, Patrick jedoch hörte nicht auf. Immerhin gab er ihre Lippen frei und flüsterte: »Los, antworte ihm.«

»J-ja?«, stieß Violet erstickt hervor. Patrick umfasste ihre Brüste und stieß heftig zu.

»Blumen für Sie, Lady Violet«, rief eine verwirrte Knabenstimme.

Patrick knurrte leise und bewegte sich weiter in ihr.

»Leg sie … vor die T-ür«, keuchte Violet. Sie konnte kaum mehr an sich halten. Gleich würde es passieren.

»Wie Sie wollen.« Einen Augenblick später verklangen die Schritte des Jungen.

»Patrick!«, flehte Violet.

»Komm mit mir, Violet.« Er schlang die Arme um sie und stieß ein letztes Mal zu. Dann stöhnte er auf, und in diesem Moment explodierte auch Violet.

Es dauerte ein paar Momente, ehe sie glaubte, sich wieder bewegen zu können. Patrick zog sich aus ihr zurück und ließ ihre Röcke fallen. Dann drehte er sie zu sich um.

»Alles in Ordnung mit dir?«, fragte er besorgt.

Violet versuchte, sich nicht von seiner Sorge rühren zu lassen, aber es gelang ihr nicht.

»Ja, es geht mir gut.«

»Ich weiß nicht, was in mich gefahren ist, Violet. Meine einzige Entschuldigung ist, dass es deine Schuld war.«

»Meine Schuld?« Violets gummiweiche Knie fanden jäh ihre alte Stärke wieder. Sie wich einen Schritt zurück.

»Ja, ich scheine in deiner Gegenwart ständig die Beherrschung zu verlieren. Und jetzt lass uns nach Hause gehen, Frau.«

Violet wollte protestieren, überlegte es sich aber anders. Sie wusste selbst nicht mehr, was sie tat, aber was immer es war, solange sie bei Patrick war, war alles in Ordnung.

»Na gut.«

»Ach, und Violet?«

»Ja?« Violet, die sich soeben die Haare glatt strich, hielt inne.

»Wer zum Teufel schickt dir Blumen?«

Sie strich achselzuckend ihre Röcke glatt. »Keine Ahnung. Ich konnte die Karten nie lesen.«

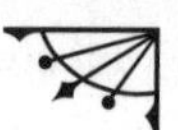

28. Kapitel

Patrick legte die Feder beiseite und verharrte reglos, während er auf die Seiten vor sich starrte. Er bewegte sich nicht, aus Angst, dass die tiefe Freude, die durch seine Adern pulsierte, sich bei der leisesten Regung wieder verflüchtigen könnte.

Er hatte wieder zu dichten begonnen. Seitenweise strömten die Worte aus seiner Feder, als wäre ein Damm gebrochen.

Es war so lange her … fast ein Jahrhundert. Er hatte schon geglaubt, die Muse habe ihn ganz verlassen, doch nun flossen die Worte wieder. Er konnte nicht länger stillhalten, und ein glückliches Strahlen machte sich auf seinem Gesicht breit.

Es fühlte sich an wie … eine Heimkehr.

»Viol-« Er hielt inne. Violet. Sie war der Grund dafür, dass es ihm nach fast einem Jahrhundert wieder gelang zu dichten. Sie war ein Teil von ihm, jener Teil, der es ihm ermöglichte, Worte zu schreiben, die ihn mit Freude erfüllten. Mit Leidenschaft.

Sie war seine Muse. Der Gedanke war beunruhigend. Wie hatte es so weit kommen können, dass sie so wichtig für ihn geworden war? Er fand keine Erklärung dafür. Sie war eine Schönheit, gewiss, sie war stark und begabt und intelligent … war es ihre Blindheit? Sie rief ein starkes Bedürfnis in ihm hervor, sie zu beschützen.

Und doch wusste er, dass sie durchaus in der Lage war, allein zurechtzukommen. Sie brauchte ihn nicht. Weder seinen Schutz noch sein Geld noch seinen Einfluss … sie wollte nichts von ihm. Mein Gott, er musste sie fast zwingen, seine Geschenke anzunehmen!

Patrick runzelte die Stirn. Er wollte aber, dass sie ihn brauchte.

Doch vielleicht war es gerade die Tatsache, dass sie ihn *nicht* brauchte, dass sie nichts von ihm wollte, außer mit ihm zusammen zu sein, die ihn so an sie fesselte. Er begehrte sie wie keine andere.

Ja, er begehrte sie. Dabei wollte er es belassen und nicht weiter darüber nachdenken.

»Patrick?«

Violets Stimme drang durch die Tür seines Arbeitszimmers. Mit wenigen Schritten war er dort und öffnete ihr.

»Genau die Frau, die ich gesucht habe«, sagte er.

Violet lächelte scheu. Sie hatte ein Buch in der Hand. Patrick vermutete, dass sie gehört hatte, wie er sie beinahe gerufen hätte. Die Bibliothek war schließlich nicht weit von seinem Arbeitszimmer entfernt.

»Bist du wieder in der Bibliothek gewesen?« Er hatte sie mehrmals dort gefunden, entweder still in einem Sessel sitzend oder interessiert die Bücher betastend.

Sie wirkte einen Moment lang verlegen, dann straffte sie die Schultern und zeigte ihm das Buch, das sie dabeihatte. »Ich mag den Geruch. Der Bücher, meine ich. Jedes hat seinen ganz besonderen Geruch. Das hier zum Beispiel riecht nach Schottland. Ist es vielleicht dort gebunden worden?«

Patrick nahm ihr *Krieg der Clans* aus der Hand und strich mit dem Finger über den zerfransten Buchrücken. Es war nicht nur in Schottland gebunden worden, Patrick hatte es auch dort geschrieben. Wortlos gab er es ihr zurück.

»Du hast wahrscheinlich zu tun …«, sagte sie zögernd. Sie sah aus, als wollte sie gehen. Patrick konnte sich auf einmal nichts Schlimmeres vorstellen.

»Hast du Lust auf einen Spaziergang?«

»Gern!«, sagte Violet überrascht. »Wenn du Zeit hast?«

Patrick hatte zwar zu arbeiten, tatsächlich hatte er seine Arbeit den ganzen Vormittag vernachlässigt, doch die Papiere konnten auch noch ein wenig länger warten.

»Natürlich. An der Haustür, in zehn Minuten?«

Sie war wie der Blitz verschwunden. Patrick schritt lächelnd in die Eingangshalle und nahm seinen Mantel vom Haken. Er lächelte viel, seit er Violet im Haus hatte.

Es war nicht weit zum Hyde Park.

»Wie schön«, sagte Violet, und die tiefe Freude in ihrer Stimme war nicht zu überhören.

Sie sah atemberaubend aus in dem weißen, pelzverbrämten Mantel, den er ihr vor ein paar Tagen gekauft hatte. Ihr langes schwarzes Haar flatterte im Wind, und ihre grünen Augen leuchteten wie die Smaragde am Turban eines osmanischen Sultans, den Patrick kannte.

Selbst nach all diesen Wochen fiel es Patrick schwer zu glauben, dass diese schönen Augen nichts sehen konnten.

»Findest du es nicht schön?«

Die Frage riss Patrick aus seinen Gedanken. Er sah zu, wie Violet die Bäume berührte, an denen sie vorbeikamen.

Er hatte keine Ahnung, wovon sie redete. Aber das war egal, er war ihrer Meinung: Sie war wunderschön.

»Doch, sehr.«

Lachend wandte sie sich ihm zu. »Du hast mir überhaupt nicht zugehört, oder?«

Patrick mimte den Unschuldigen. »Keine Ahnung, was du meinst.«

Violet drohte ihm scherzhaft mit dem Finger. »Du bist unmöglich. Aber ich vergebe dir trotzdem, allerdings nur, weil du mit mir hierhergekommen bist!«

»Ach ja?« Patrick fing ihre Hand ein und zog sie in seine Arme. »Und wo bleibt dann mein Dankeschön?«

Sie wurde ganz still und hob das Gesicht zu ihm auf.

»Danke«, sagte sie leise. Die Intensität dieser Dankbarkeit ernüchterte Patrick. Es war so leicht, Violet glücklich zu machen. Was musste sie für ein Leben gehabt haben, wenn schon so kleine Aufmerksamkeiten sie so glücklich machten? Patrick schreckte vor dem Gedanken zurück.

»Ich bin derjenige, der dir danken sollte«, flüsterte er und streichelte ihre Wange.

»Wofür?«, fragte sie verwirrt.

»Dafür, dass du mir eine Chance gibst, Violet. Ich kann sehen, wie überrascht du bist, wenn ich dir ein Kompliment mache. Du scheinst nicht zu wissen, wie schön du bist, wie stark …«

»Nicht!« Violet machte sich erschrocken von ihm los. Er musste vorsichtig sein. Langsam vorgehen. Sich Zeit lassen.

Und er wollte sich Zeit mit ihr lassen.

Wo kam dieser Gedanke auf einmal her? Patrick wich

selbst einen Schritt zurück. Violet hatte sich zum Glück bereits abgewandt und war ein Stück weitergegangen.

Was war bloß los mit ihm? Sie war seine Mätresse. Sie würden zusammenbleiben, so lange sie beide es wollten. Dann würden sie getrennte Wege gehen. Und er würde dafür sorgen, dass sie nie wieder arbeiten musste. Und wenn sie noch so oft sagte, dass sie sein Geld nicht wollte!

»Patrick! Komm schnell!«

Patrick eilte zu der Stelle, an der Violet auf der Erde kniete. Natürlich würden sie getrennte Wege gehen. Aber warum war ihm der Gedanke, dass Violet die Mätresse eines anderen werden könnte, dann so unerträglich?

Patrick beugte sich zu Violet herab. »Was ist?«

Violet hatte ein kleines braunes Pelzbündel in den Armen. »Es ist so winzig, Patrick, und es zittert vor Kälte.«

Patrick schaute in das kleine pelzige Gesicht eines Kätzchens. Er seufzte.

»Wir können es nicht hierlassen«, beharrte Violet und rieb ihre Nase an dem flauschigen Tierchen. Patrick hörte es schnurren und merkte, wie er weich wurde. Wie sollte er ihr je etwas abschlagen?

»Wie sollen wir es nennen?«

Violet schaute verblüfft zu ihm auf, dann breitete sich ein Strahlen auf ihrem Gesicht aus, das ihm den Atem raubte.

»Könnten wir es Bess nennen?«

Er beugte sich vor und drückte ihr einen warmen Kuss auf die Lippen. »Also gut, Bess.«

29. Kapitel

Was soll ich bloß machen, Bess?«

Violet saß in einem bequemen Sessel in Patricks Bibliothek, das Kätzchen auf ihrem Schoß. Die vergangene Woche war die schönste ihres Lebens gewesen, und sie wusste, dass sie dies Patrick zu verdanken hatte. Er machte jeden Tag zu etwas ganz Besonderem. Er ging mit ihr zu Partys, führte sie in Restaurants aus, las ihr vor … sie machten Spaziergänge und spielten stundenlang mit Bess.

Bei ihm fühlte sie sich umsorgt, geborgen … wann hatte sie sich je so gefühlt? Nie. Sie war noch nie so glücklich gewesen. Sie hatte noch nie geliebt.

»Was soll ich bloß machen, Bess?«, wiederholte sie hoffnungslos. Bess erhob sich wackelig und streckte schnuppernd das Schnäuzchen zu Violet hinauf. Violet legte sich das Tierchen auf die Schulter und rieb ihre Wange an dem weichen Fell. Bess schnurrte zufrieden. Patrick hatte sie gestern gebadet, und sie roch nach Seife.

»Ich liebe ihn, Bess.«

Bess schnurrte.

»Dich auch, weißt du?«

Das Kätzchen regte sich und fuhr fort zu schnurren.

»Ich war noch nie so glücklich.« Sie hatte Angst, das alles zu verlieren. Und sie würde es verlieren, denn Ismail musste seine gerechte Strafe bekommen.

Ismail musste für seine Tat bezahlen, daran kam sie nicht vorbei. Aber vielleicht gab es ja einen anderen Weg. Vielleicht wüsste Patrick Rat. Er würde sie doch sicher verstehen, oder?

Wenn sie ihm nun erzählte, was Ismail getan hatte? Die beiden waren Freunde, fast Brüder. Aber er würde ihr glauben, oder? Er würde die Sache zumindest untersuchen müssen. Und er würde die Wahrheit herausfinden. Bluttrinker konnten Gedanken lesen. Er würde Ismails Gedanken lesen und wissen, dass sie recht hatte. Sie würden ihn bestrafen müssen. Sie kannte die Gesetze der Vampire, die Seherin hatte sie ihr erklärt … sie durften Menschen nichts antun. Sie würden Ismail bestrafen müssen.

Violet erhob sich und setzte die schlafende Bess behutsam auf dem Sessel ab. Ihr Magen flatterte nervös. Sie würde es Patrick erzählen. Nur so konnte sie weiter mit ihm zusammenbleiben. Sie musste es ihm sagen … Bis jetzt war es ihr unmöglich erschienen, die Bluttrinker davon zu überzeugen, dass sich in ihren Reihen ein Mörder befand, doch nun lagen die Dinge anders. Patrick mochte sie, er würde ihr helfen …

Sie trat in den Gang hinaus und schnupperte. Von der Eingangshalle kam ein kalter Schneegeruch … jemand musste kürzlich die Tür geöffnet haben.

Ein paar weitere Atemzüge, und sie wusste, dass Patrick sich in seinem Arbeitszimmer befand. Aber er hatte Besuch …

Violet schlich leise zur Tür. Sie atmete tief ein: Jasmin, Moschus, Rauch … Der Rauch des Kaminfeuers war scharf und durchdringend. Violet versuchte es erneut. Rauch, Jasmin, Blut, Rouge, Puder: eine Frau. Wen hatte Patrick bei sich?

Violet trat neugierig näher und drückte ihr Ohr an die Tür.

Patrick lehnte sich gereizt in seinem Sessel zurück. Elisabeth war gekommen, um sich bei ihm zu entschuldigen, wie sie behauptete, doch nun benahm sie sich lächerlich.

»Ist es immer noch diese Zigeunerin? Ist sie dir noch nicht langweilig geworden?« Elisabeth warf erregt ihr Haar zurück und beugte sich über seinen Schreibtisch. Ihr tief ausgeschnittenes Kleid verbarg so gut wie gar nichts. »Sie kann unmöglich genug Erfahrung haben, um dich zu befriedigen!«

»Nein, sie hat wirklich nicht viel Erfahrung«, musste ihr Patrick beipflichten. Welche Ironie, dass das, was Elisabeth für eine Schwäche hielt – mangelnde Erfahrung –, genau das war, was Patrick so zu Violet hinzog. Violet war unerfahren, unschuldig, aber sie war leidenschaftlich und willens, alles auszuprobieren. Oh, und wie sie ihn befriedigte! Mehr als jede Frau zuvor.

Das einzig Unschuldige an Elisabeth hingegen war ihre Schwäche für Zimtplätzchen.

»Es war so gut mit uns.« Sie senkte die Stimme zu einem Flüstern und lächelte verführerisch. Patrick war versucht, sie auf der Stelle hinauszuwerfen, aber er wollte sichergehen, dass sie verstand.

»Ja, das *war* es, Elisabeth.«

»Und es hat dir gefallen, was ich mit dir angestellt habe, oder?«

»Mag sein.« Patrick hatte dieses Gespräch mehr als satt. »Aber …« Ein Geräusch vom Gang ließ ihn innehalten.

Falls das Violet war... sie hätte einen völlig falschen Eindruck bekommen. *Verdammt.*

»Aber was?«, fragte Elisabeth und stemmte die Hände in die Hüften. Patrick ging wortlos zur Tür.

»Aber was, Clanführer!«

Der Gang war verlassen, niemand zu sehen. Eine Bewegung ließ ihn nach unten blicken. Bess!

Patrick bückte sich und hob das Kätzchen auf. Es begann sofort zu schnurren. Das Tierchen war die reinste Schnurrmaschine. Mit seiner kleinen rosa Nase und dem weichen Fell war es einfach unwiderstehlich.

»Hör zu, Elisabeth«, sagte Patrick seufzend, schloss die Tür und wandte sich zu der Vampirin um, »wir hatten eine schöne Zeit, aber es ist vorbei. Und es wird nicht noch einmal geschehen.«

Elisabeths Augen blitzten hasserfüllt auf. »Daran ist nur diese Hure schuld!«

Auch auf seinem Gesicht machte sich Zorn breit, und drohend trat er auf sie zu.

»Wenn jemand schuld ist, dann du selbst«, knurrte er. »Und falls du Violet auch nur schief ansiehst, dann bricht hier die Hölle los.«

Patrick sah die Angst in Elisabeths Augen und war zufrieden. Seine Warnung hatte gewirkt.

»Und jetzt verlass sofort mein Haus.«

»Jawohl, Clanführer.« Sie verbeugte sich und floh. Einen Moment später hörte Patrick die Eingangstür ins Schloss fallen und seufzte erleichtert auf.

30. Kapitel

Kaum zu glauben, wie bereitwillig die feine Gesellschaft sie in ihre Reihen aufgenommen hat, so arrogant wie sie normalerweise sind.«

Patricks Blick ruhte stolz auf Violet, die sich auf der anderen Seite des Ballsaals mit einer Gruppe von Leuten unterhielt. Die Prinzessin hatte recht: Die Londoner Aristokratie war bekannt für ihren Snobismus, aber Violet hatte man widerstandslos akzeptiert.

»Weil du dich für sie einsetzt, Angelica. Die Leute würden es nicht wagen, eine Freundin von Prinzessin Kourakin abzulehnen.«

Angelica schüttelte lächelnd den Kopf. »Ob sie mich nun mögen oder nicht, diese Leute dort hängen ihr förmlich an den Lippen, Patrick. Das ist keine widerwillige Akzeptanz.« Die Hände auf ihren runden Bauch gelegt, richtete sie ihren Blick erneut auf die Gruppe am anderen Ende des Saals.

»Ganz London hält sie für ein musikalisches Genie, und das ist sie auch«, sagte Angelica lächelnd. »Die Presse feiert sie als Heldin, und alle Männer sind mehr oder weniger in sie verliebt.«

Patrick beobachtete stirnrunzelnd, wie ein junger Mann Violets Hand an seine Lippen zog.

»Die sollten sich besser beherrschen, oder halb London wird bald mit einem blauen Auge rumlaufen.«

Der übereifrige Kavalier ließ endlich Violets Hand los, aber nun stand er so dicht neben ihr, dass er ihr in den Ausschnitt schauen konnte.

Verdammt, sie würde von jetzt an nur noch hochgeschlossene Kleider tragen!

»Verzeihung, aber ich muss rasch etwas klarstellen.«

»Patrick Bruce, wage es ja nicht!«, zischte Angelica und hielt ihn am Ärmel fest.

Er blieb bebend vor Wut stehen.

»Du siehst aus, als würdest du jetzt gleich mit dem Austeilen von blauen Augen anfangen wollen!«

Patrick holte tief Luft. »Dieser Mistkerl kommt ihr viel zu nahe«, sagte er schlicht.

»Violet kann auf sich selbst aufpassen«, erwiderte Angelica und ließ seinen Arm los. »Sie ist eine starke Frau.«

Das versuchte Patrick sich auch immer wieder einzureden, aber es schien, als ob er nicht mehr aufhören konnte, sich um sie zu sorgen.

»Sie ist zart und sensibel, und sie ist blind, verdammt noch mal!«

Angelica lächelte traurig. »Du leidest nur, weil du es dir noch nicht eingestanden hast.«

Patrick beobachtete, wie Violet sich von dem Lüstling befreite, und richtete den Blick dann auf Angelica. »Was meinst du?«

»Dass du sie liebst«, sagte sie mit einem Achselzucken, und ihre Augen funkelten.

Er liebte sie? Nein, das stimmte nicht. Er mochte sie, sehr sogar. Sie gehörte zu ihm, und keiner sollte sie anfassen. Der Gedanke, dass ein anderer sie berührte, war ihm unerträglich. Aber war das Liebe?

Doch warum wollte er dann am liebsten die ganze Zeit mit ihr zusammen sein? Warum musste er immerzu an sie denken?

»Sie ist ein Mensch, kein Vampir«, sagte er langsam.

Angelica seufzte. »Ja, das stimmt. Aber es ändert nichts an deinen Gefühlen, oder?«

Patrick schloss die Augen. Ja, er liebte sie. Aber sie war ein Mensch, eine blinde Zigeunerin, die Geige spielte wie ein Engel und ihn mit einem Kuss zum Schmelzen brachte.

»Ich bin einer der Ältesten. Ich habe die Pflicht, ein Kind zu zeugen. Mit Violet geht das nicht.«

»Das ist wahr«, sagte Angelica seufzend. Sie musste an ihren Mann denken. »Als Alexander und ich uns kennen lernten, wollte er auch nicht mit mir zusammen sein, weil er sich seinem Clan verpflichtet fühlte. Er glaubte, mir nicht zumuten zu können, dass er mit einer anderen, einem Vampir, ein Kind zeugen muss, und dass ich nie ein Kind von ihm haben könnte.« Die Hände auf ihren schwangeren Leib gelegt, sagte sie traurig: »Nein, Vampire können mit Menschen keine Kinder zeugen. Aber du solltest Violet die Entscheidung selbst überlassen. Sag ihr, dass du ihr keine Kinder schenken kannst. Wenn sie dich wirklich liebt, ist sie wahrscheinlich bereit, eine ganze Menge für dich aufzugeben.«

Patricks Herz krampfte sich zusammen. Selbst wenn Violet bereit wäre, ihn unter diesen Umständen zu akzeptieren – sie würde nie erfahren dürfen, was er war. Was seine Leute ihm bedeuteten. Er würde ihr nie erklären können, warum sie keine Kinder von ihm haben konnte. Das würde furchtbar schwer werden. Aber was war die Alternative? Ein Leben ohne sie?

»Ich weiß nicht, ob ich ohne sie überhaupt noch leben kann.«

Angelica legte ihre Hand an seine Wange, und ihre Augen füllten sich mit Tränen. »Du hättest keine Bessere finden können.«

Patrick verbeugte sich mit einem kleinen Lächeln. »Ich muss mich empfehlen, Prinzessin. Ich habe einen Antrag zu machen.«

»Gefällt es Ihnen auf meinem Ball, Lady Violine?«

Violet ließ sich am Arm des Herzogs von Neville im Saal herumführen. »Danke, sehr gut, Hoheit.«

»Ich habe zu danken, Lady Violine. Meine Tochter Elisabeth spielt ebenfalls Geige. Sie kann gar nicht aufhören, von Ihnen zu schwärmen.«

Violet merkte, wie sie errötete, und sagte: »Sie schmeicheln mir, Hoheit, aber bitte, nennen Sie mich doch Violet.«

Der Herzog senkte seine tiefe, angenehme Stimme. »Ich habe zwar schon von Ihrer Musik gehört, von Ihrer Schönheit und Ihrem Mut, Violet, aber ich wusste nicht, dass Sie blind sind. Wie gelingt es Ihnen nur, das zu verbergen?«

Violet entzog ihm verblüfft ihren Arm.

»Ich gestehe, ich bin, was dies betrifft, anderen gegenüber im Vorteil, denn wissen Sie, meine Schwester Mary ist ebenfalls blind. Sie lebt auf dem Lande. Ich selbst würde auch dort leben, wenn ich nicht im Oberhaus zu tun hätte. Und dann ist da auch noch Elisabeths Schulerziehung …«

Violet hatte aus irgendeinem Grunde den Eindruck, dass der Herzog nicht oft über diese Dinge sprach. Er war unabsichtlich über ihr Geheimnis gestolpert und vertraute ihr zum Ausgleich ein paar seiner eigenen an. Sie war ihm dankbar für diese Geste.

»Die Menschen glauben gewöhnlich das, was sie glauben wollen«, sagte sie schließlich und musste dabei an Patrick denken. Auch sie hatte glauben wollen, dass sie ihm etwas bedeutete, dass er sie möglicherweise sogar liebte.

»Da haben Sie wohl recht«, stimmte ihr der Herzog zu. »Wissen Sie, Violet, Elisabeths Mutter ist vor ein paar Jahren gestorben und seitdem, nun … Elisabeth ist alles, was ich habe. Vermutlich übertreibe ich es ein bisschen mit meiner Fürsorge.« Er lachte über sich selbst, dann nahm er Violets Hand. »Sie hat mich gefragt, ob es möglich wäre, Sie kennenzulernen, und ich glaube, dass ihr eine solche Begegnung sehr viel geben würde.«

»Vielen Dank, Hoheit«, sagte Violet lächelnd. »Es wäre mir eine große Freude, Ihre Tochter kennen zu lernen.«

»Gut, dann werde ich Prinzessin Kourakin bitten, Sie demnächst einmal zum Tee mitzubringen. Ach, Patrick, ich fragte mich schon, ob Sie kommen würden.«

»Habe ich eine Einladung von Ihnen je versäumt, Hoheit?«

Violet begriff inzwischen, dass Patrick ein ziemlich einflussreicher Mann sein musste. Das schloss sie aus der ehrerbietigen Art, mit der ihm die meisten begegneten, und aus einigen Klatschgeschichten, die ihr zu Ohren gekommen waren. Aber dass er mit dem Herzog von Neville, dem, wie man hörte, selbst die Königin von England ihr Ohr schenkte, auf so vertrautem Fuße stand, war dennoch überraschend.

»Ich würde gerne Ihre Meinung in einer bestimmten Sache erfahren, falls Sie irgendwann diese Woche Zeit hätten. Vielleicht auf James' Landsitz? Ich möchte ihm und seinem Nachwuchs so bald wie möglich einen Besuch abstatten.«

»Selbstverständlich«, erwiderte Patrick. Er war neben sie getreten, und sie konnte seine Körperwärme spüren. Sein Geruch verdrängte alle anderen. Würden sie so ihre letzten gemeinsamen Momente verbringen? Höflich mit dem Herzog von Neville plaudernd?

Ihr Herz fühlte sich an, als würde es von einer Faust zerdrückt. Sie hielt es keinen Moment länger hier aus. Sie musste diese Sache zu Ende bringen, sie musste Ismail finden und ihm geben, was er verdiente.

»Wenn Sie mich entschuldigen würden, Hoheit, Mylord?«, sagte Violet, zum Herzog sprechend. »Ich glaube, ich habe den nächsten Tanz versprochen.« Das war keine Lüge, sie hatte diesen Tanz irgendeinem Marquis oder Grafen versprochen, hatte aber nicht die Absicht, dieses Versprechen einzuhalten.

»Warten Sie, ich werde Sie zu Ihrem Partner führen«, sagte Patrick glatt und ergriff ihre Hand. »Ich werde ein Treffen mit James vereinbaren«, versprach er dem Herzog.

»Gut. Es war mir eine große Freude, Sie kennen zu lernen, Lady Violine. Ich wünsche Ihnen noch viel Vergnügen auf meinem Ball.«

»Danke, Hoheit.« Violet wurde auf einmal klar, dass sie diesen Ball gleich mit einem Mord ruinieren würde. All diese Leute hier, sie wären geschockt. Und vermutlich würde der Herzog ihr nicht länger seine Tochter vorstellen wollen. Sie würde zur Mörderin werden. Nein, es war kein Mord, es war ausgleichende Gerechtigkeit…

Sie durfte jetzt nicht weich werden, durfte nicht zaudern. Ismail musste bezahlen. Wenn sie nicht dafür sorgte, würde es keiner tun. Der Tod ihres Vaters durfte nicht ungesühnt bleiben. Außerdem könnte der Mann ja wieder morden.

Vater, dachte sie, *bitte steh mir bei.*

»Was ist, Violet?« Patricks Stimme riss sie aus ihren Gedanken. Er hatte sie inzwischen vom Herzog weggeführt.

»Nichts, ich … ich …« Ihr Hirn war wie eingefroren, sie konnte nicht mehr denken. Jetzt erst nahm sie Ismails Geruch an Patricks Anzug wahr und erschauderte. Der Schurke musste also inzwischen eingetroffen sein.

»Willst du ein wenig an die frische Luft?«

Violet schüttelte den Kopf. Dafür war jetzt keine Zeit. Sie musste diesen Traum beenden und tun, was richtig war. Ihr Magen krampfte sich zusammen, und sie entzog Patrick ihren Arm, damit er nicht merkte, wie feucht ihre Handflächen geworden waren.

»Ich muss dir etwas sagen«, begann sie. Unwillkürlich fragte sie sich, ob sich so verurteilte Straftäter fühlten, die auf dem Weg zum Schafott waren. Ihr Herz drohte zu zersplittern, und sie wollte nichts weiter, als sich in Patricks Arme werfen und ihn nie wieder loslassen. Aber auch das war Unsinn. Er hatte schließlich nur mit ihr gespielt, hatte sie benutzt, solange es ihm passte … doch nein, das stimmte nicht ganz. Zumindest konnte sie es nicht so nennen, denn er hatte ihr nie etwas vorgelogen, hatte von Anfang an klargemacht, wie die Dinge zwischen ihnen standen.

Trotzdem liebte sie ihn noch immer.

»Was ist, Violet?« Er war so still, und auch im Ballsaal schien es still geworden zu sein. Was für einen Sinn hatte ein Geständnis? Was half es, wenn sie diesem Mann gestand, dass sie ihn liebte?

Ich liebe dich, dachte sie traurig. *Vergib mir, was ich gleich tun muss*.

»Könntest du mir vielleicht etwas zu trinken bringen?«

»Selbstverständlich.« Sie hörte das Lächeln in seiner Stimme. »Ich bin gleich wieder da.«

Violet wartete ein paar Sekunden, bis er verschwunden war, dann folgte sie ihrer Nase. Sie war auf der Suche nach Daniel. Er musste ihr helfen, Ismail dorthin zu locken, wo sie ihn haben wollte.

Sie wandte sich nach rechts, drängte sich durch eine Traube von Menschen und verlor seinen Geruch. Das Herz klopfte ihr bis zum Hals, sie war so nervös, dass sie sich kaum konzentrieren konnte. *Verdammt*, damit hatte sie nicht gerechnet. Sie durfte jetzt nicht die Besinnung verlieren!

»Violet? Suchen Sie jemanden?«

Violet erkannte Daniels Stimme und setzte ein Lächeln auf, obwohl ihr von Minute zu Minute übler wurde. Auf einmal hatte sie furchtbare Kopfschmerzen. Sie drückte die Finger an die Schläfen und verzog das Gesicht. Sie konnte sich jetzt keine Kopfschmerzen leisten, sie musste sich konzentrieren. Ismail zu töten, würde schwer genug werden.

»Ja, ich suche nach Ismail«, erwiderte sie.

»Ach ja?«

»Ja. Ein Bote ist mit einer dringenden Nachricht für ihn eingetroffen. Er wartet im Billardsalon auf ihn.« Sie hatte diese Lüge gut eingeübt, und so kam sie ihr mühelos über die Lippen. »Wären Sie so nett und würden ihm Bescheid sagen?«

Sie war so nervös, dass sie sich Mühe geben musste, die Erklärung nicht zu vergessen, die sie sich für den Fall zurechtgelegt hatte, dass Daniel fragen sollte, wieso ausgerechnet sie nach Ismail geschickt worden sei und niemand anderer. Das Herz klopfte ihr bis zum Hals, und ihr Kopf drohte zu zerspringen.

»Aber gern. Ich werde ihn sofort suchen und ins Billardzimmer schicken«, erklärte Daniel glatt.

Violet konnte kaum glauben, dass er ihr nicht mehr Fragen gestellt hatte, aber sie hatte jetzt keine Zeit, weiter darüber nachzudenken. Sie musste im Billardsalon sein, bevor Daniel Ismail gefunden hatte.

»Danke.« Violet wandte sich ab und ging. Ihre Kopfschmerzen waren auf einmal verschwunden, und sie war froh darüber, da sie sich konzentrieren musste. Die Gerüche verschwammen und machten es ihr beinahe unmöglich, durch die Menge zu navigieren, ohne mit jemandem zusammenzustoßen.

Sie wurde mehrmals angesprochen, eilte jedoch weiter, als ob sie nichts gehört hätte. Nur einmal erklärte sie im Vorbeigehen, sie müsse sich die Nase pudern.

Endlich stand sie im Gang, und obwohl sie das Gefühl hatte, das Herz müsse ihr jeden Moment aus der Brust hüpfen, zitterten ihre Hände nicht. Sie beugte sich vor, hob ihre Röcke und zog das Messer aus dem Stoffstreifen, mit dem sie es an ihren Oberschenkel gebunden hatte.

Jetzt bloß nicht denken, befahl sie sich, *nicht denken*.

Sie folgte dem Geruch des Kellners, den sie zuvor dazu überredet hatte, ihr den Billardsalon zu zeigen. Rasch stieß sie die Tür auf und machte sie hinter sich zu. Der Raum war leer, aber Ismail würde jeden Moment hier sein.

Jemand rüttelte am Türknauf.

Violet drehte sich der Magen um.

Ein verwirrender Geruchschwall wehte herein: Blut, Ismail, Patrick, der Schweiß der Ballgäste. Sie war so nervös, dass alles verschwamm.

Nicht denken!

Schritte näherten sich. Sie wartete einen Herzschlag lang, das Messer fest umklammert. Einen Augenblick herrschte Stille, dann hörte sie eine Bewegung zu ihrer Linken.

Für dich, Vater.

Sie holte tief Luft, den Geruch von Ismail klar in der Nase. Sie wusste jetzt, dass er ein wenig links von ihr stand.

Das ist für dich.

Blitzschnell warf sie das Messer.

»Aagh!«

Ein dumpfer Aufprall. Er war zu Boden gefallen. Wie betäubt trat sie auf ihn zu. Er war auf die Knie gefallen. Schnuppernd lokalisierte sie ihren Dolch und zog ihn aus seiner Brust.

Sie legte die Hand auf seine Schulter, drehte den Dolch herum, sodass der Griff nach unten wies, und versetzte ihm einen brutalen Hieb auf den Kopf. Er brach lautlos zusammen.

»Hast du geglaubt, du würdest einfach davonkommen?«, stieß sie heiser hervor. Ächzend wälzte sie den Reglosen auf den Rücken. Sie musste ihm sicherheitshalber die Kehle durchschneiden. Er war ein Bluttrinker, er würde überleben, falls sie sein Herz verfehlt hatte.

Violet setzte sich rittlings auf ihn, tastete mit der Linken nach seinem Haar. *Seidige Haare, so wie Patricks*. Nein, sie durfte jetzt nicht an ihn denken. Ihre Finger wanderten über sein Gesicht, zu seinem Hals.

Sie erstarrte, wie vom Blitz getroffen.

Wie betäubt tastete sie erneut sein Gesicht ab.

Das Messer fiel ihr aus der Hand.

Beide Hände zeichneten fieberhaft seine Gesichtszüge nach.

Sie begann zu zittern, fuhr sich an den Kopf. Nein. Nein. Das konnte nicht sein. Er war's nicht. Er war's nicht. Er war's nicht.

»Highlander, wo bleibst du?« Ismails Stimme drang von der Tür her zu ihr, und Violet drohte die Brust zu zerspringen. Sie musste ihren Dolch nehmen, musste Ismail erstechen und dann sich selbst.

Sie hörte den Osmanen fluchend auf sie zurennen, aber sie war wie gelähmt. Gelähmt vom Geruch nach Patricks Blut. An ihren Händen, auf ihrem Kleid, überall.

»Was haben Sie getan?«, stieß der Osmane entsetzt hervor. Violet reagierte nicht. Ihr wurde schwindelig. Wie aus der Ferne drang Angelicas Stimme an ihr Ohr.

Und dann explodierte ein fürchterlicher Schmerz in ihrem Kopf, und sie wusste nichts mehr.

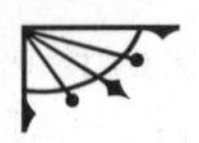 

31. Kapitel

Wir sind da«, verkündete Ismail, und Patrick merkte, dass die Kutsche hielt. Er rührte sich nicht. Alles tat ihm weh: sein Kopf, sein Leib, vor allem aber sein Herz.

Es war nicht ihr Verrat, der so schmerzte, es war diese verdammte, schreckliche Leere in seiner Brust. Sein Herz fühlte sich so hohl an, als ob Violets Dolch es tatsächlich durchbohrt hätte. Aber er hatte noch einmal Glück gehabt. Ihr Wurf war knapp daneben gegangen. Er tastete nach der Wunde unter seinem Mantel. Sie war bereits zugewachsen.

»Es ist dein Territorium, Highlander, du hast hier das Sagen. Aber ich kann die Befragung für dich übernehmen, wenn du willst.«

Patrick verzog das Gesicht. Ismail war besorgt, und das nicht zu Unrecht. Wenn Violet seine Fragen nicht beantwortete, würde er ihre Gedanken lesen müssen – ob sie wollte oder nicht. Und wenn sie sich wehrte … Er könnte ihrem Geist permanenten Schaden zufügen.

Patrick wusste nicht, ob er das fertigbrachte. Ob er seinem Freund erlauben konnte, es zu tun. Aber ihm blieb keine Wahl.

»Highlander?«

Patrick verließ wortlos die Kutsche und schritt durch den frischen Schnee auf die Hütte zu. In Gedanken wappnete er sich für die bevorstehende Begegnung mit ihr. Er durfte nicht weich werden. Sie hatte versucht ihn zu *töten*. Und er war überdies das Oberhaupt seines Clans. Seine und die Sicherheit seiner Leute stand auf dem Spiel. Violet war höchstwahrscheinlich eine Jägerin, dazu ausgebildet, Vampire zu töten.

Die Wachen nickten und traten ehrerbietig zur Seite. Beide Männer betraten die Hütte, Patrick als Erster.

»Patrick?« Violet stand in einer Ecke des leeren Raums. Ihre Hände waren gefesselt. Sie trug immer noch ihr Ballkleid, aber es war blutverschmiert.

Mein Blut, dachte Patrick grimmig.

»Enttäuscht, dass du mich nicht getötet hast?«, fragte er sarkastisch.

»Nein, ich …« Sie machte ein paar Schritte auf ihn zu.

»Halt! Bleib, wo du bist!«, befahl er.

Violet blieb sofort stehen. Auf ihrem Gesicht zeichneten sich Verzweiflung und Kummer ab. Wut flammte in Patrick auf. Wie konnte sie ihn so ansehen? Wie konnte sie es wagen, auch jetzt noch so zu tun, als ob ihr etwas an ihm liegen würde? Seine Brust drohte zu zerspringen; der Schmerz war unerträglich. Wie hatte sie es bloß fertiggebracht, dass er sich in sie verliebte?

»Auf das, was du getan hast, steht der Tod.« Die Worte waren heraus, ehe er es verhindern konnte. Aber sie hatten nicht die beabsichtigte Wirkung: Violet straffte die Schultern. Sie sah aus wie eine unschuldige Märtyrerin und nicht wie eine kaltblütige Mörderin.

»Vielleicht solltest du sie befragen, *Clanführer?*«

Ismails Betonung seines Titels brachte ihn wieder zur Besinnung. Er durfte sich nicht von seinen Gefühlen überwältigen lassen. Er war das Oberhaupt seines Clans, verflucht noch mal! Alles andere war nebensächlich. Beherrscht stand er still, obwohl er am liebsten auf und ab gerannt wäre. »Nun gut, fangen wir ganz von vorne an. Wie hast du von uns erfahren?«

Violet stellte sich wieder in ihre Ecke. Patrick wartete, aber sie sagte nichts.

Abermals begann es in ihm zu brodeln, er wusste selbst nicht, warum.

»Wer hat dir von uns erzählt? Gibt es noch andere Jäger? Antworte, verdammt noch mal!«

Sie schwieg. Sie gab nichts zu, aber sie verteidigte sich auch nicht. War es das, was er wollte? Dass sie zugab, alles sei nur ein bedauerlicher Irrtum gewesen?

Er schaute in ihr bleiches, gefasstes Gesicht, seine Augen glitten über ihre lose herabhängenden Haare, ihr besudeltes Kleid. Er liebte sie immer noch, und er war bereit, ihr zu vergeben. Wenn sie sich doch bloß verteidigen würde – er würde ihr vergeben. *Wollte* ihr vergeben. Wollte ihr glauben.

Aber sie schwieg.

Violet lehnte sich an die Wand und schloss die Augen, als sei das alles ein Witz, den sie einfach ignorieren konnte.

War er das für sie gewesen, ein Witz? Hatte sie ihn hinter seinem Rücken ausgelacht? Hatte sie sich gefreut, wie leicht es gewesen war, ihn zum Narren zu halten?

»Was ich nicht verstehe, Jägerin, ist, warum du bis zum Ball gewartet hast, um Patrick zu töten, wo du doch zuvor etliche bessere Gelegenheiten hattest«, meldete Ismail sich zu Wort. Eine durchaus berechtigte Frage, fand Patrick. Aber bevor er reagieren konnte, sprach Violet.

»Ihn wollte ich doch gar nicht töten! Ich würde ihm nie etwas antun! Du warst es, der sterben sollte, Ismail!«

Stille.

Violet kämpfte mit ihren Gefühlen. Sie hatte ihren Vater enttäuscht und den Mann, den sie liebte, beinahe getötet. Nicht zum ersten Mal an diesem Morgen drehte sich ihr der Magen um.

Nie hätte sie gedacht, dass sie einen schlimmeren Tag erleben könnte als jene erste Nacht im Wald, blind, hungrig und frierend. Voller Angst. Aber ihre Angst damals war nichts im Vergleich zu der tiefen Reue, die sie jetzt empfand, die ihr das Herz wie mit Messern zerschnitt. Sie wollte fort, wollte davonrennen.

Fort von Patrick, der sie jetzt hasste, fort von Ismail, den sie jetzt nie mehr zur Rechenschaft würde ziehen können. Fort von sich selbst.

»Warum?« Ismail trat näher, sein Geruch wurde stärker. Hasserfüllt ballte sie die Fäuste. Wenn sie doch bloß eine Waffe gehabt hätte, irgendetwas!

»Warum ich?« Ismail blieb vor ihr stehen. Seine Stimme war vollkommen ruhig. Er hatte keine Angst. Wieso auch? Er war ein Bluttrinker, ein Halunke, der Menschen ohne mit der Wimper zu zucken tötete. Ungestraft tötete. Sie biss die Zähne zusammen. Es gab nichts mehr, was sie tun konnte. Man hatte sie gefangen, hatte ihr die Freiheit geraubt. Und bald würde man ihr auch das Leben nehmen.

Das Einzige, was sie noch tun konnte, war, ihre Antworten für sich zu behalten. Nein, sie würde ihnen nicht die Befriedigung geben, alles zu erklären.

Eine erbärmliche Rache, aber es war alles, was ihr noch blieb.

»Beantworte die Frage«, befahl Patrick. Seine Stimme klang eigenartig leer, ohne die Bitterkeit, mit der er sie zuvor angefahren hatte.

Patrick hatte alles Recht, bitter zu sein. Sie hatte ihn ja tatsächlich benutzt, um sich an Ismail zu rächen. Obwohl sie ihn liebte.

Sie schwieg. Plötzlich verspürte sie ein eigenartiges Kribbeln im Kopf, ein dumpfes, schmerzhaftes Pochen. Jemand versuchte ihre Gedanken zu lesen. Wer? Es spielte keine Rolle. Violet wusste, was zu tun war. Sie atmete ruhig und langsam, versuchte an nichts zu denken.

Sie konzentrierte sich auf die Dunkelheit, die alles war, was ihre Augen sahen. Keine Farben, keine Formen, nichts als Schwärze. Eine endlose Leere.

Die Kopfschmerzen vergingen.

Ismail zog sich von ihr zurück. »Sie weiß, wie man ein Eindringen abblockt.«

»Dann muss sie eben hungern. Mal sehen, ob ihr das die Zunge löst«, befahl Patrick barsch. Kurz darauf waren sie fort.

Violet war allein. Allein mit dem Geruch des Mannes, den sie hasste, und mit dem Geruch des Mannes, den sie liebte.

32. Kapitel

Das Zuschlagen der Tür riss Violet aus ihrem unruhigen Schlaf. Sogleich stemmte sie sich auf die Beine und blickte dem Eintretenden entgegen.

Ihre Nase verriet ihr, dass es Daniel war.

»Wie kann ich Ihnen behilflich sein, Daniel?«, fragte sie sarkastisch. Sie hatte eigentlich gar nichts sagen wollen, aber die Stille fiel ihr allmählich zur Last. Seit zwei Tagen hatte sie mit niemandem mehr gesprochen. Der Wachtposten, der sie in regelmäßigen Abständen nach draußen führte, damit sie ihre Notdurft verrichten konnte, sprach nie ein Wort.

Der nagende Hunger war leicht zu ertragen. Was sie verrückt machte, war das endlose Warten.

»Sind Sie gekommen, um mich zu töten?«

Daniel lachte auf. Mit geschmeidigen Schritten ging er um sie herum. »Ich wusste doch, dass ich dich von irgendwoher kenne«, sagte er, »aber ich habe es auf den Zirkus zurückgeführt ... mein Fehler. Andererseits, wer hätte auch darauf kommen können? Ich war mir fast sicher, dass sie dich umgebracht hat, sie hat dich oft genug verflucht.«

Violet erstarrte. Was meinte er damit?

»Wovon reden Sie? Wir sind uns noch nie zuvor begegnet.«

Daniel lachte spöttisch. »O doch. Wenn ich mich recht

erinnere, hast du dich damals unter einem Küchentisch versteckt. Du siehst deiner Mutter nicht gerade ähnlich. Kein Wunder, dass ich nicht früher darauf gekommen bin.«

Violet rang unwillkürlich nach Luft. Sie wusste genau, was er meinte: der Küchentisch, ihre Puppe, sie kannte das alles aus ihren Albträumen. Der Besucher ihrer Mutter ... sie hatte ihn sich unbedingt ansehen wollen – als sie noch sehen konnte. Aber sie war erwischt worden. Und an dem Tage hatte ihre Mutter sie blind gemacht, als Strafe fürs Spionieren.

»Lady Dewberry hat dich gut ausgebildet, Jägerin. Aber offenbar nicht gut genug, denn es ist dir nicht gelungen, Patrick zu töten.« Daniel schnalzte bedauernd mit der Zunge.

Violet konzentrierte sich aufs Atmen, versuchte, sich nichts von ihrem inneren Gefühlsaufruhr anmerken zu lassen. Woher kannte Daniel ihre Mutter? Sie hasste Bluttrinker! Und wieso war er enttäuscht darüber, dass sie Patrick nicht getötet hatte? Sie begriff das alles nicht!

»Was wissen Sie von meiner Mutter?«, fragte Violet. Kannte er auch ihren Vater? Wusste er das mit Ismail?

»So viele Fragen ...« Er lachte spöttisch.

»Was wissen Sie über Ismail?«, rief sie erregt. Wie viel wusste Daniel?

»Beruhige dich. Ich weiß, dass du Ismail in deine Falle locken wolltest, ich habe an dem Abend deine Gedanken gelesen, kurz bevor du ihm in diesem Zimmer aufgelauert hast. Aber wir befinden uns hier im Territorium des Nordclans, und da ist Patrick nun mal das größere Problem. Daher habe ich ihn zu dir geschickt und nicht Ismail. Du solltest mir dankbar sein!«

Violet biss die Zähne zusammen. *Verflucht!* Also er war schuld daran, dass alles so schrecklich schiefgegangen war!

»Du bist wütend? Klar, das verstehe ich. Offenbar hast du den Hass deiner Mutter auf Ismail geerbt. Mir war nie klar, warum sie es ausgerechnet so auf ihn abgesehen hatte. Eine persönliche Vendetta? Ein ehemaliger Liebhaber, der sie sitzen gelassen hat?«

Sie schwieg, versuchte mühsam ihren Zorn zu zügeln.

Achselzuckend fuhr er fort: »Aber was spielt das jetzt noch für eine Rolle? Ich habe dir einen Vorschlag zu machen, Jägerin.«

Violet war hin- und hergerissen. Sie hätte ihm den Hals umdrehen können, diesem Schurken und Betrüger! Andererseits wusste er vielleicht etwas über ihren Vater. Sie beschloss, ihn in seinem Irrtum zu belassen und sein Spiel mitzuspielen.

»Ich höre.«

»Du scheinst recht geschickt mit dem Dolch zu sein.« Daniel berührte sie am Ellbogen, ließ seine Finger über ihren Unterarm wandern. Violet unterdrückte ein angeekeltes Schaudern. »Und wir können Leute gebrauchen, die gut mit dem Dolch umgehen können.«

»Wir?«, fragte sie so gleichgültig, wie es ihre aufgewühlten Gefühle zuließen.

»Ach ja, du wirst sicher angenommen haben, dass die Bewegung der Wahren Vampire nach dem Tod unseres Anführers Sergei untergegangen ist.« Daniel beugte sich vor, seine Lippen waren nur noch wenige Zentimeter von den ihren entfernt, sein Atem strich ihr heiß übers Gesicht. »Es gibt uns immer noch. Und wir sind bereit, den gleichen

Handel mit dir abzuschließen, den wir mit deiner Mutter hatten. Töte für uns, und wir verschonen dich, wenn wir die Weltherrschaft übernommen haben.«

Die Weltherrschaft.

Violet erschauderte unwillkürlich. Sie konnte Daniels Hass förmlich spüren, den fanatischen Eifer in seiner Stimme hören.

»Und wen soll ich töten?« Ihr wurde ganz übel. Sie war keine kaltblütige Mörderin, er mochte denken, was er wollte. Alles, was sie wollte, war Rache. Gerechtigkeit. Sie war keine Killerin.

»Dieselbe Person wie zuvor, natürlich. Patrick. Die Clanführer müssen als Erste sterben. Das stiftet Verwirrung, und dann werden wir die Macht ergreifen.«

Patrick war also ein Clanführer. Sie hatte nicht gewusst, dass die Bluttrinker in Clans aufgeteilt waren. Alles, was Daniel sagte, warf nur noch mehr Fragen auf. Sie hob die Hände.

»Dann gib mir ein Messer, Daniel.«

Sie hatte natürlich nicht die Absicht, Patrick zu töten. Tatsächlich wollte sie ihn warnen, sobald sie konnte. Er musste das mit Daniel und den Wahren Vampiren erfahren. Aber zuerst würde sie den Bastard töten, der ihren Vater ermordet hatte.

Sobald sie ein Messer besaß.

»Na, so funktioniert das nicht, Schätzchen. Erst musst du Patrick von deiner Unschuld überzeugen und sehen, dass du hier rauskommst. Wenn dir das gelingt, bist du nützlich für uns und wirst bei uns aufgenommen. Wir werden dir helfen, eine narrensichere Methode zu finden, Patrick zu töten. Und viele andere.

Wenn nicht – nun gut, dann werde ich bei deiner Hinrichtung zusehen.«

Seine herzlosen Worte hingen in der nun folgenden Stille im Raum. Violet überlegte fieberhaft. Sie brauchte einen Plan, sie musste ihn aufhalten, sie musste mehr über ihn und seinen Klüngel herausfinden!

»Wann?«

»Was wann?« Daniels Geruch entfernte sich. Er wollte gehen!

Violet sagte das Erste, was ihr in den Sinn kam. »Wann wollt ihr mich bei euch aufnehmen?«

»Ich werde mich zu gegebener Zeit mit dir in Verbindung setzen. Dann erfährst du Ort und Zeit.«

Violet nickte und trat einen Schritt vor. Sie hatte noch eine Frage, eine einzige.

»Weißt du, warum Ismail meinen Vater so sehr hasste?«

Violet hielt den Atem an. Diese Frage stellte sie sich seit vierzehn Jahren.

»Dein Vater? Dein Vater war ein Gärtner. Lady Dewberry hat ihn mir eines Nachmittags selbst vorgestellt. Sie fand es offenbar amüsant, dass er keine Ahnung von dir hatte.« Er hielt inne und lachte spöttisch. »Ah, ich sehe, das hast du nicht gewusst. Egal, es war besser so. Das letzte Mal, als ich dort war, vor zwei Jahren, war das Personal in Trauer. Er starb an einem Fieber, weißt du. Aber wieso glaubst du, dass Ismail ihn gehasst hat? Der Kerl hasst niemanden, soweit ich weiß. Er ist so eine Art Mystiker, einfach lächerlich.«

Damit machte Daniel die Tür auf, und ein eiskalter Windstoß wehte herein. Das Zuschlagen der Tür hörte Violet schon gar nicht mehr.

Wie betäubt sank sie zu Boden, zog die Knie an die Brust und begann sich vor und zurück zu wiegen, wie früher, als sie noch ein Kind war. Plötzlich erbrach sie sich.

Sie hatte nur den einen Gedanken: Ihr Vater war erst vor zwei Jahren gestorben, an einem Fieber … Ismail hatte ihn gar nicht getötet.

33. Kapitel

Highlander.«

Patrick hörte seinen Freund hereinkommen, blickte aber nicht vom Schreibtisch auf. Er wusste, warum Ismail hier war und worüber er mit ihm sprechen wollte. Aber noch immer versuchte er, sich um dieses Gespräch zu drücken. Er wollte nicht über *sie* reden.

»Ich habe noch nie erlebt, dass du dich vor etwas fürchtest«, bemerkte Ismail und ließ sich in einen Sessel sinken. Patrick wusste, dass der Osmane ihn bloß reizen wollte, aber es funktionierte.

»Ich habe keine Angst. Ich will einfach nicht darüber reden.«

»Aha, ich verstehe«, sagte Ismail trocken.

Was wollte der Mann von ihm? Was sollte er sagen? Dass er sich in sie verliebt hatte, ihr einen Antrag machen wollte und dass dieselbe Frau dann versucht hatte, ihn zu töten?

Sie war eine Jägerin, verdammt noch mal! Eine Jägerin! Die Vampirgesetze waren klar, was diese Menschen betraf. Sobald Alexander wieder hier war, würden die vier Clanoberhäupter sie zum Tode verurteilen.

Ein lautes Knacken riss ihn aus seinen Gedanken, und Patrick senkte den Blick. Er hatte seinen Bleistift zerbrochen.

»Hat dir das Schreibutensil etwas getan, Highlander?«

Patrick warf sich ungeduldig in seinem Sessel zurück. »Was willst du?«

»Ich will, dass du den Mund aufmachst.« Ismail musterte ihn mitfühlend. Aber er wollte kein Mitleid! Er wollte nichts fühlen. Er wollte sich das Herz rausreißen, um diese Leere, diese schreckliche Enttäuschung, diese Sehnsucht nach ihr nicht mehr spüren zu müssen …

»Ich liebe sie noch immer, Ismail. Sie hat versucht mich umzubringen und alles, woran ich denken kann, ist, sie in meinen Armen zu halten.«

»Ich verstehe.«

»Ach ja?« Patrick sprang so wütend auf, dass er seinen Sessel umwarf. »Du verstehst das? Wie es ist, die Frau, die man liebt, zum Tode verurteilen zu müssen?«

Die nun eintretende Stille wog zentnerschwer.

Ismail erhob sich mit entschlossener Miene. »Ich will dir keine falschen Hoffnungen machen, Highlander, aber ich habe das Gesicht der Frau gesehen, als ich vor zwei Nächten diesen Raum betrat. Ich kann es nicht erklären, aber ich habe das Gefühl, dass das alles einen Grund hatte. Einen guten Grund. Ich glaube nicht, dass sie dich töten wollte.«

Patrick verspürte auf einmal einen Kloß im Hals. Hoffnungslos schüttelte er den Kopf. Welchen Grund konnte Violet gehabt haben, den Osmanen zu töten? Nein, sie war eine Jägerin.

Alles, was jetzt noch blieb, war herauszufinden, wie sie von der Existenz der Vampire erfahren hatte und ob es noch andere wie sie gab … Und wenn Alexander wieder da war, würde er tun, was er tun musste.

»Patrick, Ismail, seid ihr hier drinnen?« Angelica klopfte kurz an und trat ohne eine Antwort abzuwarten ein. Sie war in Begleitung ihres Bruders, und ihr wild entschlossener Gesichtsausdruck war besorgniserregend. »Da seid ihr also. Wart ihr schon bei ihr?«

Angelica wusste, was beim ersten Besuch in der Hütte geschehen war, Patrick hatte ihr alles erklärt, und sie hatte wortlos zugehört. Doch nun sah es so aus, als hätte sie etwas zu sagen.

»Nein, aber wir wollten das gleich erledigen«, antwortete Ismail und setzte sich wieder. Auch Patrick setzte sich und forderte die Geschwister mit einem Wink auf, ebenfalls Platz zu nehmen. Er hatte das Gefühl, dass es besser war, das nun folgende Gespräch sitzend hinter sich zu bringen.

»Mikhail und ich, wir sind zu dem Schluss gekommen, dass ein Irrtum vorliegen muss«, begann sie und Patrick seufzte.

Musste heute jeder am selben Knochen nagen?

»Sie hat mir das Messer in die Brust gestoßen, Angelica. Sie hat zugegeben, dass sie vorhatte, Ismail zu töten. Wie kann das ein Irrtum sein? Sie hat den Falschen erwischt, zugegeben. Aber Tatsache ist: Sie hat versucht, einen Mord zu begehen.«

Angelica runzelte die Stirn. »Mag sein, und natürlich hat uns Violet jede Menge zu erklären, so viel ist klar. Alles, was ich sagen will, ist dies: Ich kenne sie, wir alle kennen sie. Ich weiß, dass sie ein gutes Herz hat. Selbst nach allem, was geschehen ist, kann ich nicht glauben, dass sie ein böser Mensch ist.«

Patrick schloss die Augen. Er konnte Angelica gut verstehen. Der Prinzessin fiel es schwer zu akzeptieren, dass sie getäuscht worden war. Dass sie benutzt worden war. Ihm fiel es genauso schwer.

»Meine Schwester hat recht«, meldete sich nun auch Mikhail zu Wort. »Wir haben es wieder und wieder durchgesprochen, alles, was wir über Violet wissen. Und das Ganze passt einfach nicht zusammen. Nur ein Beispiel: Wer hätte je von einer blinden Jägerin gehört?«

Daran hatte Patrick selbst schon gedacht. »Violet ist keine gewöhnliche Blinde. Sie bewegt sich wie eine Sehende.« Aber noch während er dies sagte, keimten Zweifel in ihm auf.

Irgendwie passte das wirklich nicht zusammen.

»Na gut, lassen wir ihre Blindheit mal außer Acht«, fuhr Mikhail fort, »was ist mit der Tatsache, dass sie in einem Zirkus auftrat? Ein Jäger will doch sicher nicht auffallen, oder?«

Patrick bezweifelte, dass Jäger ein bestimmtes Profil hatten, doch auch dieses Argument ließ sich nicht so ohne Weiteres von der Hand weisen.

»Was mir nicht in den Kopf gehen will, ist«, sagte Ismail, »dass sie ausgerechnet auf dem Ball versucht hat, mich umzubringen. Sie musste doch damit rechnen, erwischt zu werden. Warum hat sie auf keine bessere Gelegenheit gewartet?«

»Irgendwas stimmt da nicht«, sagte Angelica überzeugt. »Ihr müsst mich mitnehmen und mit ihr reden lassen, Patrick. Vielleicht redet sie ja mit mir. Und falls nicht: Ich kann weiter in ihren Geist vordringen als jeder andere. Ohne Schaden anzurichten.«

Patrick war hin- und hergerissen. Er wollte nur zu gerne glauben, dass etwas nicht stimmte, dass die Frau, die er liebte, nicht versucht hatte, ihn umzubringen. Er wollte mehr als jeder andere hier glauben, dass sie unschuldig war. Er wollte seine Verzweiflung, seinen Schmerz herausschreien.

Aber er war Clanführer. Er hatte Pflichten, die nichts mit seinen persönlichen Wünschen und Gefühlen zu tun hatten.

Es wäre töricht, die Auserwählte auch nur der geringsten Gefahr auszusetzen. Das durfte er nicht zulassen. Aber Angelica hatte recht: Sie konnte helfen, und Violet waren derzeit buchstäblich die Hände gebunden.

»Also gut, bringen wir's hinter uns.«

Der Gestank ihres Erbrochenen hing noch in der Luft, obwohl die Wachen die Hütte gestern zweimal gereinigt hatten. Wenigstens war ihr jetzt nicht mehr übel. Nachdem sie stundenlang auf dem Boden gehockt und sich vor und zurück gewiegt und die Haare gerauft hatte, war eine Art innerer Frieden über sie gekommen. Sie betrachtete ihr Leben jetzt von außen, mehr wie ein Zuschauer als eine Beteiligte.

Zunächst war sie auf die Welt gekommen. Sie hatte nichts gewusst. Die ganze Zeit hatte sie mit ihrer Puppe geredet und sich die Gemälde angeschaut, die die Gänge der Burg zierten, die sie ihr Zuhause nannte. Sie hatte sich Geschichten ausgedacht. Sieben Jahre lang hatte sie in einer Märchenwelt gelebt. Und obwohl sie keinen Vater hatte und eine Mutter, die, wenn sie sich einmal blicken ließ, gemein und hässlich zu ihr war, war sie nicht unglücklich gewesen.

Sie hatte es nicht anders gekannt.

Dann kam der Tag, an dem sie blind wurde, und die Woche, in der sie sich zitternd in einer Ecke verkroch. Und dann war sie um ihr Leben gerannt, in den Wald.

Zwei Tage hatte sie unter einem Baum im Wald gelegen und hatte schon aufgeben wollen, hatte sich beinahe den Tod gewünscht. Und sie wäre dort liegen geblieben, wenn ihr Hass sie nicht weitergetrieben hätte, ihr Hass auf Ismail. Sie war weitergestolpert, war auf die Taverne gestoßen und hatte dort Aufnahme gefunden. Und auch hier war ihr Hass auf den Mörder ihres Vaters der Grund für ihren starken Überlebenswillen gewesen. Der Gedanke an Rache hatte ihr geholfen, zwei Jahre später den Mut zu finden, von diesem schrecklichen Ort zu fliehen.

Sie war auf die Zigeuner gestoßen. Sie hatten ihre Wohnwagen angehalten, hatten sie bei der Hand genommen und neben Boris gesetzt, der damals noch ein Kind war, wie sie. Keiner hatte Fragen gestellt, und sie hätte auch keine beantwortet. Aber sie hatte nie das Messer aus der Hand gegeben, das sie aus der Küche der Taverne gestohlen hatte.

Sie hatte nie aufgegeben, ihr ganzes Leben lang nicht, getrieben vom Hass auf den Mörder ihres Vaters. Dann hatte dieser Hass dazu geführt, dass sie vor vier Tagen beinahe den Mann, den sie liebte, ermordet hätte.

Und jetzt stellte sich heraus, dass alles, woran sie geglaubt hatte, eine Lüge gewesen war.

Nachdem sie die unvergossenen Tränen von zwanzig Jahren geweint hatte, fand sie Frieden. Denn sie hatte erkannt, was sie bisher nicht sehen konnte: wie bitter sie geworden war, versklavt von ihrer Mission, blind für die Welt um sie herum.

Es wurde Zeit zu *leben*.

Violet holte tief und zittrig Luft. Sie massierte ihre kalten Arme. Drei Tage lang hatte sie nur Wasser getrunken und nichts zu essen bekommen. Aber der Hunger störte sie nicht allzu sehr, er kam und ging. *Vergiss nie*, hatte die Seherin zu ihr gesagt, *der Geist ist stärker als der Körper*.

Falls man sie freiließ, würde sie nach Schottland zurückkehren, zu ihrer Zigeunerfamilie.

Doch zuerst galt es noch etwas zu erledigen.

In diesem Moment hörte sie draußen eine Kutsche vorfahren.

Gut, es war so weit.

Sie sog tief die Luft ein. Da war er, *sein* Geruch. Er war unter allen der stärkste.

Ihr Puls beschleunigte sich, und sie erlaubte sich für einen kurzen Moment, das Wunder ihrer Liebe zu dem Bluttrinker auszukosten. Wie sie Hand in Hand durch die riesigen Gewächshäuser des Botanischen Gartens schlenderten … seine warmen Lippen, die einen zärtlichen Kuss auf ihre Stirn drückten, seine Stimme in ihrem Ohr: ›Ist es so falsch, dass das Bedürfnis, ein Lächeln auf dein Gesicht zu zaubern, zur Besessenheit für mich geworden ist?‹ Das hatte er ihr eines Nachts zugeflüstert. Und sie hatte keine Antwort darauf gewusst.

Wenn er es jetzt sagen würde, würde sie antworten: Nein, tausendmal nein. Aber er würde nicht. Er hasste sie. Und so sehr es auch wehtat, sie konnte es ihm nicht vorwerfen.

Die Tür ging auf, und ein Schwall eisiger Winterluft strömte herein. Einer nach dem anderen betraten sie die Hütte: zuerst Patrick, dann Ismail, dann Angelica und Mikhail …

»Wir müssen mit dir reden«, verkündete Angelica, während die Tür sich schloss und die Außenwelt wieder aussperrte.

Violet befeuchtete ihre trockenen Lippen. Angelica hatte sie ebenfalls Unrecht getan. Und Mikhail. Die Geschwister waren ihr gute Freunde gewesen.

Sie hatte sie alle verraten.

»Ich bin froh, dass ihr hier seid«, sagte sie ruhig. »Ich habe euch viel zu sagen.«

»Ehrlich?«, fragte Angelica überrascht. Auch die anderen traten überrascht von einem Fuß auf den anderen.

»Ja, und ich wäre euch dankbar, wenn ihr mich anhören würdet.«

»Wie ich sehe, hat der Hunger Wunder gewirkt«, sagte Patrick gehässig.

Sie verstand seine Bitterkeit, aber das machte sie nicht weniger schmerzhaft. »Ich habe in meinem Leben oft hungern müssen, das ist nicht der Grund, warum ich meine Meinung geändert habe.« Jetzt, wo sie ihm das Gesicht zugewandt hatte, konnte sie seinen Geruch noch deutlicher wahrnehmen: Pferde, Holz, Rauch von einem Kaminfeuer. Kein Blut. Er schien seit Tagen kein Blut mehr getrunken zu haben. Oder gegessen, wie ihr schien. Was war los mit ihm?

»Ich habe gestern etwas herausgefunden, und mir ist klar geworden, dass ich einen schrecklichen Fehler gemacht habe …«

»Ach, einen Fehler?«, fragte Patrick gedehnt.

»Patrick, bitte, lass sie ausreden«, bat Angelica leise.

Violet biss sich auf die Lippe. Zu wissen, dass sie ihm so

wehgetan hatte, dass er ihr nicht mal mehr zuhören wollte, war unerträglich.

»Es tut mir leid«, sagte sie, in dem Bewusstsein, dass ihre Worte auf taube Ohren stoßen würden. Aber sie sagte sie trotzdem, weil sie wahr waren. Und weil es guttat, sie laut auszusprechen. »Ihr habt es verdient, die Wahrheit zu erfahren. Aber wo soll ich anfangen …« Sie war froh, dass keiner der vier sie mehr unterbrach, dass alle auf ihre Erklärung warteten. Doch auf einmal wusste sie nicht mehr, was sie sagen sollte, ihr Hals war wie zugeschnürt. Langsam ließ sie sich zu Boden sinken, wo sie mit untergeschlagenen Beinen sitzen blieb.

»Vielleicht ist es besser, wenn ihr es selbst seht.«

»Du willst, dass wir in deine Gedanken blicken?«, fragte Ismail überrascht.

Violet nickte. »Ja, bitte. Es ist wichtig, dass ihr mir glaubt. Ihr seid in Gefahr.«

»Wir alle?« Es war Angelica, die diese Frage stellte, und das überraschte Violet. Die Prinzessin war keine Bluttrinkerin, aber jetzt war nicht die Zeit für Fragen.

Sie musste ihre Freunde warnen.

»Ja.«

Kurz darauf spürte Violet ein sanftes Eindringen und bekam sofort Kopfschmerzen. Sie hatte sich lange darin geübt, Bluttrinker abzublocken, und es war nicht leicht, ihre Verteidigungswälle fallen zu lassen. Aber sie zwang sich dazu.

Es gelang ihr, sich zu entspannen, und die Schmerzen ließen nach.

Erinnerungen stiegen in ihr auf.

Sie war ein Kind und tanzte durch die Gärten ihrer heimat-

lichen Burg in Schottland. Dann saß sie vor einem mächtigen Kamin in einem großen Raum mit einer Gewölbedecke, und die Köchin erzählte ihr von ihrem Vater. Sie schaute in eine Schüssel mit milchigem Wasser, und ihre Mutter schrie: ›Ismail hat deinen Vater ermordet!‹ Blind stolperte sie durch den Wald, saß in eine Ecke gedrückt in der Taverne. Rannte davon. Tanzte am Feuer der Zigeuner. Ihre Fingerspitzen waren blutig vom Geigespielen. Ihre Knie waren aufgeschürft vom vielen Hinfallen. Sie übte sich im Messerwerfen. Lernte, ihrer Nase zu vertrauen. Da waren die Seherin und Boris und der Wohnwagen, den sie sich mit der Seherin teilte. Und dann trat sie im Zirkus auf und lernte Sarah kennen.

Und da war Patrick, immerzu Patrick. Er hielt sie bei der Hand. Er überließ ihr seine Jacke. Er las ihr aus einem Buch vor. Lachend saßen sie mit Angelica zusammen beim Tee. Und der Park und Bess. Und sie war glücklich. So glücklich.

Violet schüttelte den Kopf, wie um diese Erinnerungen zu verscheuchen. Sie musste sich auf den gestrigen Tag konzentrieren. Auf Daniel. *Das Gespräch mit ihm, was sie erfahren hatte. Wie sie erschauderte, als er ihren Arm streichelte. Wie sie sich hinterher übergeben hatte …*

Violet konnte die Kopfschmerzen jetzt kaum mehr aushalten. Überrascht stellte sie fest, dass sie keuchte.

»Bitte, das ist alles.« Sie hielt die Hände an den Kopf gepresst, dann spürte sie, wie sie sich nach und nach aus ihrem Geist zurückzogen. Die Schmerzen klangen ab. Es herrschte Stille, bis Patrick schließlich sprach.

»Ich werde mich um Daniel kümmern.«

»Nein, das darfst du nicht!«, rief sie erschrocken und sprang auf. »Ihr müsst erfahren, wer zu den Wahren Vampiren gehört. Denn selbst wenn ihr Daniel unschädlich macht, könnten andere dort weitermachen, wo er aufgehört hat. Ihr wärt weiterhin in Gefahr. Die Clanführer und diese Auserwählte, wer immer das sein mag…«

»Ich bin die Auserwählte«, sagte Angelica besorgt. »Und es hört sich an, als hättest du einen Plan.«

Violet wusste nicht, was mit ›Auserwählte‹ gemeint war, aber offenbar waren nicht nur Patrick, Ismail und andere Bluttrinker in Gefahr, sondern auch Angelica. Ein Grund mehr, der Gruppe das Handwerk zu legen.

»Ja, ich habe einen Plan. Ich erwarte nicht, dass ihr mir verzeiht oder dass ihr mich gehen lasst. Aber lasst mich, nur für den Moment, aus dieser Hütte, und tut so, als würdet ihr an meine Unschuld glauben. Wir warten, bis Daniel sich mit mir in Verbindung setzt, und dann gehe ich zu diesem Treffen und werde die Mitglieder der Wahren Vampire für euch identifizieren.«

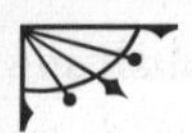

34. Kapitel

Du musst dich nicht schuldig fühlen, Highlander. Kein Mensch und kein Vampir kann etwas für seine Gefühle.«

Patrick warf seinem Freund einen gereizten Blick zu und schaute dann wieder zu Violet und Angelica hin, die ein kleines Konzert für das Dutzend menschlicher Gäste gaben, die Angelica zu sich eingeladen hatte. Nachdem Violet gestern die Hütte verlassen hatte, war sie zunächst einmal zu Angelica und Mikhail gefahren, um dort den Tag zu verbringen, während Patrick und Ismail besprachen, was weiter zu tun war.

Man wollte Violet erlauben, ihren Plan durchzuführen, und die kleine Soiree heute Abend diente als Signal an die Wahren Vampire, dass Violet vergeben worden war.

Ihm gefiel das alles nicht.

Ohne auf Ismails vorherigen Kommentar einzugehen, sagte Patrick: »Und du bist sicher, dass sonst niemand den Vorfall im Billardzimmer mitbekommen hat?«

Ismail zog die Brauen hoch bei diesem offensichtlichen Themenwechsel, beantwortete aber Patricks Frage. »Ja, ich bin sicher. Die Einzigen, die davon wissen, sind die vier Wachtposten, die auf Violet aufgepasst haben, Daniel, Mikhail, die Prinzessin und wir beide.«

Patrick und Ismail hatten die Gedanken der vier Posten gelesen, um sicherzustellen, dass sie nicht zu Daniels Gruppe gehörten. Patrick hatte sie unter Eid zur Geheimhaltung verpflichtet und war sicher, dass die loyalen Männer ihren Clan nicht verraten würden.

»Und Daniel selbst glaubt die Scharade ebenfalls, du hast ja selbst gestern Abend mit ihm im Club geredet. Er ist überzeugt davon, dass wir Violet wieder in unserer Mitte aufgenommen haben.« Ismail hatte recht, das wusste Patrick. Daniel glaubte nun, Violet hätte ihn und Ismail davon überzeugt, dass sie nur unter der irrigen Annahme gehandelt hatte, in Gefahr zu sein, und sie habe das Messer in Notwehr nach ihm geworfen.

Patrick verzog bei dem Gedanken an Daniels kaum verhohlene Genugtuung das Gesicht. Der Kerl hielt ihn für einen gutgläubigen Trottel, so viel war klar. Um den Schein aufrechtzuerhalten, hatte Patrick auch Daniel schwören lassen, nichts von dem Vorfall zu verraten.

Applaus ertönte, als Angelicas und Violets Musikstück zu Ende ging. Weiß behandschuhte Kellner gingen mit Silbertabletts herum und servierten Champagner. Die Musikerinnen tauschten sich leise flüsternd aus und begannen erneut zu spielen. Patrick, der beobachtete, mit welcher Zuneigung sich die beiden anlächelten, konnte fast glauben, dass nichts passiert war, dass der Vorfall auf dem Ball, die Gefangenschaft von Violet, dass das alles nur ein böser Traum gewesen sei und dort vorne seine Violet stand und engelsgleich wie immer auf ihrer Geige spielte.

»Das Schicksal hat sie zu dir geführt, mein Freund«, erklärte Ismail, »die Gründe dafür sind unwichtig. Es ist keine Schande, eine gute Frau zu lieben.«

»Nicht jetzt, Ismail«, knurrte Patrick. Er wollte nicht an sie denken, wollte nicht fühlen, was er fühlte, nie wieder. Warum ließ ihn der Osmane nicht einfach in Ruhe?

»Sie liebt dich, Highlander. Keiner von euch wird Frieden finden, ehe du dir das nicht eingestehst.«

Huzur. Sein bester Freund versprühte mal wieder Mystizismen. Patrick versuchte, Ohr und Herz davor zu verschließen. Sein Blick ruhte auf Violet in ihrem schlichten lila Tageskleid, die Geige unterm Kinn. Sie war ganz in ihre Musik versunken, und er ... er spürte ihren Sog und wehrte sich dagegen. Er liebte sie noch immer, und das machte ihn zum größten Narren, den es gab.

Er hatte, ebenso wie die anderen, in ihren Geist geblickt. Und wie Ismail und Angelica glaubte auch er, dass man sie nicht wirklich verurteilen konnte. Jeder, aber auch jeder Einzelne von ihnen hätte ebenso gehandelt wie sie. Ihre Gefühle waren verständlich. Nein, sie würden sie nicht für ihr Handeln verurteilen, das wusste er jetzt. Sie war keine Jägerin. Sie war eine Frau, die Schlimmes durchgemacht hatte und stärker daraus hervorgegangen war als zuvor.

Wenn überhaupt, dann liebte Patrick sie jetzt noch mehr als zuvor. Aber das änderte nichts an der Tatsache, dass sie ihn betrogen hatte. Selbst wenn sie einen guten Grund dafür gehabt hatte. Logik hatte nichts damit zu tun. Er war ein Werkzeug für sie gewesen, ein Mittel zum Zweck.

Sie liebte ihn nicht.

»Sie liebt mich nicht. Sie hat mich ausgetrickst.«

»Du bist ein Dickschädel«, flüsterte Ismail, der das Konzert nicht stören wollte, zornig. »Das ist es also, was dir zu schaffen macht? Dein verletzter Stolz? Weil du nicht über alles Bescheid gewusst hast, was vorgeht? Davon lässt du dich blind machen für das, was dein Herz sieht?«

Der Vorwurf traf sein Ziel; Patrick zuckte innerlich zusammen. Ja, sein Stolz war verletzt worden, diese Frau hatte *ihn* blind gemacht. Er, der sich etwas auf seinen scharfen Verstand einbildete, hatte sich von ihrer Schönheit, ihrer vermeintlichen Reinheit blenden lassen …

War alles nur Schauspielerei gewesen? Die Küsse Berechnung, nicht mehr? Er konnte es nicht ganz ausschließen. Wie sollte er ihr je wieder vertrauen?

»Wir haben beide ihre Gedanken gelesen, Türke. Was hast du gesehen, was mir entgangen ist?«

Ismail legte Patrick die Hand auf die Schulter und blickte seinen Freund mitfühlend an. Das Musikstück endete, und die Zuhörer applaudierten.

»Ich sah *kalb-i-muztarib*, eine gequälte Seele. Aber mein Herz sah auch eine verwandte Seele.«

Patrick verstand nicht, was sein Freund meinte, verzichtete aber darauf, ihn um eine Erklärung zu bitten. Die Gäste erhoben sich. Es wurde spät, und er hatte noch etwas zu erledigen.

Er trat vor, als Angelica und Violet inmitten einer Traube bewundernder Gäste auf ihn zukamen.

»Einfach atemberaubend, wie immer«, sagte er lächelnd zu den beiden. Er war froh zu sehen, wie entspannt Angelica wirkte. Ihr Haus wurde jetzt, da sie wussten, dass Daniel einen Anschlag plante, noch schärfer bewacht. Die loyalen Clansleute hatten sich als Dienstboten und Nachbarn verkleidet, um die Wahren Vampire nicht auf die zusätzlichen Sicherheitsmaßnahmen aufmerksam zu machen. Dennoch war Angelica beunruhigt, wie Patrick wusste. Sie war schwanger, und ihr Bedürfnis, ihr ungeborenes Kind zu beschützen, war verständlicherweise sehr stark.

»Danke, Patrick«, erwiderte Angelica lächelnd. Violet sah mit einem unlesbaren Ausdruck in seine Richtung. Was wohl in ihr vorging?

»Ich muss jetzt gehen. Darf ich Sie nach Hause bringen, Lady Violine?«, sagte er.

»Das wäre sehr freundlich«, nickte Violet und schenkte ihm ein nicht sehr überzeugendes Lächeln. »Ich hole nur rasch meinen Mantel.«

Erst eine Viertelstunde später gelang es Patrick, sie von den Gästen loszueisen. Der Herzog von Neville war besonders hartnäckig gewesen, er hatte Violet unbedingt selbst zum Zirkus zurückbringen wollen. Patrick war versucht gewesen, seinem Freund zu verraten, dass Violet nicht zum Zirkus zurückkehren würde, sondern zu ihm nach Hause, aber er hatte der Versuchung gerade noch widerstanden.

Die folgende Kutschfahrt war kurz und unbehaglich. Weder Violet noch Patrick sprachen ein Wort.

Was gab es auch zu sagen?

Violet folgte Patrick seufzend zu seinem Arbeitszimmer. Die stumme Kutschfahrt hatte sie aus der Fassung gebracht, und nun hatte er ihr auch noch befohlen, in sein Arbeitszimmer zu kommen.

Er war sachlich, nüchtern. Keine Spur von dem gütigen, zärtlichen Mann, den sie lieben gelernt hatte.

Patrick schloss die Tür und bedeutete ihr, sich zu setzen. Sie ging automatisch zu dem Sessel am Fenster, den sie als ihren zu betrachten begonnen hatte. Nervös nestelte sie an ihrem Kleid.

»Es gibt einiges, das du wissen solltest«, begann er, nachdem er sich, wie sie merkte, an seinen Schreibtisch gesetzt hatte. »Aber zuerst musst du mir sagen, was du alles über uns weißt.«

Mit ›uns‹ meinte er die Bluttrinker. Oder Vampire, korrigierte sie sich. Angelica hatte ihr heute früh beim Frühstück ein wenig über Vampire und über die Auserwählten erzählt und über sich und Alexander. Die Prinzessin und ihr Bruder hatten ihr außerdem versichert, dass sie verstehen konnten, was sie getan hatte, und sie noch immer gern hatten.

Sie hatten sogar versucht, sie davon zu überzeugen, dass sie nicht für ihre Tat verantwortlich sei, aber Violet war da anderer Ansicht, obwohl sie sich natürlich bei den Geschwistern für ihre Loyalität und Zuneigung bedankt hatte.

»Ich weiß nicht viel über deine Leute«, gestand Violet. »Und das, was ich weiß, habe ich von der Seherin und von Angelica erfahren.«

»Diese Seherin ist eine Zigeunerin, ja? Eine Hellsichtige?«, erkundigte sich Patrick.

Violet wusste nicht, was er mit ›hellsichtig‹ meinte, vermutete aber, dass es eine Bezeichnung für die besonderen Talente der Seherin war. »Ja, die Seherin ist eine Zigeunerin. Sie war wie eine Mutter für mich. Und sie wusste Dinge. Ich habe nie gefragt, woher. Sie hat mich gefunden, sie hat gewusst, wie sie mir helfen muss, und eines Tages hat sie gesagt, dass ich die Zigeuner verlassen und mit dem Zirkus weiterreisen soll. Er würde mich zu Ismail führen, hat sie gesagt. Also bin ich gegangen und hierhergekommen.«

»Ich verstehe«, sagte Patrick. Violet wartete darauf, dass

er weitersprach. Schaute er sie an? Hasste er sie immer noch so sehr?

»Du weißt bereits, dass wir Tierblut trinken und dass wir Gedanken lesen können«, sagte er nach einigem Schweigen. Violet folgte dem Klang seiner Stimme. Er war aufgestanden und durchquerte nun das Arbeitszimmer. »Wir sind stärker und schneller als Menschen, und wir leben mehrere hundert Jahre länger.« Es roch auf einmal nach Blut, und Violet hörte, wie er eine Flüssigkeit in ein Glas goss. *Mehrere hundert Jahre länger,* dachte sie schaudernd. Ihr wurde klar, wie wenig sie über diese Spezies wusste.

»Und wie alt bist du?«, fragte sie schüchtern.

»Fast sechshundert Jahre alt.«

Sechshundert Jahre. Wie viel hatte er in dieser Zeit von der Welt gesehen? Wie viele Frauen geliebt?

»Ich verstehe«, sagte sie leise.

Er ging zu seinem Schreibtisch zurück, und der Blutgeruch wurde stärker. Seltsamerweise störte er sie nicht.

»Du beneidest uns vielleicht um unser langes Leben, aber glaub mir, es ist eher ein Fluch als ein Segen. Die meisten meiner Leute leiden unter einer Krankheit, die wir Schwermut nennen. Den Verlust der Leidenschaft. Wie die Menschen suchen wir uns etwas, das uns beschäftigt, das in unserem Leben einen zentralen Platz einnimmt – Politik, Kunst, Malerei oder Gärtnerei, was auch immer. Aber früher oder später wird uns alles schal, und wir verlieren die Freude daran. Nur jene mit der stärksten Psyche erreichen ihr fünfhundertstes Lebensjahr. Und das ist der Grund für unser zweites großes Problem.«

Violet versuchte sich vorzustellen, wie es wäre, jahrhundertelang Geige zu spielen. Wann würde es aufhören, ihr

Freude zu machen? Hatte Patrick dasselbe erlebt? Hatte auch er seine Passion verloren? Der Gedanke machte sie traurig.

»Was für ein Problem?«, fragte sie.

»Nun, Vampire und Menschen passen nicht zusammen. Ich meine damit, sie können keine Kinder miteinander zeugen.«

Ein Pfeil bohrte sich in Violets Herz. Sie konnte keine Kinder von Patrick bekommen? Aber wieso kümmerte sie das überhaupt? Beinahe hätte sie traurig aufgelacht. Es zerriss ihr das Herz, dass sie mit einem Mann, der sie hasste, keine Kinder haben konnte?

»Und warum ist das ein Problem?«, erkundigte sie sich.

»Weil wir erst mit fünfhundert Jahren zeugungsfähig werden. Und die meisten von uns haben sich zu dem Zeitpunkt bereits das Leben genommen.«

Violet wusste nicht, was sie sagen sollte. Sie hatte sich die Bluttrinker – oder Vampire – immer als stark, als unbesiegbar vorgestellt. Dabei waren sie eine fragile Spezies, ebenso fragil wie Menschen.

»Unsere Spezies stirbt aus«, fuhr Patrick sachlich fort. »Seit Jahrhunderten warten wir auf die Ankunft der Auserwählten, einer Spezies, die mit Vampiren Kinder zeugen kann, Kinder, die unsere Fähigkeiten besitzen, aber von der Blutlust befreit sind. Wesen, die sowohl mit Vampiren als auch mit Menschen Kinder zeugen können. Das Bindeglied, das uns alle wieder vereint.«

Violet begriff. »Und Prinzessin Belanow ist diese Auserwählte.«

»Ja. Und deshalb wollen diese sogenannten ›Wahren

Vampire‹ ihren Tod. Sie ist unsere Zukunft, sie kann uns wieder vereinen, aber Daniel und seine Jünger haben andere Pläne. Sie streben die Weltherrschaft an. Die Unterdrückung der Menschheit und die Gewaltherrschaft der Vampire.« Patricks Stimme bebte vor Zorn. »Sie wollen einen Krieg entfachen, der Jahrhunderte dauern wird. Aber wir werden sie aufhalten.«

Violet hatte keinen Zweifel daran. »Ich werde helfen, so gut ich kann«, versprach sie.

Er schwieg eine ganze Weile.

Schließlich sagte er leise: »Ich will nicht, dass du dich in Gefahr begibst.«

Sie versuchte, sich ihre Überraschung nicht anmerken zu lassen. »Aber ich muss. Ich muss helfen.«

Patricks Duft wurde stärker. War er näher gekommen? Sie konnte es nicht hören, weil ihr das Blut in den Ohren rauschte.

»War alles nur Verstellung, Violet?«, flüsterte er.

Violets Augen füllten sich mit Tränen, ihre Kehle war wie zugeschnürt. Sie spürte seine Körperwärme; er schien direkt vor ihr zu stehen. Sie schüttelte den Kopf: Nein, natürlich nicht.

»Ich dachte, ich wüsste, was du für mich empfindest. Aber jetzt weiß ich gar nichts mehr.«

Violet stemmte sich zitternd aus dem Sessel. Zögernd streckte sie die Hände aus und berührte sein Gesicht. Das letzte Mal, als sie sein Gesicht berührte, hatte sie kurz zuvor ihr Messer aus seiner Brust gezogen. Der Gedanke daran war so schmerzhaft, dass sie ihn sofort wieder verdrängte.

Es spielte keine Rolle, ob er sie hasste oder nicht. Er

musste erfahren, was sie für ihn empfand, selbst wenn sie ihr Herz dafür entblößen musste.

Eine Träne rollte über ihre Wange, an Nase und Mundwinkel vorbei, blieb zitternd an ihrem Kinn hängen und tropfte dann auf ihre Brust. Sie beugte sich vor und drückte ihre Lippen auf seine Wange. Er stand reglos vor ihr, tat aber nichts, um sie abzuwehren. Ihre Finger vergruben sich in seinem Haar, ihre Lippen fanden die seinen.

Zunächst reagierte er nicht, dann jedoch stieß er einen Seufzer aus, schlang die Arme um sie und zog sie an sich. Der Geruch nach Blut erfüllte sie, als er sie küsste und seine Zunge in ihren Mund drang. Sie schmiegte sich enger an ihn, wollte ihm alles geben, was sie zu geben hatte und mehr.

»Du sollst es sehen«, flüsterte sie, »mit deinem eigenen Geist. Komm und lies meine Gedanken.«

Violet spürte, wie er sich sanft in ihren Geist schob. Sie öffnete sich. Er sollte sehen, wie sehr sie ihn begehrte, wie sehr er sie erregte. Wie sehr sie ihn liebte.

Ich liebe dich, dachte sie, *bitte verzeih, dass ich dir wehgetan habe.*

Patrick brach den Kuss ab und hob sie auf seine Arme. Dann ging er mit ihr in sein Schlafzimmer hinauf. Und dort, in der Dunkelheit, zeigte er ihr, dass er sie ebenfalls liebte.

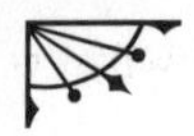

35. Kapitel

Prinzessin Belanow und ihr Bruder sind eingetroffen, Mylord«, verkündete Mrs. Devon durch den Türspalt und entfernte sich wieder. Patrick legte die Feder beiseite und streichelte Bess, die leise schnurrend auf seinem Schoß lag, während er die letzten Zeilen seines Gedichts betrachtete.

Keiner wird dir je wieder wehtun, hatte er Violet versprochen. Aber heute Abend fand ein Ball statt, zu dem zahlreiche Vampire eingeladen waren, einschließlich dieses Mistkerls, Daniel.

Patrick bewegte seine Finger, die sich unwillkürlich zur Faust ballen wollten. Er hasste es, Violet einer Gefahr auszusetzen, aber es war der einzige Weg, um die Prinzessin und andere treue Clansmitglieder zu schützen.

Er setzte Bess auf den Boden, erhob sich und verließ sein Arbeitszimmer. Mit den Gedanken war er bei der vergangenen Nacht, die ihm wie ein herrlicher Traum erschien.

Violet liebte ihn. Sie liebte ihn ebenso sehr, wie er sie. Der Gedanke machte ihn … übermütig.

»Du lächelst«, bemerkte Angelica, als er den Salon betrat, in dem sie und Mikhail auf ihn warteten.

»Das ist kein Lächeln«, bemerkte Mikhail, der sich bereits an Patricks Hausbar zu schaffen machte. »Das ist das gleiche dümmliche Grinsen, das dein Gesicht verunziert, wenn du deinen russischen Gatten ansiehst, Schwesterlein.«

»Dümmlich?«, schnaubte Angelica und legte die Hände auf ihren mächtigen Bauch. »An der Liebe ist nichts Dümmliches, Mikhail Belanow. Das wüsstest du, wenn du selbst schon mal geliebt hättest.«

Patrick hätte sich eigentlich an der lässigen Art, wie die Geschwister seine Gefühle diskutierten, stören sollen, aber er brachte es nicht fertig. Es gab im Moment Wichtigeres zu bedenken. Er setzte sich neben Angelica, während Mikhail sich einen Cognac einschenkte.

»Glaubst du, sie ist bereit?«

Angelicas Gesicht nahm einen besorgten Ausdruck an, dennoch versuchte sie, ihn zu beruhigen. »Ismail hat gesagt, sie ist sehr gut darin, Gedankenleser abzublocken. Das muss sie auch sein, Patrick, oder ihre Vendetta gegen Ismail wäre viel früher aufgeflogen.«

Aber Patrick ließ sich nicht von ihren Worten täuschen. »Warum siehst du dann so besorgt aus?«

»Weil es ihr nicht gefällt, Violet den Wölfen vorzuwerfen, um es mal so auszudrücken. Und mir auch nicht«, warf Mikhail ein. Er wirkte ausnahmsweise selbst besorgt.

Patrick runzelte die Stirn. Ihm ging es ebenso, aber er sah keine andere Möglichkeit. »Falls Daniel sie auch nur schief ansieht, bringe ich ihn um.«

»Sollen wir gehen?«

Alle drei blickten zur Tür, in der Violet in einem blassgrünen Seidenkleid aufgetaucht war. Sie sah aus wie eine Lady – bis auf das schnurrende Kätzchen auf ihren Armen.

Patrick eilte sofort an ihre Seite, und Mikhail bot seiner Schwester den Arm an.

»Du siehst wunderschön aus«, flüsterte Patrick.

Violet errötete und setzte Bess auf dem Boden ab.

»Mrs. Devon hat mir mit der Frisur geholfen.«

Er hob erstaunt die Brauen und hakte ihren Arm bei sich unter. »Und ich hatte den Eindruck, dass sie nicht gerade angetan ist von dir.«

»Das dachte ich auch.« Violet lächelte. »Aber das Wetter scheint umgeschlagen zu haben. Deine Haushälterin sagt, sie hätte mich vermisst.«

»Du musst das nicht tun«, sagte Patrick ernst, während er sie zur Haustür führte.

Auch Violets Lächeln erlosch, während sie sich zu den beiden Geschwistern umwandte, die ihnen in einigem Abstand folgten.

»Doch, das muss ich«, widersprach sie. »Zuerst dachte ich, ich sei es euch einfach schuldig. Aber es ist mehr als das. Ich kann nicht zulassen, dass Daniel oder seine Gefolgsleute den Menschen – oder Vampiren –, die ich liebe, Schaden zufügen.«

Es gefiel ihm nicht. Es gefiel ihm gar nicht, aber Patrick wusste, dass es keine wirkliche Alternative gab. Sie verließen das Haus und gingen die Stufen zur wartenden Kutsche hinab. »Bist du sicher, dass du bereit bist?«

Sie lächelte ihn an. »Ja.«

Violet war alles andere als bereit. Sie hatte Angst. Sie fürchtete sich so sehr, dass sie kaum atmen konnte. Den ganzen Abend lang hatte ihr vor diesem Augenblick gegraut. Und jetzt war er da. Daniels Geruch wurde stärker, bis er sie beinahe erstickte. Angelica, die neben ihr stand, versteifte sich ebenfalls.

»Ah, Daniel, da sind Sie ja«, sagte die Prinzessin gespielt fröhlich. Violet atmete langsam ein und aus. Sie durfte jetzt nicht die Beherrschung verlieren.

»Prinzessin, Lady Violine, es ist mir wie immer ein Vergnügen«, sagte Daniel glatt.

Sie hatte Angst. Ihre Brust war wie zugeschnürt, und ihre Hände zitterten. Aber sie wusste, was sie zu tun hatte.

»Ich bin so froh, dass Sie da sind, Daniel. Gerade sagte ich zur Prinzessin, ich hätte den ganzen Abend noch nicht getanzt. Es hat sich einfach kein passender Partner gefunden.«

Das stimmte. Violet hatte tatsächlich den ganzen Abend noch nicht getanzt, aber das lag mehr an ihrer Nervosität als an einem Mangel an willigen Tanzpartnern.

»Das ist kaum zu glauben, Lady Violine. Wenn Sie vielleicht mir die Ehre erweisen würden …? Ich würde mich wahrhaftig glücklich schätzen!« Daniel hob ihre behandschuhte Hand an die Lippen.

Violet strahlte so überzeugend sie konnte und ließ sich von Daniel auf die Tanzfläche führen, nachdem dieser sich bei der Prinzessin empfohlen hatte.

Violet musste ein Schaudern unterdrücken, als er den Arm um sie schlang und mit ihr zu tanzen begann.

»Ich gestehe, ich bin beeindruckt«, verkündete er wie nebenbei.

»Ach ja?« Sie versuchte, seinen lockeren Ton zu imitieren.

»Es überrascht mich nicht, dass Sie es geschafft haben, aus der Hütte zu entkommen. Aber dass Sie sie so schnell übertölpelt haben, ist doch erstaunlich.«

War er misstrauisch? Violet musste ihre aufsteigende Panik gewaltsam unterdrücken. Sie holte tief Luft. Daniels moschusartiger Geruch drang ihr in die Nase, vermischt mit Blut, Schweiß, verschiedenen süßlichen Parfüms und Zitrone: ein beliebtes Mittel bei den Damen, die um ihre blütenweiße Haut besorgt waren.

»Es war leichter als erwartet«, räumte sie ein. Um ihn von weiteren Fragen abzulenken, fügte sie rasch hinzu: »Wie lange muss ich noch warten?«

Er schwieg. Hatte sie einen Fehler gemacht?

Ein plötzlicher Kopfschmerz verriet ihr, was er zu tun versuchte. Violet konzentrierte sich: Dunkelheit, Leere, das Hier und Jetzt verblasste. Sie suchte Zuflucht bei ihrem alten Hass. *Ich werde ihn töten. Ismail wird büßen*. Es fiel ihr leichter, als sie gedacht hätte. Sie dachte an ihr Messer, dachte an das Blut an ihren Händen.

Der Schmerz verklang, zurück blieb Frieden.

»Heute in sechs Tagen werden Sie eine Nachricht erhalten. Keine Sorge, wir werden sicherstellen, dass Lord Bruce nicht anwesend ist«, erklärte Daniel.

Violet nickte.

»Ich kann mir vorstellen, wie schwer es für Sie sein muss, in diesem Haus zu wohnen.«

»Ja. Ich kann's kaum abwarten, dort wegzukommen«, pflichtete sie ihm in einem, wie sie hoffte, ausreichend angeekelten Ton bei.

Daniel zog sie enger an sich; ihre Brüste wurden an seinen Smoking gepresst. »Sie werden feststellen, Lady Violine«, flüsterte er, »dass Vampire weitaus bessere Liebhaber sind als Menschen. Ich überlege, ob ich Ihnen nach Patricks Tod nicht einen Platz in meinem Bett einräumen soll.«

Violet geriet ins Stolpern und wäre hingefallen, wenn Daniel sie nicht aufgefangen hätte.

»Wie nett«, bemerkte sie höflich.

»Ja«, stimmte Daniel zu, »ich bin nun mal ein netter Mann.«

»Darf ich?«, unterbrach Patrick ihr Gespräch. Violet konnte nur mit Mühe einen Seufzer der Erleichterung unterdrücken. Sie spürte, wie Daniel sich versteifte, doch dann ließ er sie los.

»Selbstverständlich, Lord Bruce.«

Kurz darauf tanzte Patrick mit ihr von Daniel fort, und ihr Puls beruhigte sich wieder.

»Alles in Ordnung?«, erkundigte sich Patrick sichtlich besorgt.

Sie nickte. »Das Treffen findet in sechs Tagen statt.« Auf einmal wollte sie nichts weiter als fort von diesem Ball.

»Würdest du mich nach Hause bringen?«

Patrick drückte ihre Hand, während er sie herumwirbelte. »Natürlich. Du kannst ein heißes Bad nehmen, und dann setzen wir uns vor den Kamin im Schlafzimmer, und ich werde dir vorlesen.«

Bei dieser Vorstellung wurde ihr ganz warm und wohlig zumute. »Und Bess darf auch dabei sein«, sagte sie lächelnd.

»Und Bess darf auch dabei sein«, bestätigte Patrick und streichelte mit dem Daumen ihre Hand.

36. Kapitel

Wie kannst du nur so früh schon was essen?«, erkundigte sich Mikhail mürrisch, als er Patricks Frühstückszimmer betrat.

Patricks Stimmung war ebenfalls nicht die beste. »Tatsächlich ist es relativ einfach. Nimm eine Scheibe Toast vom Tisch da drüben, und fang an zu kauen«, erwiderte er.

Mikhail hob die Braue und setzte sich neben den schweigsamen Ismail an den Tisch. Er gab einem Pagen einen Wink, ihm eine Tasse Tee einzuschenken.

»Stimmt was nicht?«, erkundigte er sich unschuldig.

Patrick warf einen Blick auf den Osmanen, der aussah, als würde er gleich losplatzen. War er hier der Einzige, der begriff, wie groß die Gefahr war, die von den Wahren Vampiren ausging?

»Ich glaube nicht, dass dem Highlander nach Lachen zumute ist«, bemerkte Ismail trocken und beäugte misstrauisch sein Haggis. »Was ihr Schotten alles esst...«

Konnte denn heute gar niemand ernst bleiben?

»Wo ist die Auserwählte?«, fragte Patrick Mikhail, der in der *Times* blätterte.

»Nenn sie bitte Angelica. Oder Prinzessin, wenn's sein muss. Dieser ganze Auserwähltenkram ist ihr schon zu Kopf gestiegen«, beschwerte sich Mikhail.

»Ich dachte, das wäre schon immer ihre Art gewesen«, bemerkte Patrick.

»Ja, aber es ist eine nach oben offene Skala, wenn du verstehst, was ich meine«, sagte Mikhail mit einem leidvollen Seufzer. »Mrs. Devon teilte uns mit, dass Violet noch oben ist, und Angelica dachte natürlich, sie kann sofort da raufsegeln und bei ihr reinplatzen.«

»Ich platze nirgendwo rein!«, schnaubte Angelica, die soeben mit Violet den Frühstücksraum betrat.

Alle drei Männer erhoben sich, und die Pagen eilten herbei, um den Frauen die Stühle zurechtzurücken.

»Du kannst bei deinem derzeitigen Umfang gar nicht anders, als in einen Raum reinzuplatzen«, korrigierte Mikhail sie ungnädig. »Ach, guten Morgen, Violet, du siehst gut aus.«

Violet schenkte Patrick ein kleines Lächeln und setzte sich. Es war unfassbar, dachte Patrick, dass ein so schlichtes Lächeln imstande war, sein Herz so schnell schlagen zu lassen.

»Danke, Mikhail, es geht mir auch gut.«

»Das stimmt nicht. Und du Tölpel merkst es noch nicht mal«, fuhr Angelica dazwischen, während sie eifrig Marmelade auf eine Scheibe Toast strich.

»Angelica!«, rief Violet stirnrunzelnd aus, und alarmiert sah Patrick sie an. Es störte ihn, dass sie so weit entfernt von ihm saß. Er hätte gerne alleine mit ihr geredet.

»Was ist los, Violet?«, fragte er besorgt.

»Nichts, gar nichts. Mir war heute früh ein bisschen übel, aber jetzt geht's mir wieder gut.«

Patrick war nicht überzeugt; zwischen ihren Brauen hatte sich eine tiefe Falte gebildet, und sie wirkte erschöpft.

Doch für den Moment ließ er es auf sich beruhen. Sie hatten Wichtiges zu besprechen.

»Ismail, ich habe James eine Nachricht geschickt. Wir wollen uns im White's treffen.«

Der Osmane nickte. »Ich werde die Prinzessin und Mikhail nach Hause begleiten, wo Ayse bereits wartet. Sie hat zehn von meinen Leuten versammelt, die Violet nicht aus den Augen lassen werden, wenn sie sich auf den Weg zu Daniel macht.«

»Ich habe diese Ayse kennen gelernt«, bemerkte Mikhail, »du willst sie zu deiner Nachfolgerin machen, stimmt's?«

»Ja. Sie wird uns nicht im Stich lassen.«

»Gut.« Angelica lächelte. »Und jetzt bring mich nach Hause, Mikhail, ich muss packen.«

»Packen?«, fragten vier Stimmen gleichzeitig.

»Ja, ich werde ab heute hier bei Violet wohnen«, erklärte Angelica in einem Ton, der keinen Widerspruch duldete.

»Nein«, antwortete Patrick sofort. Es gab so viele Gründe, warum Angelica nicht hier wohnen konnte, und der scheinbar unwichtigste war, dass er Violet für sich allein haben wollte. Er wusste gar nicht, wo er anfangen sollte.

»Aber –«, begann die Prinzessin zu protestieren, doch zur allgemeinen Überraschung war es Violet, die ihr widersprach.

»Patrick hat recht, du kannst nicht hierbleiben, Angelica. Das gäbe einen fürchterlichen Klatsch, und Daniel könnte misstrauisch werden, wenn du jetzt auf einmal hier wohnst. Außerdem habe ich mir irgendwas eingefangen, eine Art Grippe, wie du ja schon gesagt hast. Du solltest mir aus dem Weg gehen, du musst an dein Kind denken.«

Angelica sah aus, als wollte sie widersprechen, doch dann gab sie sich geschlagen.

»Na gut, wie ihr wollt. Aber ich komme heute Nachmittag noch mal vorbei, um nach dir zu sehen! Ob du willst oder nicht!«

»Na gut, jetzt wo das geklärt ist, können wir ja gehen«, verkündete Mikhail mit seinem gewohnten, ungezwungenen Lächeln. »Violet braucht Ruhe, und wir sollten diese Freundin von Ismail nicht länger warten lassen.«

»Ismail.« Violet berührte den Osmanen am Arm und hielt ihn zurück, während die anderen verschwanden.

»Ja, Lady Violine?« Jetzt, wo sie seiner Stimme vorurteilslos lauschen konnte, merkte sie erst, wie warm und samtig sie war. Sie bekam ein schlechtes Gewissen.

»Patrick sagte, Sie sind mir nicht böse. Stimmt das?«

»Ja, natürlich. Wieso sollte ich Ihnen böse sein?«

Violet fühlte sich von Sekunde zu Sekunde schlechter.

»Wie können Sie mir so einfach verzeihen?«, wollte sie wissen.

Ismail nahm ihre Hand in seine. »Es ist nicht an mir, Sie zu verurteilen, Violet.«

Sie runzelte die Stirn. »Aber ich verurteile mich selbst. Ich verdiene Ihre Vergebung nicht. Selbst wenn meine Mutter mich angelogen hat – ich habe versucht, Sie zu töten!«

Ismail schwieg einen Moment lang, dann seufzte er. »Es gab da einen Dichter, der vor langer Zeit schon starb. Sein Name war Rumi. Er hat einst geschrieben: ›Jenseits von Schuld und Sühne liegt ein Feld, auf dem wir uns begegnen werden.‹

Sie haben getan, was Sie tun mussten. Das Schicksal hat Sie zu uns geführt, Lady Violine. Und ich, der ich in diesem Feld stehe und Sie ansehe, bin dankbar dafür.«

Er war ihr *dankbar*? Violet war vollkommen verwirrt. Trotzdem begriff sie allmählich, warum Patrick den Osmanen so sehr liebte. Er besaß eine Güte, Wärme und Weisheit, die die Seele berührte und Frieden schenkte. Sie selbst konnte sich nicht verzeihen, aber er gab ihr das Gefühl, dass es zumindest im Bereich des Möglichen lag.

»Ich kann nicht sagen, dass ich Sie verstehe, Ismail, aber trotzdem danke.«

»Sie sind etwas ganz Besonderes, Violet«, sagte Ismail leise und legte ihre Hand auf sein Herz. »Sie glauben vielleicht, diesen guten Menschen hier Schaden zugefügt zu haben, doch in Wirklichkeit haben Sie Patricks Herz geöffnet und uns auf eine große Gefahr aufmerksam gemacht. Seien Sie freundlicher zu sich selbst.«

Violet konnte bloß nicken. Ismail ließ ihre Hand los und folgte den anderen.

Seien Sie freundlicher zu sich selbst. Ja, sie würde es versuchen.

Der Tag schleppte sich dahin, nachdem Patrick das Haus verlassen hatte, um in seinen Club zu gehen, und auch die anderen nach Hause gegangen waren. Violet versuchte, sich hinzulegen, wie Angelica ihr geraten hatte, aber sie hielt es nicht lange im Bett aus. Es ging ihr überraschend gut für jemanden, der sich am selben Morgen zweimal übergeben hatte.

Sie suchte in Patricks Bibliothek Zuflucht. Bess strich ihr um die Beine, als sie den Raum betrat, in dem es so gut nach Büchern duftete. Sie würde Patrick später, wenn er wieder zu Hause war, fragen, ob er ein Buch von Rumi besaß, dem Dichter, den Ismail erwähnt hatte.

Mrs. Devons Geruch riss sie aus ihren Gedanken, und sie wandte sich zur Tür um.

»Ja, Mrs. Devon?«

»Ein Bote war hier und hat eine Nachricht für Sie hinterlassen«, erklärte die Haushälterin sichtlich verwirrt, »wissen die Leute denn nicht, dass Sie blind sind?«

»Nein, die meisten nicht. Aber eigentlich weiß niemand, dass ich hier –«

Violet wusste auf einmal, wer die Nachricht geschickt hatte. »Mrs. Devon, wären Sie so nett und würden sie mir vorlesen?«

»Natürlich, wo Sie doch nicht sehen können …« Violet hörte Papierrascheln, dann las die Haushälterin: »Verlassen Sie das Haus. Gehen Sie nach links bis zum Ende des Blocks. Dort wird Sie jemand erwarten.«

Es war soweit. Daniel hatte die Nachricht fünf Tage zu früh geschickt! Die Frauen und Männer, die Patrick zu ihrem Schutz abgestellt hatte, waren noch nicht bereit. Sie würde allein gehen müssen, wenn ihr Plan nicht scheitern sollte.

Sie durfte Patrick nicht noch einmal im Stich lassen.

»Mrs. Devon, ich brauche Ihre Hilfe. Bitte schicken Sie diese Nachricht an Patrick, im White's Club. Aber warten Sie damit eine Viertelstunde, verstehen Sie? Das ist sehr wichtig.«

»Wie Sie wünschen«, sagte Mrs. Devon noch verwirrter.

Violet hatte keine Zeit für Erklärungen. Sie lief in die Eingangshalle, nahm ihren Mantel vom Haken und ging.

Nervös eilte sie durch die winterkalten Straßen. Trotz der Kälte waren viele Menschen unterwegs. Wie befohlen, hatte sie sich nach links gewandt und ging nun bis zum Ende des Blocks. Sie kam an einer Obstverkäuferin vorbei und fragte sich unwillkürlich, ob die Frau wohl wusste, dass ihr Obst am Verfaulen war. Dann passierte sie ein Blumenmädchen, das nach Gänseblümchen und schmutziger Kleidung roch. Diesem Geruch folgte ein schärferer: ein Kaminfeger.

Sie musste niesen, als ihr Kohlestaub in die Nase drang. Plötzlich wurde sie beim Arm gepackt.

»Hier entlang, Jägerin«, flüsterte ihr eine Stimme ins Ohr. Der Vampir roch nach Menschenblut! Sie erschauderte.

»Wohin gehen wir?«, fragte sie, als sie ihre Stimme wieder unter Kontrolle hatte.

»Das wirst du schon merken«, antwortete er barsch.

Sie merkte sofort, dass dieser Vampir sie hasste. Er würde nicht zögern, ihr etwas anzutun, wenn sie ihm nur den geringsten Vorwand gab.

37. Kapitel

Das Haus, in das Violet nach einer fünfzehnminütigen Kutschfahrt geführt wurde, roch feucht und muffig. Der Teppichboden in der Diele, die Vorhänge, die Polstermöbel in den angrenzenden Räumen … der modrige Geruch wurde noch intensiver, als sie eine Treppe hinabgingen, die, wie Violet vermutete, in einen Keller führte.

Aber dort unten roch es nicht nach Holz, nur nach Stein, Moos, Kerzen und Blut. Getrocknetem Blut. Der Geruch kam von einem großen Gegenstand in der Mitte des Raums. Wie beiläufig berührte sie ihn, als sie daran vorbeikam. Es war eine Art Altar aus Marmor. Sie zog ihre Hand sofort wieder zurück. Der süßliche Blutgeruch war ekelerregend.

»Perfektes Timing, David«, rief eine Frauenstimme von oben. Zusammen mit zwei anderen Frauen kam sie dieselbe Treppe hinunter, die Violet soeben beschritten hatte.

Violet blieb still stehen und atmete tief ein. Es war nicht einfach, die unterschwelligeren Gerüche wahrzunehmen, denn der modrige Geruch des Kellers und der durchdringend süße Blutgeruch überlagerten alles andere. Dennoch gelang es ihr.

Der Geruch der zuletzt eintretenden Frau kam ihr bekannt vor.

»Lady Elisabeth?«

»Gut erkannt«, zischte Elisabeth hasserfüllt. »Los, machen wir uns über sie her. Wir brauchen keine Hilfe von einem Menschen.«

Violet erstarrte.

»Elisabeth! Beherrsch dich«, sagte David, der ihren Arm jetzt endlich losließ, lachend. »Außerdem: Du hast deine Chance gehabt, den Clanführer zu töten. Und du hast versagt.«

»Aber sie auch!«, erklärte Elisabeth rachsüchtig.

»Ja, aber ich werde nicht noch einmal versagen«, sagte Violet ruhig. Ihre Nerven waren zum Zerreißen gespannt, doch äußerlich war sie ruhig. Sie hatte sich wieder unter Kontrolle. Elisabeth kannte sie bereits, und jetzt wusste sie auch den Namen des Mannes, der sie hierhergebracht hatte: David. Wenn sie jetzt noch die Namen der beiden anderen Frauen herausfinden könnte, würde sie Patrick und die anderen umso leichter warnen können.

»Daniel hat gesagt, dass ihr mir helfen würdet, Patrick zu töten. Aber ich verstehe nicht, wie das zugehen soll«, sagte Violet so gelassen, als würde sie sich hier wie zu Hause fühlen. Doch noch während sie sprach, hörte sie Stimmen von oben. *Wie viele denn noch?*, dachte sie erschrocken.

Acht mehr, um genau zu sein. Violet wich unwillkürlich einen Schritt zurück, als diese acht den Kellerraum betraten. Ihr Atem roch nach frischem Blut. Sie wagte nicht, sich vorzustellen, was sie wohl gemacht hatten, bevor sie hierhergekommen waren.

»Wo ist Daniel?«, fragte Elisabeth.

»Er wird gleich mit unserem Gast hier sein«, sagte einer der Neuankömmlinge, und die anderen lachten höhnisch.

Ein Gast? Eine dunkle Vorahnung stieg in Violet auf.

Schnuppernd neigte sie den Kopf in Richtung Treppe. Da war er, Daniels moschusartiger Geruch, vermischt mit einem anderen, den sie inzwischen gut kannte.

Ismail.

Schwere Schritte kündigten Daniels Ankunft an.

»Ah, Lady Violine«, sagte er gut gelaunt, »ich habe Ihnen ein ganz besonderes Geschenk mitgebracht.«

Ein dumpfes Geräusch, als würde ein schwerer Körper zu Boden fallen. Ein entzücktes Quietschen, das von Elisabeth kam, wie Violet glaubte.

»Dann sind wir also endlich so weit, an die Öffentlichkeit zu treten?«, fragte einer.

Violet musste all ihre Beherrschung aufbieten, um sich ihr Entsetzen nicht anmerken zu lassen. War Ismail noch am Leben? Sie wäre am liebsten zu der Stelle gerannt, wo Daniel ihn hingeworfen hatte, um, falls irgendwie möglich, zu helfen.

»Ist er tot?«, fragte sie ruhig.

Daniels Geruch wurde stärker, er kam näher. Seine Finger legten sich um ihren Nacken und zogen ihr Gesicht zu sich heran.

»Das würde ich dir doch nicht antun, meine schöne Zigeunerin«, flüsterte er ihr ins Ohr. Dann wandte er sich von ihr ab und rief: »Es wird Zeit, Lady Violine in unseren Kreis aufzunehmen. Sie wird unser neuester und wichtigster Zuwachs. Heute wird sie Ismail und Patrick töten, gleich zwei Clanoberhäupter! Und dieses freudige Ereignis werden wir dann heute Abend feiern, indem wir die Auserwählte töten!«

Allgemeiner Jubel ertönte, während jemand Violet ein Messer in die Hand drückte. Es war länger als ihr altes Küchenmesser. Violet befühlte die Schneide mit dem Daumen – es war fürchterlich scharf. Daniel befahl einigen Vampiren, Ismail auf den Altar zu legen.

»Na los«, forderte Elisabeth sie spöttisch auf.

Violet hörte, wie die Vampire sich im Kreis um den Opferstein aufstellten.

Ihre Füße bewegten sich wie von selbst. Das musste ein Traum sein, ein böser Traum. Wie oft hatte sie sich diesen Moment vorgestellt, wie oft hatte sie ihn herbeigesehnt? Und jetzt, wo sich alles geändert hatte, erfüllte das Schicksal ihr ihren Wunsch.

»Ismail?«, fragte sie leise, als ihre Füße den Marmoraltar berührten. Sie hörte seine gedämpfte Antwort, verstand sie aber nicht. Sie tastete nach seinem Gesicht. Man hatte ihn geknebelt. Ihre Hände zitterten.

»Komm, Lady Violine, zeig uns, dass du unserer würdig bist!«, rief Daniel.

»So habe ich es mir aber nicht vorgestellt«, sagte sie gespielt missbilligend. Sie musste Zeit gewinnen. »Er sollte wissen, wer ich bin, aber er scheint kaum bei Bewusstsein zu sein. Was habt ihr mit ihm gemacht?«

»Keine Sorge, er kann dich hören«, antwortete Daniel, der dicht hinter ihr stand. »Das Gift, das wir ihm verabreicht haben, reicht nicht, um ihn zu töten.«

Sie hatten ihm Gift gegeben! Violet schloss einen Moment die Augen und betete um Kraft. Sie konnte ihn nicht töten, aber wenn sie es nicht tat, würde es jemand anders tun. Und sie müsste dann ebenfalls sterben.

Sie beugte sich über ihn und zog den Knebel aus seinem Mund. Keiner der Vampire versuchte sie davon abzuhalten, und sie war froh darüber.

Sag mir, was ich tun soll, flehte sie innerlich. Sie hoffte, dass Ismail noch klar genug war, um ihre Gedanken lesen zu können. *Sag mir, was ich tun soll!*

»Töte mich«, lallte er.

Violet kamen die Tränen, als sie das hörte. Sie richtete sich auf, das Messer mit beiden Händen umklammert. Wenn sie es nicht tat, mussten sie beide sterben.

Sie hob das Messer.

Und ließ es kraftlos fallen.

»Verräterin! Sie will ihn gar nicht töten!« Elisabeths Schrei hallte klar und deutlich durch den Raum, und für Violet klang es wie ein Todesurteil.

Daniels Geruch kam näher, und Violet rang mit ihrer jäh aufsteigenden Panik.

»Du Miststück! Wenn du nicht für uns bist, bist du gegen uns!« Er versetzte ihr eine schallende Ohrfeige, die sie quer durch den Raum schleuderte. Violet rappelte sich sofort wieder auf, aber sie hatte keine Zeit, zu sich zu kommen. Er packte sie bei den Haaren, riss ihren Kopf zurück. Verzweifelt versuchte sie ihn mit ihren Fäusten zu treffen, schlug jedoch ins Leere. Er versetzte ihr einen Hieb an den Kopf, und sie fiel zu Boden.

»Wir hätten Spaß miteinander haben können.« Er schnalzte bedauernd mit der Zunge.

Violet war zu desorientiert, um antworten zu können.

»Nehmt ihn runter. Vielleicht beginnen wir ja doch lieber mit einem Menschenopfer«, verkündete er im Plauderton.

Grobe Hände rissen ihr die Kleider vom Leib. Sie wehrte sich nicht. Wozu auch? Als sie nackt war, wurde sie hochgehoben und auf den Altar gelegt. Sie zuckte zusammen, als sie auf dem kalten Stein zu liegen kam.

Violet versuchte, tief und langsam zu atmen. Das war es also. Das Ende. Solange sie denken konnte, war sie auf den Tod vorbereitet gewesen, hatte ihn als gerechten Preis für ihre Rache an Ismail betrachtet. Doch nun merkte sie, dass sie doch nicht bereit war zu sterben. Sie hatte jetzt etwas, wofür es sich zu leben lohnte. Sie hatte die Liebe kennen gelernt.

Sie biss sich so heftig auf die Lippe, dass sie zu bluten begann. Dennoch hielt sie weiter still. Sie würde diesen Leuten nicht den Gefallen tun, zu betteln und zu winseln. Ismails Anwesenheit war ihr ein Trost. Hier war zumindest einer, eine gute Seele, die Zeuge werden würde, wie sie ihren letzten Atemzug tat.

Daniel hob ihren Arm.

»Das kann nicht sein.«

38. Kapitel

»Was sollen wir bloß tun?«, fragte Angelica. Ihr Gesicht war aschfahl, während sie sich fest an die Hand ihres Bruders klammerte.

Patrick starrte aus dem Fenster des Kourakin-Anwesens. Die geschäftig vorbeilaufenden Menschen nahm er kaum wahr. Irgendwo da draußen wurden Violet und Ismail von den Wahren Vampiren gefangen gehalten. *Wenn sie nicht bereits tot sind*. Er verdrängte den Gedanken sofort. Nein, er musste daran glauben, dass sie noch am Leben waren. Dass er sie finden würde. Irgendwie.

Es war helllichter Tag; irgendjemand musste etwas gesehen haben.

»Wir finden sie«, sagte Patrick im Brustton der Überzeugung.

»Du glaubst also, dass man Ismail und Violet am selben Ort festhält?«, fragte die Prinzessin ängstlich.

Patrick hatte keinen Zweifel, dass es den Wahren Vampiren irgendwie gelungen war, den Anführer des Südclans zu überwältigen. Angelica hatte erzählt, seine Kutsche sei ihnen eine ganze Zeitlang gefolgt, dann aber plötzlich verschwunden gewesen. Sicherlich war der Kutscher bestochen worden.

Sie hätten vorsichtiger sein müssen. Er hätte vorsichtiger sein müssen. Es war alles seine Schuld.

»Ayse, wie viele Leute hast du hier?« Er wandte sich zu der Türkin um, die neben James stand. Beide zeigten dieselben grimmigen Mienen.

»Vier Frauen und drei Männer, denen ich mein Leben anvertrauen würde, und zwölf weitere, auf die Verlass ist«, erwiderte sie knapp.

»Gut. James, du hast deine Wache mitgebracht?«

»Zwanzig Männer und Frauen. Stehen alle zu deiner Verfügung, Clanführer«, nickte der Herzog.

»Gut. Ich möchte, dass du und deine Männer hierbleibt und die Auserwählte beschützt. Ayse, du und deine Leute, ihr folgt mir. Die Wahren Vampire werden heute unseren Zorn zu spüren bekommen!«

»Wo sollen wir anfangen zu suchen?«

»In Daniels Anwesen. Dann sehen wir weiter.« Er sagte es zuversichtlich, weil er die Prinzessin nicht noch mehr beunruhigen wollte, aber in Wirklichkeit bezweifelte er, dass sie dort irgendetwas finden würden. Die Ohnmacht, die er beim Erhalt des Schreibens von Mrs. Devon verspürt hatte, drohte ihn erneut zu überwältigen.

Er durfte jetzt keine Schwäche zeigen. Trotzdem, er musste einen Moment lang allein sein, um sich zu sammeln. Er eilte zur Tür.

Mikhail folgte ihm auf den Gang hinaus.

»Ich möchte helfen«, erklärte er schlicht.

»Das kann ich verstehen, aber das Beste, was du im Moment für uns tun kannst, ist, deine Schwester zu beruhigen. Sie darf sich in ihrem Zustand nicht zu sehr aufregen, das könnte üble Folgen haben«, sagte Patrick. »Du musst ihr beistehen, Mikhail. Geh zu ihr, ich werde gleich wieder da sein.«

Patrick war froh, als Mikhail nickte und zu den anderen ins Empfangszimmer zurückging.

Er selbst dagegen wandte sich nach rechts, zur Bibliothek – Violets Lieblingszimmer. Dort ballte er die Fäuste und holte mehrmals tief Luft.

Wo waren sie? Wie sollte er sie finden? Wie?

Erneut drohte ihn die Panik zu überwältigen. Er atmete ruhig ein und aus, kämpfte seine aufsteigende Übelkeit nieder.

PATRICK.

Patrick fiel auf die Knie. Diese Stimme! Das konnte nicht sein! Oder?

VIOLET!, schrie er in Gedanken. Hatte er es sich bloß eingebildet? Hörte er jetzt schon Stimmen? Es musste Einbildung sein.

PATRICK, BITTE. ICH BRAUCHE DICH.

Es war Violet. Sie sprach in Gedanken zu ihm. Sie war seine wahre Liebe, sie war ein Teil von ihm.

VIOLET, ES IST GUT. ICH KOMME ZU DIR.

BIST DU ES WIRKLICH? WIE KANN DAS SEIN?

Sein rauer Atem erfüllte den Raum, während Patrick versuchte, sich zu konzentrieren. DAS IST JETZT UNWICHTIG. VIOLET, WO BIST DU? IST ISMAIL BEI DIR?

Stille. Für einen Moment bekam Patrick Angst, mehr Angst als je zuvor in seinem Leben. Hatte er sie verloren?

ICH WEISS NICHT, WO ICH BIN, meldete sie sich mit schwächerer Stimme. ISMAIL IST HIER, ABER MAN HAT IHM GIFT GEGEBEN.

Patricks Gedanken rasten. WIE BIST DU DORTHINGEKOMMEN? WIE WEIT IST ES VON MEINEM HAUS ENTFERNT? WAS RIECHST DU?

MIT DER KUTSCHE. ICH WEISS NICHT, WIE LANGE. NICHT LANGE. DRAUSSEN WAREN LEUTE, ES MUSS EINE GRÖSSERE STRASSE SEIN. DAS HAUS IST ALT, ES RIECHT FEUCHT UND MODRIG.

Feucht und modrig? Das genügte nicht, er brauchte mehr.

WAS SONST? WAS RIECHST DU NOCH, VIOLET?

ICH VERSUCH'S ... ES RIECHT NACH ROSEN, IRGENDWO OBEN UND NACH NOCH WAS. ZIMT. ES RIECHT STARK NACH ZIMT.

Patricks Augen verengten sich zu Schlitzen. Er kannte nur ein Haus, in dem es stark nach Zimt roch.

VIOLET, IST DORT EINE FRAU NAMENS ELISABETH? HAST DU DIESEN NAMEN GEHÖRT?

JA. ABER ES PASSIERT WAS! DANIEL HAT MEINEN ARM. PATRICK, BITTE!

Patrick rappelte sich auf die Füße und begann zu rennen. Er rief nach James.

ICH KOMME, VIOLET, HALTE DURCH!

Patricks Stimme verschwand. Violet machte sich auf Schmerzen gefasst, aber sie blieben aus. Daniel ließ ihren Arm sinken und betastete grob ihren Bauch.

»Das kann nicht sein. Unmöglich«, murmelte er. Violet wartete mit angehaltenem Atem. Sie begriff nicht, was vorging, und das war beinahe schlimmer als alles andere.

Und dann begann Daniel zu lachen. Er lachte und lachte und konnte sich gar nicht mehr beruhigen. *Er hat den Verstand verloren*, dachte Violet, *er ist irrsinnig geworden!* Sie wollte ihn anschreien: *Töte mich! Mach ein Ende!*

Aber sie schwieg.

»Freunde!«, rief Daniel schließlich, als er wieder sprechen konnte. »Ich habe eine unerwartete Überraschung für euch!«

Violet spürte die Verwirrung im Raum. Sie dachte an Ismail. Sie konnte ihn riechen, irgendwo hinter ihrem Kopf; er lag auf dem Boden. Ob er die Wirkung des Gifts besiegen konnte? Vielleicht ging es ihm ja schon besser. Vielleicht könnte er ja um sein Leben kämpfen.

In diesem Moment wurde sie von Daniel vom Altar gerissen.

Sie stolperte, und er hielt sie brutal fest, bog ihr die Arme hinter den Rücken.

»Seht das Zeichen auf ihrem Bauch! Sie trägt das Kind eines Vampirs!«, rief Daniel triumphierend aus.

Violets Mund war wie ausgetrocknet. Vergeblich versuchte sie, sich von ihm loszumachen, um ihren Leib zu schützen. Das war unmöglich. Sie konnte nicht schwanger sein. Patrick hatte gesagt, Vampire könnten mit Menschen keine Kinder haben. Aber vielleicht irrte er sich ja? Hatte sie vorhin wirklich telepathisch mit ihm kommuniziert?

Auf einmal spürte sie die wachsende Erregung im Raum. Ihre Knie drohten nachzugeben. Sie konnte die gierigen Blicke förmlich spüren.

»Ich hätte es wissen müssen.« Violet fühlte Daniels heißen Atem an ihrem Ohr. »Anne Dewberry gehört zur Sippe der Auserwählten, sie war die Schwester von Angelicas Mutter. Kein Wunder, dass sie es so auf Ismail abgesehen hatte! Er ist dein Vater, stimmt's?«

Violet wurde schwindlig. Nein, Ismail war nicht ihr Vater. Oder doch?

Daniel drückte sie grob einem anderen in die Arme und verschwand in die Richtung, in der Ismail lag.

»Gratuliere, Ismail. Du hast eine schöne Tochter, auch wenn sie bloß ein Mischling ist. Sag, wie hast du es geschafft, die gute Lady Dewberry flachzulegen? Und gar zu schwängern? Ich kannte sie und weiß daher, wie sehr sie dich hasste.«

Violet lauschte, aber Ismail sagte nichts.

»Wie rührend«, lachte David. »Schaut sie euch an! Sie scheint es tatsächlich nicht gewusst zu haben!«

Irgendjemand klatschte.

»Wie herrlich! Wir haben einen Clanführer und eine Auserwählte!«, lachte Elisabeth. »Ich habe eine Idee! Lasst sie uns nebeneinander auf den Altar legen und zusammen opfern!«

»Warum nicht?«, sagte Daniel nachdenklich. »Legt sie auf den Stein, und bindet sie fest! Es wird Zeit, das hier zu Ende zu bringen.«

Violet wehrte sich vergeblich. Im Nu lag sie wieder auf dem Marmorblock. Wenig später wurde Ismail neben sie auf den Opferstein gelegt, und beide wurden mit Schnüren gefesselt. Aber alles, woran sie denken konnte, war, dass sie neben ihrem Vater lag.

»Ihr vier schlitzt ihn auf und lasst ihn ausbluten, aber meidet die Schlagadern. Es soll nicht zu schnell gehen. Und ihr drei dürft als Erstes ihr Blut trinken«, wies Daniel sie an. Violet hörte ihn kaum. Sie schwebte in einer Art Zwischenwelt. Konnte er wirklich ihr Vater sein? Ihre Mutter hatte Daniel weisgemacht, der Chefgärtner sei ihr Vater. Aber sie wusste, dass ihre Mutter eine Lügnerin war. Trotzdem, es konnte nicht sein, oder?

»Vater?«, fragte sie so leise, dass es die johlenden Vampire nicht hören konnten. Es roch auf einmal nach Blut, und sie spürte, wie der Körper neben ihr zusammenzuckte.

Sie schnitten ihm die Adern auf. Ihr Herz krampfte sich zusammen. Doch dann spürte sie, wie scharfe Zähne in ihren Oberschenkel bissen. Sie musste an sich halten, um nicht aufzuschreien. Sie spürte, wie ihr das Blut ausgesaugt wurde.

Violet streckte die Hand aus und tastete nach Ismail. Seine Finger schlossen sich um die ihren. Sie spürte, wie schwach er war, spürte sein tiefes Bedauern.

»Ja.« Ein Hauch nur, zu leise, um sicher sein zu können, dass sie recht gehört hatte. Sie versuchte, ihm ihren Kopf zuzuwenden, näher an ihn heranzurücken.

»Ja«, sagte er, und diesmal gab es keinen Zweifel. Er war ihr Vater. Sie hatte einen Vater.

Ein weiterer Vampir biss in ihren Arm, direkt oberhalb ihres Ellbogens. Sie schrie auf. Bald. Bald würde alles vorbei sein.

Sie atmete ruhig ein und aus, versuchte nur eines wahrzunehmen: ihre Hand in der Hand ihres Vaters. Ihre Gedanken dagegen wanderten zu Patrick. Sie stellte sich vor, dass er jetzt bei ihr war, dass sein Geruch sie umhüllte. Der Geruch ihrer geliebten schottischen Berge, der Duft des Heidekrauts. Ihre Einbildung war so klar, dass sie ihn fast zu spüren glaubte.

Konnte Blutverlust zu Halluzinationen führen?

Und dann ertönte oben ein lautes Krachen. Die Blutsauger fuhren erschrocken zurück, Münder lösten sich von ihrem Körper. Sie hörte Elisabeth kreischen, hörte die Vampire in alle Richtungen davonrennen.

»Violet!«

Es war Patricks Stimme. Was für eine schöne Stimme, dachte sie träumerisch.

Dann wusste sie nichts mehr.

39. Kapitel

Violet schlug die Augen auf. Alles war dunkel. Irgendwo wurde eine Tür zugeschlagen.

Komisch, dachte sie. *Gibt's im Himmel Türen?*

Sie hörte Geflüster, achtete aber nicht weiter darauf. Sie war glücklich. Das einzig Enttäuschende war, dass sie noch immer nichts sah.

Im Himmel sollte man doch nicht blind sein, oder? Egal. Sie machte die Augen wieder zu. Es hatte ja keinen Sinn, sie weiter offen zu halten, weiter so zu tun als ob.

Ein Lächeln huschte über ihr Gesicht. Kein Verstellen mehr. Nie mehr so tun, als könnte sie sehen.

»Violet?«

Patricks Stimme! Das musste eine Täuschung sein. Das konnte nicht stimmen. Es würde ja bedeuten, dass auch er tot war.

Sie holte ein paar Mal tief Luft. Ja, es roch nach Schottland und nach der Heide. Sein Geruch. Violet schwankte zwischen Freude und Verzweiflung.

»Wie bist du gestorben?«, fragte sie.

Die Matratze senkte sich. Erst jetzt merkte Violet, dass sie in einem Bett lag.

»Ich bin nicht gestorben, Liebes.«

Ach, er war gar nicht tot. Es war also eine Halluzination. Und warum auch nicht? Sie war schließlich im Himmel.

Im Himmel war alles möglich. Im Himmel wurden alle Wünsche wahr. Und was sie sich am meisten wünschte, war Patrick. Wie nett von den Engeln, daran zu denken.

»Ich wollte dir nie wehtun«, sagte sie zu dem imaginären Patrick. Der richtige Patrick hätte sie längst berührt. Er berührte sie immer, das war eins der Dinge, die sie so an ihm mochte.

Eine kalte Hand streichelte ihre Wange, und Violet lachte leise.

»Ach, das ist beinahe perfekt! Nur deine Hand ist so kalt.«

Seine Finger verschwanden.

»Ich glaube, ich habe dich schon vom ersten Moment an geliebt«, gestand sie sorglos. »Es war dein Geruch, dein Duft, ich konnte ihn nicht vergessen.«

»Und ich liebe dich, Violet.«

Violet lachte erneut. Es war ein herzliches, warmes Lachen. »Ich bin im Himmel. Das wusste ich gleich, als ich aufwachte. Es roch nämlich nach Apfelkuchen.«

»Mrs. Devon. Sie hat der Köchin befohlen, Apfelkuchen zu backen. Sie wollte, dass es nach Apfelkuchen riecht, wenn du aufwachst.«

»Mrs. Devon.« Die strenge, pingelige Haushälterin mit dem Herzen aus Gold.

»Ich hätte mich gerne von ihr verabschiedet.«

Ihr Glücksgefühl verblasste ein wenig. Sie musste an Sarah denken, an den alten Graham und seine Frau, an Angelica und Mikhail und Bess. Und …

»Ismail … mein Vater. Ist er auch gestorben?«

Er ergriff ihre Hand, seine kalten Finger umschlossen die ihren. Warum war sie auf einmal so müde?

»Nein, nein, es geht ihm gut. Und dir auch bald wieder. Und unserem Baby.«

Das Baby. Sie war schwanger – das hatten sie zumindest behauptet. Dann stimmte es also? Mit Tränen in den Augen dachte sie an das, was hätte sein können, an die winzige Seele, deren Tod sie ebenfalls verschuldet hatte. Wenn sie es nur gewusst hätte, vielleicht hätte sie alles anders gemacht …

»Ist mein Baby auch im Himmel?«

»Schsch, Liebes, alles ist gut. Dir ist nichts passiert; und dem Baby auch nicht.« Patrick legte den Kopf auf ihren Bauch und zog sie fest an sich. »Es ist vorbei. Niemand wird dir je wieder etwas antun, das schwöre ich dir. Weder dir noch unserem Kind.«

Violet tat der Kopf weh. Konnte man im Himmel Kopfschmerzen haben? Auf einmal war sie furchtbar müde. Ihre innere Ruhe war verschwunden. Warum tat plötzlich alles weh?

Ein unangenehmer Schweißgeruch stieg ihr in die Nase. Ihr war auf einmal kalt; sie erschauderte.

»Violet?«

Und dann fiel ihr plötzlich wieder alles ein: der gestrige Tag, der Keller, der Altar, Patrick, der sie vom Marmorblock heruntergehoben und von diesem schrecklichen Ort fortgebracht hatte.

Sie setzte sich auf und schlang die Arme um seinen Hals. »Du hast mich gerettet!«

»Fast wäre ich zu spät gekommen«, stieß er gepresst hervor, das Gesicht in ihrem Haar vergraben. »Ich hätte mich nie auf deinen Plan einlassen dürfen. Ich hätte besser auf dich aufpassen müssen.«

»Patrick«, sagte sie zögernd und hob das Gesicht zu ihm auf. »Ist Ismail … ist er wirklich …« Sie brachte es nicht fertig, weiterzusprechen. Vielleicht war sie zu verwirrt gewesen; es war doch geschehen, oder nicht?

Patrick nahm seufzend ihre Hände in die seinen. »Ismail hat mir vor nicht allzu langer Zeit etwas anvertraut. Vor einigen Jahren – er war unterwegs, um mich zu besuchen – begegnete er in den Highlands einer schönen Frau. Deine Mutter und er haben nur eine einzige Nacht miteinander verbracht. Ismail hatte an jenem Abend Froschblut getrunken, das auf uns Vampire ähnlich wie Alkohol auf Menschen wirkt.

Ismail kann sich nur noch vage an jene Nacht erinnern, wie er mir erzählte, aber Tatsache ist, dass deine Mutter verschwand. Er suchte sie, fand aber nie heraus, wo sie lebte. Er wartete tagelang an der Stelle, an der sie sich zuvor immer getroffen hatten. Aber sie ist nicht mehr aufgetaucht. In der Annahme, dass sie nichts mehr von ihm wissen wollte, ist er schließlich weitergereist.« Er streichelte ihr übers Haar. Violet schluckte.

»Er hätte unmöglich wissen können, dass er sie geschwängert hatte. Ich sagte ja, dass Vampire und Menschen in der Hinsicht inkompatibel sind.«

Violet nickte. Ja, das hatte er gesagt. »Bloß, dass meine Mutter doch schwanger wurde.«

»Ja. Denn sie entstammt der gleichen Familie wie Angelicas Mutter. Der Blutlinie der Auserwählten.«

Die Blutlinie der Auserwählten. Violet entzog Patrick ihre Hand und legte sie auf ihren Bauch.

Sie war schwanger.

Sie hatte einen Vater.

Mikhail und Angelica waren … ihr Cousin und ihre Cousine.

Die Welt hatte sich auf den Kopf gestellt.

40. Kapitel

Isabelle scheint sehr von ihr angetan zu sein«, bemerkte Patrick lächelnd, den Blick aufs andere Ende des Ballsaals gerichtet, wo sich Violet angeregt mit dem Oberhaupt des Westclans unterhielt.

Angelica nickte. »Selbstverständlich. Schließlich ist sie meine Cousine. Jeder muss sie lieben«, erklärte sie im natürlichsten Tonfall der Welt.

Patrick konnte nur den Kopf schütteln über so viel Überheblichkeit. Sein Blick wanderte zu Ismail hinüber, der sich mit James unterhielt. Er hatte seinen Freund lange nicht mehr so glücklich erlebt wie jetzt auf dem Landsitz der Belanows, umgeben von Vampiren aus allen Regionen des Nordterritoriums sowie von Angelicas Gästen. Der Blick des Osmanen ruhte voll Zuneigung auf seiner Tochter.

»Ist dir eigentlich bewusst, dass die meisten Anwesenden der Meinung sind, es würde sich hier um eine Verlobungsparty handeln?«, bemerkte Angelica unschuldig. Patrick schaute lachend die Frau an, die Cousine seiner Geliebten, Ehefrau seines Freundes und Auserwählte war – eine der drei Auserwählten, verbesserte er sich rasch.

»Wo ist Mitja?«, erkundigte er sich.

»Bei ihrem Vater natürlich. Oder glaubst du, er würde sie auch nur einen Augenblick loslassen?«, schnaubte Angelica, doch das Strahlen in ihren Augen war unübersehbar. Ihr Blick suchte und fand Alexander, der mit Mikhail zusammenstand. Ismail trat soeben dazu. Alexander hatte ihr Töchterchen auf den Armen. »Aber glaub nur nicht, du könntest so einfach das Thema wechseln«, sagte sie streng. »Ich will wissen, ob du meine Cousine glücklich machen wirst, Patrick James Bruce.«

»Ich werde mein Bestes tun«, antwortete Patrick. Er wusste natürlich, worauf Angelica hinauswollte: ob er Violet heiraten würde. Aber er hatte nicht die Absicht, ihre Neugier zu befriedigen. Violet hatte in den letzten beiden Monaten nicht nur einen Vater bekommen, einen Cousin und eine Cousine, sondern auch eine neue Identität als eine der Auserwählten. Sie hatte bei der Verkündung des Todesurteils für die Mitglieder der Wahren Vampire anwesend sein müssen und fing gerade erst an, sich an die Lebensweise der Vampire zu gewöhnen. Er hatte nicht die Absicht, sie zu irgendetwas zu drängen und würde auch nicht zulassen, dass andere es taten. Sie sollte so viel Zeit bekommen, wie sie brauchte.

»Patrick, könnte ich kurz mit dir sprechen?« Mikhail trat mit einem besorgten Ausdruck zu ihnen.

»Natürlich. Worum geht's?«

»Unter vier Augen?«, bat er und warf seiner Schwester einen entschuldigenden Blick zu.

Die natürlich sofort beleidigt war.

»Mikhail Belanow, du wirst mir sowieso erzählen müssen, was du mit Patrick besprochen hast! Ich sehe also keinen Grund, mich zu verärgern. Du etwa?«

»Schwesterherz, ich wünschte manchmal wirklich, du wärst nicht so eine Besserwisserin«, beschwerte sich Mikhail und warf Patrick einen hilfesuchenden Blick zu. Aber

Patrick hatte nicht die Absicht, sich einzumischen; er kannte die Geschwister gut genug, um sich nicht die Finger zu verbrennen.

»Wenn alle Wünsche wahr werden würden, gäbe es Frieden auf der Welt«, sagte Angelica. »Oder Mord und Totschlag. Aber so ist es nun mal nicht. Also erzähl schon, was du auf dem Herzen hast.«

»Na gut.« Mikhail holte tief Luft. »Aber ich will nicht, dass du dir zu viele Hoffnungen machst oder zu enttäuscht bist, wenn es nicht funktioniert, in Ordnung?«

»Klar.«

Patrick war froh, dass sich die Geschwister endlich einig waren. Er wollte wissen, was Mikhail zu sagen hatte.

»Was soll funktionieren?«

Mikhail vergewisserte sich mit einem raschen Blick, dass sie nicht belauscht wurden, dann flüsterte er: »Wisst ihr noch, als Angelica beinahe von Sergej getötet worden wäre?«

Patrick wusste genau, was der Prinz meinte. Angelica war vor einigen Monaten von einem Vampir namens Sergej attackiert worden und nur knapp mit dem Leben davongekommen. Ihr Mann Alexander hatte den wilden Vampir besiegt. »Ja, und?«

»Angelica war schwer verwundet, und mein Blut hat sie geheilt.«

Patrick begriff nicht, worauf Mikhail hinauswollte. Angelica, deren Augen sich weiteten, jedoch schon.

»Das Blut hat mich geheilt, so wie es einen Vampir heilen würde, verstehst du?«, stieß sie erregt hervor, senkte aber sofort ihre Stimme, als ihr Bruder ihr einen scharfen Blick zuwarf. »Vielleicht funktioniert das auch bei Violet!«

»Schön und gut, aber ich habe nicht die Absicht zuzulassen, dass sie noch mal verletzt wird«, versicherte Patrick den beiden.

»Gott, Männer können so langsam sein!« Angelica verdrehte die Augen und überließ es Mikhail, Patrick aufzuklären.

»Aber sie *ist* verletzt, Patrick. Sie ist blind.«

Patrick ging ein Licht auf. Konnte Blut Violets Augen heilen?

»Du musst es versuchen«, drängte Angelica. Patrick wusste, dass sie recht hatte. Aber wenn es nun nicht funktionierte? Er brachte es nicht übers Herz, ihr erst Hoffnungen zu machen und sie dann zu enttäuschen.

»Danke, Mikhail, dass du damit zu mir gekommen bist. Wenn ihr mich jetzt entschuldigen würdet?«

Er verließ den Ballsaal und ließ Bruder und Schwester zurück.

Violet rieb sich zitternd die Arme, als Patrick sie auf den Balkon hinausführte.

»Hier«, sagte er und legte ihr seine Smokingjacke um die Schultern. Violet musste an das erste Mal denken, als er das getan hatte. Sie lächelte. Wie sehr sich ihr Leben verändert hatte, seit sie als Geigerin im Zirkus aufgetreten war, besessen davon, den Mörder ihres Vaters zu finden …

»Ich weiß, du hast in letzter Zeit sehr viel zu verdauen«, begann Patrick, und Violet musste lachen. Ja, so konnte man es ausdrücken.

»Hör auf, dir Sorgen um mich zu machen, Patrick. Mir geht's gut, ganz bestimmt.« Sie trat auf ihn zu, gab ihm einen Kuss auf die Lippen und trat zurück, was ihr schwerer fiel denn je. Obwohl sie seit Wochen hier waren und es ihr längst wieder gut ging, war er kein einziges Mal in ihr Bett gekommen. Ihre Sehnsucht nach ihm wurde von Tag zu Tag größer.

»Ich will dir nicht noch mehr zumuten.«

War das der Grund, warum er sie nachts mied? Violet schüttelte den Kopf. »Das ist keine Zumutung, im Gegenteil. Ich liebe dich, und du fehlst mir.«

Er zog sie mit einem Ruck an sich und nahm sie fest in seine Arme. »Da ist etwas, das ich dich fragen wollte, bevor dich dieser Bastard Daniel entführt hat.«

Violet lächelte selig, die Wange an seine Brust geschmiegt. Sie glaubte zu wissen, was jetzt kam.

»Wir werden ihn finden, Violet.«

»Ach, er ist mir egal. Meine Rachegelüste sind ein für alle Mal gestillt. Ich bin glücklich, Patrick. Und jetzt frag, was du mich fragen wolltest.«

Seufzend legte er seine Stirn an die ihre.

»Willst du meine Frau werden, Violet?«

Sie strahlte. Wie kam es nur, dass sich all ihre Wünsche erfüllten?

»Ja, Patrick. Ja, ich will deine Frau werden.«

Patrick lachte. »Das ist gut! Das ist sehr gut!«

»Mylord?«

Violet seufzte, als Patrick sich von ihr löste und zu seinem Butler umwandte. Sie wartete, nahm die Gerüche des Gartens und der dahinterliegenden Berge in sich auf. Sie schnupperte. War das Blut? Sie wollte sich gerade zu Patrick umdrehen, als er von hinten die Arme um sie schlang und sie zwischen sich und der Balkonbrüstung festhielt.

»Vertraust du mir, Violet?«, fragte er rau.

Violet lehnte sich mit dem Rücken an ihn, genoss seine Nähe und seine Wärme.

»Ja.«

Er drückte ihr ein kleines Glasfläschchen in die linke Hand. Ihre Nase verriet ihr, dass es mit Blut gefüllt war.

»Was ist damit?«

Patrick strich ihr Haar beiseite und drückte einen zärtlichen Kuss auf ihren Hals.

»Schließ die Augen, und trink es, Liebes. Dir wird nichts passieren, ich verspreche es.«

Sie sollte Blut trinken? Der Gedanke machte sie nervös. Warum sollte sie Blut trinken? War das eine Art Ritual?

»Patrick, ich ...«

»Violet, bitte. Vertrau mir.«

Sie schloss die Augen. Patrick drückte sie zärtlich an sich.

Mit klopfendem Herzen setzte sie das Fläschchen an die Lippen und leerte es in einem Zug aus.

Die Sekunden verstrichen, bis Patrick ihr das Fläschchen schließlich aus der Hand nahm.

»Mach die Augen auf, Liebes.«

Violet schluckte nervös. Warum hatte sie auf einmal Angst?

»Mach die Augen auf, Violet.«

Sie holte tief Luft und schlug die Augen auf.

Und blickte direkt in die Sichel des Neumonds.